Ravensburger Junge Reihe
Herausgegeben von
Hans-Christian Kirsch

Robert Cormier

Der Schokoladenkrieg

Otto Maier Verlag Ravensburg

CIP-Kurztitelaufnahme der Deutschen Bibliothek

Cormier, Robert
Der Schokoladenkrieg. – 1.–5. Tsd. –
Ravensburg: Maier, 1977.
  (Ravensburger Junge Reihe)
  Einheitssacht.: The Chocolate War ‹dt.›
  ISBN 3-473-35038-9

Alle Rechte der deutschen Ausgabe liegen
beim Otto Maier Verlag Ravensburg
Die amerikanische Originalausgabe erschien
unter dem Titel »The Chocolate War«
bei Pantheon Books
im Verlag Random House Inc., New York
Copyright © 1974 by Robert Cormier
Aus dem Amerikanischen übertragen
von Friedrich Taler
Umschlagkonzeption: Hans-Peter Willberg
Umschlagentwurf: Werner A. Kilian
Gesamtherstellung: Druckhaus Ernst Kaufmann, Lahr
Printed in Germany 1977
ISBN 3-473-35038-9

1

Sie brachten ihn um.
Als er sich umdrehte, um den Ball anzunehmen, zerbarst etwas neben seinem Schädel und es war, als zerreiße eine Handgranate seinen Magen. Übelkeit überkam ihn und er stürzte auf den Rasen. Sein Mund kam mit dem Kies in Berührung, er spuckte heftig und fürchtete, er habe sich ein paar Zähne ausgeschlagen. Er kam wieder auf die Beine und sah das Spielfeld durch einen wehenden Schleier, aber er hielt aus, bis alles wieder an seinen Platz gerückt dastand, er sah wie durch eine Linse, die neu eingestellt wird, damit man die Welt wieder deutlich und umgrenzt erkennen kann.
Beim zweiten Durchgang mußte er einen Paß geben. Er zog sich ein Stück zurück, fand eine günstige Stelle, winkelte den Arm an und sah sich nach jemand um, der den Ball auffangen konnte... vielleicht der lange Bursche, den alle Die Nuß nannten. Plötzlich wurde er von hinten gepackt und mit Gewalt herumgerissen, wie ein Spielzeugboot, das in einen Strudel gerät. Er landete auf den Knien, hielt den Ball umklammert und bemühte sich, nicht auf den Schmerz in den Leisten zu achten, denn er wußte, man durfte sich so etwas nicht anmerken lassen. Er dachte an den Tip, den Die Nuß ihm gegeben hatte: »Der Trainer prüft dich. Er will sehen, ob du Mumm in den Knochen hast.«
Ich halt schon was aus, murmelte Jerry. Er stand langsam auf und achtete darauf, daß er sich keinen Knochen verstauchte und keine Sehne verzerrte. Ein Telefon schrillte in seinen Oh-

ren. Hallo, hallo, ich bin noch immer da. Als er die Lippen bewegte, spürte er einen sauren Geschmack von Gras und Kies im Mund. Er nahm die anderen Spieler um sich herum wahr, behelmt und grotesk, Wesen aus einer unbekannten Welt. Er hatte sich noch nie im Leben so einsam gefühlt, so verlassen und schutzlos.
Beim dritten Durchgang wurde er von drei Spielern gleichzeitig angegriffen: der eine warf sich gegen seine Knie, der andere rammte ihn in den Magen, der dritte schlug gegen seinen Kopf... der Helm bot so gut wie gar keinen Schutz. Sein Körper schien sich wie ein Teleskop zusammenzuschieben, aber alle Teile paßten nicht ineinander, und die Erfahrung, wie vielfältig Schmerz sein kann, betäubte ihn... Schmerz ist heimtückisch und verschieden, hier scharf und dort Übelkeit erregend, einmal brennend, einmal schneidend. Jerry warf die Arme schützend um seinen Körper, als er auf den Boden schlug. Der Ball rollte weg. Sein Atem stockte, schreckliche Stille breitete sich in ihm aus. Und dann, gerade als die Panik ihn packte, konnte er wieder atmen. Seine Lippen wurden feucht, und er war dankbar für die kühle, weiche Luft, die seine Lungen füllte. Aber als er versuchte aufzustehen, verweigerte sein Körper jede Bewegung. Er sagte sich: Zur Hölle mit allem. Er wollte nur noch schlafen, einfach hier, mitten auf dem Spielfeld. Plötzlich war es ihm völlig gleichgültig, ob sie ihn in die Schulmannschaft aufnehmen würden oder nicht, scheiß' drauf, es war ihm egal, er wollte nur schlafen, es lag ihm nichts mehr daran...
»Renault!«
So was Lächerliches. Da rief ihn jemand.
»Renault!«
Die Stimme des Trainers kratzte wie Sandpapier in seinen Ohren. Er schlug die Augen auf; die Lichter zuckten. »Mir fehlt nichts«, sagte er zu niemand bestimmten, oder vielleicht zu seinem Vater. Oder zum Trainer. Er hatte keine Lust, sich aus dieser angenehmen Erschöpfung aufzuraffen, aber was blieb ihm anderes übrig. Einfach schade, jetzt aufstehen zu müssen, aber

er war gespannt, wie das klappen würde, da sie ihm doch offenbar den Schädel eingeschlagen und beide Beine gebrochen hatten. Aber dann stand er doch wieder aufrecht da, wenn auch etwas torkelnd, etwa so wie eines dieser Maskottchen, die hinter Autoscheiben herunterhängen, aber doch aufrecht.
»Himmel noch mal!« brüllte der Trainer, die Stimme voll Verachtung. Ein Spritzer Spucke traf Jerrys Wange.
He, Trainer, warum spuckst du mich an? Laß das! protestierte Jerry. Laut sagte er: »Ich bin schon wieder klar, Trainer«, denn er war ein Feigling in solchen Dingen, dachte das eine und sagte laut etwas ganz anderes, nahm sich etwas vor und tat es dann doch nicht... er war schon tausendmal in derselben Situation wie damals Petrus gewesen, und in seinem Leben hatte der Hahn schon tausendmal gekräht.
»Wie groß bist du, Renault?«
»Einszweiundsiebzig«, keuchte er und schnappte noch immer nach Luft.
»Gewicht?«
»Hundertfünfunddreißig«, sagte er und schaute dem Trainer genau in die Augen.
»Pitschnaß geschwitzt, wette ich«, sagte der Trainer mißmutig. »Warum zum Teufel willst du Football* spielen? Du brauchst mehr Fleisch auf den Rippen. Warum zum Teufel willst du Quarterback spielen? Als Verteidiger wärst du besser. Vielleicht.«
Der Trainer sah aus wie ein alter Gangster: eingeschlagene Nase, eine Narbe wie ein geflickter Schnürriemen auf der Bakke; unrasiert, mit Bartstoppeln wie Eissplitter. Er knurrte und fluchte und war gnadenlos. Aber ein verdammt guter Trainer, so hieß es. Der Trainer starrte ihn jetzt an, mit abschätzenden, dunklen Augen. Jerry hing an diesem Blick und bemühte sich, nicht zu taumeln, nicht ohnmächtig zu werden.
»Okay«, sagte der Trainer mit Widerwillen. »Morgen weiter!

---

* American Football: Die wichtigsten Eigenarten dieses Spiels, das in den USA der beliebteste Sport ist, werden im Anhang des Buches erklärt.

Punkt drei Uhr, oder du fliegst raus bevor du überhaupt mitgespielt hast.«
Jerry sog die süß-saure Apfelluft durch die Nasenlöcher ein... er hatte Angst, den Mund weit aufzumachen, er hütete sich vor jeder Bewegung, die nicht unbedingt notwendig war und ging vorsichtig zum Rand des Sportplatzes hinüber. Er hörte mit an, wie der Trainer die anderen Jungen anschrie. Plötzlich gefiel ihm diese Stimme. »Morgen weiter!«
Jerry trottete vom Sportplatz hinüber zum Umkleideraum im Turnsaal und blinzelte in die Nachmittagssonne. Seine Knie waren weich, sein Körper war plötzlich leicht wie Luft.
Weißt du was? fragte er sich selbst, wie er das manchmal machte.
Was?
Ich schaff's, ich komm in die Schulmannschaft.
Träumer, Träumer.
Kein Traum. Tatsache.
Jerry holte noch einmal tief Luft und dabei meldete sich ein Schmerz, fern und winzig... ein Radarsignal. Bip-bip, hier bin ich. Der Schmerz. Seine Füße schlurften durch verrückte Knusperflocken-Blätter. Ein seltsames Glücksgefühl überkam ihn. Die anderen Spieler hatten ihn massakriert, über den Haufen gerannt, ihn demütigend Gras und Erde fressen lassen, aber er hatte es überlebt... er war wieder auf die Beine gekommen. »Als Verteidiger wärst du besser.« Ob der Trainer ihn in der Verteidigung einsetzte? Ihm war alles recht, solange er nur überhaupt in die Mannschaft kam. Der flackernde Schmerz wurde intensiver, er spürte ihn jetzt zwischen den Rippen auf der rechten Seite. Er dachte an seine Mutter, die zum Schluß so mit Betäubungsmitteln vollgepumpt war, daß sie niemanden mehr erkannte, weder ihn, Jerry, noch seinen Vater. Das Glücksgefühl verflog, und er versuchte vergeblich, es wieder herbeizuzwingen, so wie er sich, wenn er onaniert hatte, an die Ekstase zu erinnern versuchte und dann nur Scham und Schuldbewußtsein empfand.

Übelkeit breitete sich in seinem Magen aus, unangenehm warm, feucht und böse.
»He da«, rief er schwach. Er rief es niemandem zu. Keiner war da, der hingehört hätte.
Er schaffte es noch, bis ins Schulgebäude zu kommen. Als er sich in der Toilette auf den Boden kauerte und den Kopf über die Kloschüssel vorbeugte, deren Geruch nach Desinfizierungsmittel seine Augen brennen ließ, schien die Übelkeit vorbei und das Pulsieren des Schmerzes hatte aufgehört. Schweißtropfen krochen ihm wie kleine, feuchte Käfer über seine Stirn.
Und dann, ohne Warnung, mußte er sich übergeben.

2

Obie langweilte sich. Es war mehr als Langeweile; er fühlte sich angewidert. Außerdem war er müde. Er schien in der letzten Zeit immerzu müde zu sein. Er ging müde zu Bett und wachte müde wieder auf. Er gähnte unentwegt. Vor allem fiel ihm Archie auf die Nerven. Archie, dieser Bastard. Diesen Bastard, den Obie abwechselnd verabscheute und bewunderte. In diesem Augenblick zum Beispiel haßte er Archie mit besonderem, brennenden Haß, der ein Teil seiner Langeweile und Müdigkeit war. Das Notizheft in der Hand, den Bleistift gezückt, betrachtete Obie ihn nun mit wildem Zorn, wütend darüber, wie Archie da auf der Bank der Zuschauertribüne saß und sein blondes Haar leicht in der Brise wehte, daß er es sich gemütlich machte, verdammt noch mal, obwohl er genau wußte, daß

Obie zu spät zur Arbeit kam, und trotzdem hielt er ihn hier auf, trödelte herum, schlug bloß die Zeit tot.

»Weißt du was? Du bist wirklich ein Bastard«, sagte Obie endlich, und sein Ärger explodierte wie Cola, das aus einer Flasche zischt, wenn man sie geschüttelt hat.

Archie wandte sich um und lächelte ihn wohlwollend an, gerade wie irgendein verdammter König, der sich zu einem Gnadenerweis herabläßt.

»Jesus Christus«, sagte Obie wütend.

»Fluch nicht, Obie«, schimpfte Archie milde. »Das mußt du sonst beichten.«

»Du hast es gerade nötig. Ich begreife überhaupt nicht, woher du die Nerven genommen hast, heute morgen mit zur Kommunion zu gehen.«

»Dazu brauch' ich keine Nerven, Obie. Wenn du an die Kommunionbank gehst, dann empfängst du ein Sakrament, Mann. Aber ich schluck' bloß eine Waffel, die sie pfundweise in Worcester einkaufen.«

Obie schaute voll Überdruß weg.

»Und wenn du ›Jesus‹ sagst, dann redest du von deinem Gott. Aber wenn ich ›Jesus‹ sage, dann rede ich bloß von einem Burschen, der dreiunddreißig Jahre lang auf Erden herumgelaufen ist, genau wie irgendwelche anderen Burschen auch, bloß hat er die Aufmerksamkeit von ein paar PR-Typen erregt. PR wie Public Relations, Werbung, Obie, falls du das nicht weißt.«

Obie machte sich nicht die Mühe zu antworten. Gegen Archie kam man bei einer Auseinandersetzung nie an. Archie war zu wortgewandt. Vor allem, wenn er in dieser dämlichen Angeber-Laune war; wenn er *Mann* und *Type* und solche Ausdrücke gebrauchte, als ob er mindestens ein Hippie sei, und *cool*, und *in*, und nicht bloß Schüler in einer lausigen kleinen High-School wie Trinity.

»Komm, Archie, mach voran, es ist schon spät«, sagte Obie und versuchte, an Archies bessere Seiten zu appellieren. »Sonst flieg' ich demnächst noch raus.«

»Jammer' nicht, Obie. Außerdem haßt du den Job. Du wünscht dir doch unbewußt, daß du endlich rausfliegst. Dann brauchst du keine Regale mehr vollzupacken, und dir nichts mehr von den Kunden gefallen lassen, und Samstag abends nicht mehr bis spät arbeiten, sondern kannst stattdessen... na, was treibst du gewöhnlich am Samstagabend... in die Teen-Age Kantine gehen und dir die steilen Zähne anschauen, bis du sabberst.«
Archie war unheimlich. Woher wußte er, daß Obie den stupiden Job verabscheute? Woher wußte er, daß Obie vor allem die Samstagabende haßte, wenn er durch die Gänge des Supermarkts latschen mußte, während alle anderen in der Kantine waren?
»Siehst du? Ich tu' dir einen Gefallen. Schluß mit den versauten Samstagnachmittagen, und der Boß sagt dir: okay, Obie-Baby, du bist frei.«
»Und wie komm' ich dann an Geld?« fragte Obie.
Archie wedelte mit der Hand, ein Zeichen, daß er der Unterhaltung überdrüssig war. Man sah buchstäblich, wie er sich körperlich zurückzog, obwohl er kaum einen halben Meter von Obie entfernt auf der Bank der Zuschauertribüne saß. Die Rufe der Jungen unten auf dem Spielfeld gaben ein schwaches Echo. Archies Unterlippe hing herunter; ein Anzeichen, daß er sich konzentrierte. Nachdachte. Obie wartete neugierig und verabscheute diese Regung in sich, die ihn dazu brachte, Archie voll Bewunderung anzuschauen. Er haßte es, wie Archie andere Menschen benutzte und ausnutzte und für sich einspannte. Wie er sie auch wieder fallen ließ. Wie er jeden mit seiner Brillanz blendete... diese Geheimgesellschaft, die Scharfrichter, und ihre Aufträge, durch die er praktisch hier in der Schule zur Legende geworden war. Er haßte ihn wegen der seltsam ausgefallenen Quälereien, die noch schlimmer waren als Gewalttätigkeit und Schmerz. Es verursachte Obie Unbehagen, an all das zu denken, und er schob den Gedanken beiseite und wartete darauf, daß Archie sprechen und einen Namen nennen werde.
»Stanton«, sagte Archie endlich, flüsterte den Namen, strei-

chelte die Silben. »Ich glaube, mit Vornamen heißt er Norman.«
»Ja«, sagte Obie und schrieb den Namen auf. Nur noch zwei weitere. Archie mußte bis vier Uhr zehn Namen nennen, und acht standen schon auf Obies Notizblock.
»Und der Auftrag?« drängte Obie.
»Bürgersteig.«
Obie grinste, als er das aufschrieb. Bürgersteig: solch ein harmloses Wort. Aber was Archie aus solchen einfachen Zutaten wie einem Bürgersteig und einem Jungen wie Norman Stanton alles machen konnte; einem geschwätzigen, angeberischen Jungen mit wildem roten Haar und gelbverschmierten Augenlidern.
»He, Obie«, sagte Archie.
»Ja?« fragte Obie. Er war auf der Lauer.
»Kommst du wirklich zu spät zur Arbeit? Ich meine... verlierst du dann wirklich deinen Job?« Archies Stimme klang besorgt und seine Augen blickten sanft und voll Mitgefühl. Das war es, was jeden an Archie verblüffte: dieser Stimmungswechsel, eben noch ein gerissener Gauner, und in der nächsten Sekunde ein prima Kumpel.
»Ich glaub' nicht, daß er mich rausschmeißen würde. Er ist mit meinen Eltern befreundet, der Typ, dem der ganze Laden gehört. Aber es ist nicht gerade gut, wenn ich dauernd zu spät komme. Er sollte mir schon längst mehr zahlen, aber wenn ich unpünktlich bin, rückt er natürlich nie mehr Geld raus.«
Archie nickte und sagte ganz sachlich: »Okay, wir werden uns mal drum kümmern. Wir sorgen dafür, daß du pünktlich hinkommst. Vielleicht sollte ich jemand mit einem Auftrag in den Supermarkt schicken, damit das Leben für deinen Boß ein bißchen abwechslungsreicher wird.«
»Jesus, bloß nicht«, sagte Obie schnell. Es lief ihm kalt über den Rücken, als er sich klar machte, welche furchterregende Macht Archie tatsächlich besaß. Deshalb durfte man es mit dem Bastard auch nicht verderben. Deshalb mußte man ihm

immer diese Hershey-Riegel mitbringen, damit er seinen Appetit auf Schokolade stillen konnte. Gott sei gedankt, daß Archie wenigstens nicht nach Marihuana oder dergleichen scharf war... dann hätte er, Obie, wohl auch noch Dealer werden müssen, um ihn bei guter Laune zu halten, verdammt noch mal.
Offiziell war Obie Sekretär der Scharfrichter, aber inzwischen wußte er, worin der Job in Wirklichkeit bestand. Carter, Präsident der Scharfrichter und fast genauso ein elender Bastard wie Archie, sagte immer: »Halt ihn bei Laune. Wenn Archie gute Laune hat, können wir alle guter Laune sein.«
»Noch zwei Namen«, überlegte Archie. Er stand auf und reckte sich. Er war groß und nicht zu schwer. Er bewegte sich geschmeidig, hatte den Schritt eines Athleten, obwohl er Sport in jeder Form haßte und für Sportler nichts als Verachtung empfand. Vor allem hatte er etwas gegen Football-Spieler und Boxer; und gerade diese beiden Sportarten wurden zufällig an der Trinity High-School am meisten gepflegt. Normalerweise wählte Archie nie einen Sportler für einen Auftrag aus; er behauptete, sie seien zu dumm, um die subtilen Nuancen und Feinheiten, die mit der Sache verbunden waren, zu kapieren. Archie war nicht für körperliche Gewalttätigkeit; die meisten Aufträge, die er erteilte, waren eher Übungen, bei denen psychologischer Druck ausgeübt wurde. Das war auch der Grund, warum er sich so viel herausnehmen konnte. Die Trinity-Brüder wollten um jeden Preis Frieden, Ruhe auf dem Schulgelände und keine Knochenbrüche. Ansonsten war der Himmel die Grenze, und genau das machte sich Archie zunutze.
»Der Bursche, den sie Die Nuß nennen«, sagte Archie.
Obie schrieb auf: »Roland Goubert.«
»Bruder Eugens Klassenzimmer.«
Obie grinste voll genüßlicher Bosheit. Es machte ihm Spaß, wenn Archie Aufträge gab, bei denen es auch den geistlichen Brüdern mit an den Kragen ging. Das waren natürlich die gewagtesten Unternehmen. Und eines schönen Tages trieb es Archie dabei gewiß zu weit und fiel auf die Nase. Bei Bruder Eu-

gen war da allerdings keine Gefahr. Er war ein friedlicher Typ, und ein gefundenes Fressen für Archie.
Die Sonne verschwand hinter treibenden Wolken. Archie saß brütend und in sich selbst zurückgezogen da. Wind kam auf und jagte Staubwolken über den Sportplatz. Das Spielfeld hatte es nötig, neu eingesät zu werden. Die Zuschauertribüne hatte auch mal wieder Reparaturen nötig; sie sackte ein und die abblätternde Farbe lag wie Lepra auf den Bänken. Die Schatten der Torpfosten reckten sich wie groteske Kreuze über den Platz. Obie schauderte es.
»Für wen halten die mich, zum Teufel noch mal?« fragte Archie.
Obie blieb stumm. Die Frage schien nach keiner Antwort zu verlangen. Offenbar führte Archie Selbstgespräche.
»Diese gottverdammten Aufträge«, fuhr Archie fort. »Die sollen sich nur nicht einbilden, das sei so einfach.« Seine Stimme klang bekümmert. »Und die schwarze Schachtel…«
Obie gähnte. Er war müde. Und er fühlte sich unbehaglich. Er wurde immer müde, gähnte und fühlte sich unbehaglich, wenn er in solch eine Situation wie diese hier geriet und nicht wußte, wie er sich nun verhalten sollte. Der Kummer in Archies Stimme überraschte ihn. Oder spielte Archie bloß Theater? Das konnte man bei Archie nie so genau wissen. Obie war erleichtert, als Archie den Kopf schüttelte, so als wolle er einen bösen Zauber verscheuchen.
»Du bist keine große Hilfe, Obie.«
»Ich habe nie gedacht, daß du große Hilfe brauchst, Archie.«
»Ich bin schließlich auch bloß ein Mensch, oder?«
Ich weiß nicht, hätte Obie beinahe gesagt.
»Also gut, machen wir die verdammten Aufträge fertig. Bloß noch ein Name.«
Obie hielt den Bleistift gezückt.
»Wer ist der Junge, der eben vom Spielfeld gegangen ist? Den sie so zusammengeschlagen haben?«
»Jerry Renault. Unterstufe«, antwortete Obie und blätterte in

seinem Notizbuch. Er suchte unter R nach Renault. Sein Notizbuch war aufschlußreicher als die Schulakten. Es enthielt, sorgfältig verschlüsselt, Informationen über jeden Schüler, lauter Fakten, die man in den offiziellen Schülerakten nicht fand. »Hier ist er. Renault, Jerome E. Vater James R., Apotheker bei Blake. Er geht in die erste Klasse.* Geburtstag...gerade vierzehn geworden. Oh...und seine Mutter ist im Frühling gestorben. Krebs.« Es gab da noch mehr Informationen über Jerry Renault, über seine Noten, über seine Wahlfächer und seine Gewohnheiten außerhalb der Schule. Aber Obie klappte das Notizbuch zu als ob es ein Sargdeckel sei.
»Armes Kind. Die Mutter ist tot«, sagte Archie. Wieder diese Sorge und Anteilnahme in seiner Stimme.
Obie nickte. Noch ein Name. Wer?
»Das muß schwer für den armen Kerl sein.«
»Ja«, stimmte Obie ungeduldig zu.
»Weißt du, was er jetzt braucht, Obie?« Archies Stimme war weich, verträumt und sanft.
»Was?«
»Therapie.«
Das schreckliche Wort vertrieb die Sanftheit aus Archies Stimme.
»Therapie?«
»Ja. Schreib' ihn auf.«
»Herrje noch mal, Archie, du hast ihn eben gesehen. Er ist bloß ein magerer Junge, der sich abzappelt, um in die Unterstufen-Mannschaft zu kommen. Der Trainer macht Hackfleisch aus ihm. Und seine Mutter ist kaum kalt und im Grab. Warum zum Teufel setzt du ihn auf die Liste?«
»Laß' dich nicht täuschen, Obie. Er ist zäh. Hast du nicht gesehen, wie sie ihn fertiggemacht haben, und wie er trotzdem wieder aufgestanden ist? Zäh und stur. Er hätte liegenbleiben sollen, Obie. Das wäre gescheiter gewesen. Außerdem wird es ihm

---

* Erläuterungen zum amerikanischen Schulsystem finden sich im Anhang.

gut tun, wenn ihn etwas von der Erinnerung an seine arme, tote Mutter ablenkt.«
»Du bist wirklich ein Bastard, Archie. Das hab' ich dir schon mal gesagt, und ich werd' dir's wieder sagen.«
»Schreib' ihn auf.« Eine Stimme wie Eis. Die Kälte der Polargebiete.
Obie schrieb den Namen auf. Zum Teufel, es war nicht sein Begräbnis. »Auftrag?«
»Das überleg' ich mir noch.«
»Du hast nur noch bis vier Uhr Zeit«, erinnerte Obie.
»Der Auftrag muß zu dem Jungen passen. Das ist der Zweck der Übung, Obie.«
Obie wartete ein paar Augenblicke und konnte dann nicht widerstehen zu fragen: »Gehen dir die Ideen aus, Archie?« Dem großen Archie Costello fiel nichts mehr ein? Der Gedanke allein machte einen ganz betrunken.
»Hier geht es um Kunst, Obie. Das Ganze ist eine Kunst, weißt du. Nimm einen Jungen wie diesen Renault. Da müssen die besonderen Umstände berücksichtigt werden.« Er machte eine Pause. »Schreib' ihn für die Schokolade auf.«
Obie schrieb: *Renault – Schokolade*. Archie würden niemals die Einfälle ausgehen. Aus der Schokolade, zum Beispiel, ließen sich ein Dutzend Aufträge ableiten.
Obie schaute hinunter auf das Spielfeld, wo die Jungen sich zwischen den Schatten der Torpfosten herumbalgten. Traurigkeit überfiel ihn. Ich hätte mich auch auf Football werfen sollen, dachte er. Er hatte schon in der Grundschule gerne Football gespielt. Stattdessen war er als Sekretär der Scharfrichter geendet. Cool. Aber zum Teufel, das konnte er nicht mal seinen Eltern erzählen.
»Weißt du was, Archie?«
»Na?«
»Das Leben ist manchmal traurig.«
Das war eine von Archies guten Seiten, daß man bei ihm so was sagen konnte.

»Das Leben ist Scheiße«, antwortete Archie.
Die Schatten der Torpfosten glichen jetzt endgültig einem Netzwerk aus Kreuzen, leeren Kruzifixen. Genug des Symbolismus' für heute, sagte sich Obie. Wenn er sich beeilte, erwischte er noch den Vier-Uhr-Bus, um zur Arbeit zu fahren.

3

Das Mädchen war herzzerreißend, unglaublich hübsch. Begierde löste ein flaues Gefühl in seinem Magen aus. Ein Wasserfall aus blondem Haar stürzte über ihre nackten Schultern. Er betrachtete das Foto verstohlen, dann klappte er die Illustrierte zu und legte sie wieder dort hin, wo sie hingehörte, auf das oberste Regalbrett. Er schaute sich um, um zu sehen, ob er beobachtet worden war. Der Ladenbesitzer verbot es rundheraus, sich die Zeitschriften anzuschauen. Auf einem Schild stand: *Kein Kauf – Kein Lesen*. Der Ladenbesitzer war am anderen Ende des Geschäfts beschäftigt.
Warum fühlte er sich immer so schuldig, wenn er sich *Playboy* und solche Zeitschriften anschaute? Viele Jungen kauften sie, liehen sie in der Schule aus, tarnten sie mit Heftumschlägen, und verkauften sie sogar weiter. Bei seinen Freunden daheim lagen solche Zeitschriften sogar manchmal offen im Wohnzimmer herum. Einmal hatte er sich ein Porno-Magazin gekauft und es mit zitternden Fingern bezahlt... ein Dollar fünfundzwanzig... und damit seine Finanzlage bis zum nächsten Taschengeldtag völlig ruiniert. Und als er das Heft dann hatte, da wußte er nicht, was er mit dem verdammten Ding anfangen sollte. Er schmuggelte es heim und versteckte es in seiner unter-

sten Kommodenschublade und fürchtete sich vor der Entdeckung. Bald war es ihm zu blöd, das Heft aufs Klo mitzunehmen, um dort einen schnellen Blick hineinzuwerfen; er hatte genug von diesem albernen Versteckspiel und die Furcht, seine Mutter könnte das Heft doch finden, verfolgte ihn. Deshalb schmuggelte Jerry das Heft wieder aus dem Haus und warf es in einen Abflußkasten im Rinnstein. Er hörte, wie es unten dumpf aufs Wasser klatschte und schickte dem sinnlos ausgegebenen Dollar ein betrübtes Adieu nach.
Sehnsucht überkam ihn. Ob ihn jemals ein Mädchen lieben würde? Sein einer großer Kummer, den er mit sich herumtrug, war die Furcht, zu sterben, ohne daß er je eine Mädchenbrust mit seiner Hand berührt hatte.
Draußen an der Bus-Haltestelle lehnte Jerry sich an einen Telefonmast; das, was er beim Football-Training über sich ergehen lassen mußte, hatte ihn fertiggemacht. Seit drei Tagen steckte er diese Mißhandlungen nun schon ein. Aber er war noch immer auf der Mannschaftsliste, zum Glück. Träge betrachtete er die Leute im Stadtpark auf der anderen Straßenseite. Er sah sie jeden Tag. Sie waren jetzt ein Teil der Landschaft wie die Kanone aus dem Bürgerkrieg, das Denkmal für die Gefallenen im Weltkrieg und der Fahnenmast. Hippies, Blumenkinder, Stadtstreicher, Streuner, Drop-Outs. Jeder hatte einen anderen Namen für sie. Sie kamen im Frühling und blieben bis Oktober, lungerten da herum, riefen manchmal einem Passanten irgendeine herausfordernde Bemerkung zu, waren aber meistens still, träge und friedlich. Jerry fand sie faszinierend, und manchmal beneidete er sie um ihre alte Kleidung, ihre Schlampigkeit, und daß sie sich durch nichts aus der Ruhe bringen ließen. Trinity war eine der letzten Schulen, an denen es Kleidervorschriften gab. Man hatte in Hemd und Krawatte zu erscheinen. Er beobachtete eine Rauchwolke, die um ein Mädchen mit einem Schlapphut aufstieg. Gras? Davon verstand er nichts. Es gab so viele Dinge, von denen er nichts wußte.
In seine Gedanken vertieft, fiel ihm nicht auf, daß ein Hippie

sich aus der Gruppe drüben löste, die Straße überquerte und sich dabei geschickt zwischen den Autos hindurchschlängelte.
»He, Mann.«
Überrascht merkte Jerry, daß der Bursche ihn meinte. »Ich?«
Der Bursche blieb auf der Straße stehen, hinter einem grünen Volkswagen, und stützte das Kinn auf das Autodach. »Ja, du.«
Er war ungefähr neunzehn; langes schwarzes Haar bis auf die Schultern; seine Oberlippe war so mit einem Schnurrbart drapiert, daß die Enden neben dem Kinn abwärts baumelten.
»Du hast uns schon wieder angestarrt, Mann. Wie jeden Tag. Du stehst da und starrst.«
Sie sagen wirklich *Mann,* dachte Jerry. Er war der Meinung gewesen, *Mann* sei nicht mehr Mode und niemand sage das mehr, außer mal im Scherz. Aber der Bursche da scherzte nicht.
»He, Mann, meinst du, wir sind hier im Zoo? Starrst du deshalb?«
»Nein. Hör mal, ich hab' überhaupt nicht zu euch rüber gestarrt.« Aber er hatte gestarrt, jeden Tag.
»Doch, du starrst. Du stehst da und starrst uns an. In deinem ordentlichen weißen Hemd und mit deiner blau-weißen Krawatte und mit deinen Schulbüchern unterm Arm.«
Jerry schaute sich voll Unbehagen um. An der Haltestelle standen nur fremde Leute, niemand aus der Schule.
»Wir sind keine Untermenschen, Mann.«
»Das hab' ich auch nicht gesagt.«
»Aber so schaust du drein.«
»Hör mal, ich muß zum Bus«, sagte Jerry. Das war natürlich lächerlich, weil er längst an der Haltestelle stand und der Bus noch nicht zu sehen war.
»Weißt du, wer ein Untermensch ist? Du. Einer, der jeden Morgen in die Schule wetzt. Und nachmittags wieder heim mit dem Bus. Zum Hausarbeiten machen.« Die Stimme des Burschen klang verächtlich.
»Ein ordentlicher Junge. Mit vierzehn, fünfzehn ist er schon alt. Schon im täglichen Trott gefangen. Bah.«

Ein Zischen und der Gestank von Auspuffgas kündigten an, daß der Bus kam. Jerry wandte sich von dem Burschen ab.
»Du mußt zum Bus, ordentlicher Junge«, rief er. »Verpaß' nur den Bus nicht. Du verpaßt schon so vieles im Leben, also verpaß' wenigstens nicht den Bus.«
Jerry ging wie ein Schlafwandler zur Bustür. Er verabscheute solche Begegnungen. Sein Herz hämmerte. Er stieg ein, warf seine Münze in den Kasten und torkelte zu einem freien Platz, als der Bus anfuhr. Er setzte sich, atmete tief und schloß die Augen.
Du mußt zum Bus, ordentlicher Junge.
Er öffnete die Augen und kniff sie gleich wieder zu einem Schlitz zusammen, weil die Sonne, die durch das Busfenster hereinfiel, ihn blendete.
Du verpaßt schon so viel im Leben, also verpaß' wenigstens nicht den Bus.
Dummes Geschwätz, natürlich. Das war ihre Masche, sich aufblasen. Die Leute provozieren. Sonst hatten sie nichts zu tun; sie vergeudeten ihre Zeit und ihr Leben. Aber...
Aber, was?
Er wußte es nicht. Er dachte an sein Leben... in die Schule gehen, heimfahren. Seine Krawatte baumelte schon lose; er zerrte sie ganz herunter. Er betrachtete die Reklameplakate über den Fenstern, um seine Gedanken von der Begegnung mit dem Hippie abzulenken.
Warum? hatte jemand in ein freies Feld geschrieben, das keine Firma gemietet hatte.
Warum nicht? hatte jemand anderes als Antwort darunter geschrieben.
Jerry schloß die Augen; er war plötzlich erschöpft und sogar nachzudenken bedeutete schon eine zu große Anstrengung.

4

»Wie viele Schachteln?«
»Zwanzigtausend.«
Archie pfiff vor Verblüffung. Normalerweise trug er seine Gefühle nicht so offen zur Schau. Schon gar nicht vor jemandem wie Bruder Leon. Aber die Vorstellung, daß zwanzigtausend Schachteln Schokolade in der Schule abgeladen würden, war einfach lächerlich. Dann bemerkte Archie den Film aus Feuchtigkeit auf Bruder Leons Oberlippe, die wäßrigen Augen und die Nässe auf seiner Stirn. Plötzlich wurde ihm manches klar. Das war nicht der geradezu tödlich gelassene Bruder Leon, der jede Klasse in der Hand hatte. Da stand jemand, dessen Rüstung Risse und Löcher aufwies. Archie verhielt sich völlig ruhig. Er fürchtete, sein schneller Herzschlag könne seine plötzliche Erkenntnis verraten; nun hatte er den Beweis für etwas, was er schon immer vermutet hatte, und nicht nur bei Bruder Leon, sondern bei den meisten Erwachsenen: sie waren verletzlich, sie hatten Angst, man konnte auch auf sie Druck ausüben.
»Ich weiß, das ist eine Menge Schokolade«, gab Bruder Leon zu und brachte es fertig, seine Stimme gleichmütig klingen zu lassen. Auf Archie machte das Eindruck. Leon war ein schlauer Bursche und schwer festzunageln. Obwohl er wie ein Irrer schwitzte, blieb seine Stimme ruhig, beherrscht. »Aber wir haben die Tradition auf unserer Seite. Der Schokoladenverkauf findet jedes Jahr statt. Die Jungen wissen, daß das auf sie zukommt. Wenn sie in den letzten Jahren zehntausend Schachteln Schokolade verkauft haben, warum sollen sie dann dieses Jahr nicht zwanzigtausend verkaufen können? Es ist besondere Schokolade, Archie. Hoher Profit. Ein besonderes Geschäft.«
»Wieso?« fragte Archie ohne eine Spur der üblichen Schülerspricht-mit-Lehrer-Vorsicht in seiner Stimme. Archie war sich der Situation bewußt. Bruder Leon hatte ihn hierher in sein

Büro gebeten. Leon sollte Gelegenheit bekommen, mit dem richtigen Archie zu sprechen, nicht mit dem Schüler, der in seiner Algebrastunde saß.

»Die Schokolade war eigentlich für den Muttertag bestimmt. Wir... das heißt, *ich* konnte sie zu einem besonders günstigen Preis bekommen. Wunderschöne Packungen, Geschenkpackungen, und in tadellosem Zustand. Sie sind seit dem Frühling unter den besten Bedingungen eingelagert. Wir brauchen nur das purpurne Band mit der Aufschrift *Für Mutter* abzunehmen und wir sind im Geschäft. Wir können sie für zwei Dollar die Schachtel verkaufen und an jeder fast einen Dollar verdienen.«

»Aber zwanzigtausend Stück.« Archie war kein großes Licht in Mathe, aber jetzt rechnete er das ziemlich schnell im Kopf aus: »Wir sind ungefähr vierhundert in der Schule, also müßte jeder fünfzig Schachteln verkaufen. Früher waren es immer bloß fünfundzwanzig Schachteln pro Schüler, und sie kosteten nur einen Dollar.« Er seufzte. »Diesmal ist alles doppelt so viel. Das ist ein Haufen Zeug zum Verkaufen für diese Schule, Bruder Leon. Da hätte jede Schule ihre liebe Not.«

»Das weiß ich, Archie. Aber Trinity ist schließlich eine besondere Schule, nicht wahr? Meinst du, ich würde das Risiko eingehen, wenn ich nicht überzeugt wäre, daß unsere Jungen von Trinity das schaffen? Sind wir nicht tüchtiger als andere?«

Scheiße, dachte Archie.

»Ich weiß, was du dich fragst, Archie... du wirst dich fragen: Warum lädt er ausgerechnet mir dieses Problem auf?«

Archie fragte sich tatsächlich, warum Bruder Leon seinen Plan mit ihm besprach. Er stand weder mit Leon noch sonst irgend einem Lehrer auf besonders freundschaftlichem Fuß. Und Bruder Leon gehörte zu einer besonderen Sorte. Auf den ersten Blick war er einer jener blassen, unscheinbaren Menschen, die sich überall einschmeicheln und auf kleinen, flinken Füßen auf Zehenspitzen durch das Leben gehen. Er sah aus wie ein Ehemann, der unter dem Pantoffel steht, wie jemand, an dem sich andere nur die Schuhe abputzten, wie ein Trottel. Er war stellvertretender Schuldirektor, aber in Wirklichkeit diente er dem Direktor nur als Lakai, als Botenjunge. Aber das war nur die halbe Wahrheit. In der Klasse war Leon ein völlig anderer Mensch. Feixend, sarkastisch; die dünne, hohe Stimme voll Gift. Er konnte die Aufmerksamkeit der Schüler fesseln wie eine Kobra, wie eine Schlange, die ein Kaninchen hypnotisiert. Statt Giftzähnen hatte er seinen langen Zeigestock, der einmal hierhin und einmal dorthin zuckte, überall gleichzeitig zu sein schien. Er beobachtete die Klasse mit Geieraugen und voll Mißtrauen, pickte sich die Schummler und die Träumer heraus, wußte um die Schwächen eines jeden einzelnen und nutzte sie aus. Er hatte sich noch nie mit Archie angelegt. Bis jetzt noch nie.

»Ich möchte dir die Lage erklären«, sagte Bruder Leon und beugte sich in seinem Sessel vor. »Alle Privatschulen, ob katholisch oder nicht, haben heutzutage zu kämpfen. Viele müssen schließen. Die Unkosten steigen ständig, aber unser Einkommen wächst nicht mit. Du weißt, wir sind kein vornehmes, teures Internat, und deshalb haben wir auch keine reichen ehemaligen Schüler, die uns mit Spenden helfen. Wir sind nur eine Tagesschule, die Jungen aus dem Mittelstand für das College vorbereitet. Bei uns gibt es keine Söhne aus reichen Familien. Nimm dich, zum Beispiel. Dein Vater hat eine Versicherungsagentur. Er verdient gut, aber er ist nicht reich, nicht wahr? Tommy Desjardins Vater ist Zahnarzt... er ist recht wohlhabend, zwei Autos, ein Ferienhaus, aber das ist schon Spitze für Eltern von Trinity-Schülern.« Er hob die Hand. »Ich will die Eltern nicht runtermachen.« Archie wand sich innerlich. Es regte ihn auf, wenn Erwachsene Schülerausdrücke wie *runtermachen* benutzten. »Ich will damit nur sagen, daß die meisten Eltern eben zum Mittelstand gehören und nicht noch mehr Schulgeld bezahlen können, Archie. Deshalb müssen wir auf irgendeine andere Weise Geld dazu verdienen. Die Footballspiele bringen kaum die Unkosten ein... Wir haben schon seit drei Jahren kein Endspiel mehr gewonnen. Das Interesse am

Boxen läßt immer mehr nach, seit das Fernsehen keine Boxkämpfe mehr überträgt...«
Archie unterdrückte ein Gähnen; alles alte Hüte, wo war der springende Punkt?
»Ich lege meine Karten offen vor dir auf den Tisch, Archie, um dir klar zu machen, daß wir jede Gelegenheit, Geld zu verdienen, nützen müssen; daß sogar ein Schokoladenverkauf ausschlaggebend und wichtig für uns ist...«
Schweigen. Die Schule um sie schien zu Stille erstarrt, es war so still, daß Archie sich fragte, ob Bruder Leons Büro schalldicht isoliert sei. Der Unterricht war für heute zwar schon vorbei, aber um diese Zeit begannen eine Menge andere Aktivitäten. Vor allem die Unternehmen der Scharfrichter.
»Und noch etwas«, fuhr Bruder Leon fort. »Wir haben das bisher nicht publik werden lassen, aber der Direktor ist krank, vielleicht sogar schwer. Er muß morgen in die Klinik. Gründliche Untersuchungen und so weiter. Es sieht nicht gerade rosig aus...«
Archie wartete darauf, daß Leon endlich zur Sache kam. Wollte er ihm vielleicht mit dem lächerlichen Argument kommen, der Schokoladenverkauf müßte ein Erfolg werden, um dem kranken Direktor eine Freude zu machen?
»Er ist vielleicht wochenlang arbeitsunfähig.«
»So was ist hart.« Na, und?
»Das bedeutet...daß ich die Schule leite. Ich allein werde die gesamte Verantwortung für die Schule tragen müssen.«
Wieder Schweigen. Doch diesmal spürte Archie, daß der andere bewußt etwas erwartete. Er hatte das Gefühl, daß Leon jetzt endlich zum springenden Punkt kommen werde.
»Ich brauche deine Hilfe, Archie.«
»Meine Hilfe?« fragte Archie. Er heuchelte Überraschung und bemühte sich, keine Spur von Spott in seiner Stimme mitklingen zu lassen. Jetzt wußte er, warum er hier saß. Leon meinte nicht Archies Hilfe, sondern die Hilfe der Scharfrichter. Und er wagte es nicht, das offen auszusprechen. Niemand durfte die

Scharfrichter auch nur mit einem Wort erwähnen. Offiziell existierte der Geheimbund überhaupt nicht. Wie hätte eine Schule das Vorhandensein einer solchen Organisation dulden oder gar rechtfertigen können? Aber gerade dadurch, daß die Schule so tat, als gäbe es die Scharfrichter nicht, trug sie zu ihrer Macht bei. Es gab die Scharfrichter, überlegte Archie bitter. Es gab sie, weil sie einen Zweck erfüllten. Die Scharfrichter sorgten an der Schule für Disziplin und Ordnung. Ohne die Scharfrichter würde an der Trinity High-School genau das gleiche Chaos herrschen wie an vielen Schulen. Es würde Proteste geben, Demonstrationen, Streiks, all diesen Mist. Bruder Leon wußte, welche Rolle Archie bei den Scharfrichtern spielte, und er hatte ihn trotzdem und deshalb hierher gebeten; die Kühnheit dieses Schachzugs verblüffte Archie.

»Aber wieso könnte *ich* da helfen?« fragte Archie. Er zog die Schraube an. Er sprach in der Einzahl, nur von sich selbst, statt in der Mehrzahl, um nicht von den Scharfrichtern zu sprechen.

»Indem du den Verkauf unterstützt. Wie du sehr richtig bemerkt hast, Archie... zwanzigtausend Packungen, das ist eine Menge Schokolade.«

»Und obendrein sind sie auch noch doppelt so teuer wie letztes Jahr«, erinnerte Archie ihn; er fing an, die Situation zu genießen. »Zwei Dollar die Schachtel, anstatt einem.«

»Aber wir brauchen das Geld wirklich sehr dringend.«

»Und wie steht's mit der Belohnung, dieses Jahr? Die Jungen haben immer eine Belohnung bekommen.«

»Wie üblich, Archie. Ein schulfreier Tag, sobald die letzte Packung Schokolade verkauft ist.«

»Kein Schulausflug gratis? Letztes Jahr sind wir zu einer Theateraufführung in Boston eingeladen worden.« Archie legte keinen Wert auf einen Schulausflug, aber ihm machte dieser Rollentausch Spaß: er stellte die Fragen, und Leon wandt sich. Genau umgekehrt wie in der Klasse.

»Ich werde mir etwas anderes einfallen lassen«, sagte Leon. Archie ließ das Schweigen andauern.

»Kann ich mich auf dich verlassen, Archie?« Leons Stirn war wieder feucht.
Archie beschloß, seinen Trumpf auszuspielen. Er wollte sehen, wie weit er gehen konnte. »Aber was kann ich schon groß tun? Als einzelner Schüler.«
»Du hast Einfluß, Archie.«
»Einfluß?« Archies Stimme klang laut und klar. Er tat ganz lässig. Er beherrschte die Situation. Leon sollte nur schwitzen. Archie war kühl und gelassen. »Ich bin kein Klassensprecher. Ich bin nicht im Schülerbeirat.« Herr im Himmel, wenn die Scharfrichter ihn jetzt bloß sehen könnten. »Ich schaff' nicht mal die jährliche Ehrenliste...«
Plötzlich schwitzte Bruder Leon nicht mehr. Er hatte noch immer Schweißtropfen auf der Stirn, aber er war jetzt steif und kalt geworden. Archie konnte die Kälte spüren...schlimmer als Kälte, ein eisiger Haß, der ihn über den Schreibtisch hinweg traf wie ein Todesstrahl von einem öden, tödlichen Planeten. Bin ich zu weit gegangen? fragte Archie sich. Ich hab' den Kerl in Algebra, mein schlechtestes Fach!
»Du weißt, was ich meine«, sagte Leon; seine Stimme erinnerte an eine zuknallende Tür.
Ihre Blicke begegneten sich, hielten einander stand. Sollte er die Sache noch weiter auf die Spitze treiben? Ausgerechnet jetzt? Wäre das klug? Archie legte Wert darauf, immer klug zu handeln. Nicht das tun, was ihn im Moment reizte, ihm Erleichterung verschaffte, sondern nur das tun, was sich später bezahlt machte. Das war der Grund, weshalb sie gerade ihn zum Auftraggeber gemacht hatten. Weil es so war, hing alles bei den Scharfrichtern von ihm ab. Zum Teufel, die Scharfrichter *waren* die Schule. Und er, Archie Costello, *war* die Scharfrichter. Deshalb hatte Leon ihn hierhin in sein Büro gerufen, deshalb bettelte Leon jetzt praktisch um seine Hilfe. Archie überkam plötzlich ein schrecklicher Heißhunger auf einen Riegel Hershey-Schokolade.
»Ich weiß, was Sie meinen«, antwortete er und verschob die

endgültige Kraftprobe auf später. Leon konnte so nützlich sein wie erspartes Geld auf der Bank.
»Ich kann also auf dich zählen?«
»Ich werde mit ihnen sprechen«, antwortete Archie und ließ das *ihnen* in der Luft hängen.
Und da hing es.
Bruder Leon griff es nicht auf.
Archie auch nicht.
Sie schauten einander lange an.
»Die Scharfrichter werden helfen«, sagte Archie, denn er konnte nicht länger an sich halten. Er hatte diese beiden Wörter... Die Scharfrichter... noch nie zuvor vor einem Lehrer laut aussprechen können; er hatte die Existenz der Organisation so lange verleugnen müssen, daß es jetzt eine Wohltat war, es einmal laut zu sagen und dabei die Verblüffung auf Bruder Leons blassem, schwitzendem Gesicht zu beobachten.
Dann stieß Archie seinen Stuhl zurück und verließ das Büro, ohne erst darauf zu warten, daß der Lehrer ihn dazu aufforderte.

5

»Dein Name ist Goubert?«
»Ja.«
»Du wirst Die Nuß genannt?«
»Ja.«
»Ja, was?«
Archie ärgerte sich schon über sich selbst als er es sagte. *Ja, was?* Wie eine Szene aus einem alten Film über den Zweiten

Weltkrieg. Und Goubert stotterte und sagte dann: »Ja, *Sir*.« Wie ein neuer Rekrut.
»Weißt du, warum du hier bist, Nuß?«
Die Nuß zögerte. Trotz ihrer Länge... sie war sicher einsachtzig lang... erinnerte sie Archie an ein Kind; jemand, der nicht hierhin gehörte, so als ob sie in einem Film mit Jugendverbot erwischt worden sei. Sie hatte den Blick des geborenen Verlierers. Sie war vor allem viel zu mager. Ein Köder der Scharfrichter.
»Ja, Sir«, sagte Die Nuß endlich.
Archie wunderte sich immer ein wenig über sich selbst, warum es ihm Spaß machte, diese Schau abzuziehen... die jüngeren Burschen zu Hampelmännern zu machen, sie hereinzulegen und sie zum Schluß zu erniedrigen. Er hatte sich dieses Amt als Auftraggeber dank seiner schnellen Auffassungsgabe, seiner rasch arbeitenden Intelligenz und seiner fruchtbaren Fantasie erobert; dank seiner Fähigkeit, immer zwei Züge voraus zu denken, als ob das Leben ein großes Dame- oder Schachspiel sei. Aber es steckte noch etwas mehr dahinter; etwas, für das niemand die richtigen Worte fand, um es zu beschreiben. Archie wußte, was es war, obwohl es sich einer genauen Erklärung entzog. Er hatte einmal abends im Spätprogramm einen alten Film mit den Marx Brothers gesehen. Es gab da eine Szenenfolge, die sich bei ihm besonders eingeprägt hatte. Die Brüder suchten nach einem verschwundenen Gemälde. Groucho sagte: »Wir durchsuchen alle Zimmer im ganzen Haus«, und Chico fragte: »Und wenn es nicht hier im Haus ist?« Groucho antwortete: »Dann durchsuchen wir das Haus nebenan.« Darauf wieder Chico: »Und wenn nebenan gar kein Haus ist?« Und Groucho darauf: »Dann bauen wir eben eines.« Und anstatt das Gemälde zu suchen, fingen sie unverzüglich an, Pläne für den Hausbau zu zeichnen. Genau das machte Archie auch: er baute Häuser, deren Nützlichkeit niemandem außer ihm selbst einleuchtete; ein Haus, das für alle anderen unsichtbar blieb.

»Wenn du es weißt, dann sag's mir, warum du hier bist, Nuß«, sagte Archie nun mit sanfter Stimme. Er behandelte sie immer mit Freundlichkeit, als ob ein Bündnis zwischen ihnen bestünde.
Irgend jemand kicherte. Archie erstarrte und warf Carter einen Blick zu, einem vernichtenden Blick, der bedeutete: sag ihnen, sie sollen die Klappe halten. Carter schnalzte mit den Fingern, und das klang in dem stillen Lagerraum wie ein Schlag mit einem Auktionshammer. Die Scharfrichter saßen wie üblich im Kreis um Archie und den Burschen herum, der diesmal einen Auftrag bekam. Der kleine Raum hinter der Turnhalle hatte kein Fenster und nur eine Tür, die in die Turnhalle führte: der ideale Ort für die geheimen Sitzungen der Scharfrichter. Der einzige Zugang ließ sich leicht bewachen, und eine 40-Watt-Birne, die von der Decke baumelte, warf nur ein schwaches Licht auf das, was sich bei den Zusammenkünften hier tat. Nachdem das Geräusch von Carters schnippenden Fingern verhallt war, wirkte die Stille schier erdrückend. Niemand nahm sich bei Carter etwas heraus. Carter war Präsident der Scharfrichter, weil zum Präsidenten immer ein Football-Spieler gemacht wurde – wegen der Muskelkraft, die jemand wie Archie hinter sich brauchte. Aber jeder wußte, daß der Kopf der Scharfrichter der Aufftraggeber war, Archie Costello, ihnen allen immer um einen Schritt voraus.
Die Nuß sah verängstigt aus. Sie gehörte zu den Menschen, die es immer allen recht machen möchten. Der Typ, der das Mädchen nie kriegt und es nur heimlich anbetet und zuschauen muß, wie der große Held zum Schluß mit ihr in den Sonnenuntergang davonreitet.
»Erzähl' mir, warum du hier bist«, sagte Archie und legte ein ganz klein wenig Ungeduld in seine Stimme.
»Für... einen Auftrag.«
»Weißt du, daß die Aufträge nie persönlich aufzufassen sind...?«
Die Nuß nickte.

»…daß sie zur Tradition von Trinity gehören?«
»Ja.«
»Und daß du Schweigen schwören mußt?«
»Ja«, sagte Die Nuß und schluckte dabei. Ihr Adamsapfel rutschte in ihrem langen, dünnen Hals herauf und hinunter.
Schweigen.
Archie ließ die Zeit verstreichen. Er spürte, wie die Spannung stieg. Das war immer so, wenn gleich ein Auftrag vergeben wurde. Er wußte, was die Jungen jetzt dachten: Was hat Archie sich diesmal wieder einfallen lassen? Manchmal empfand Archie Groll auf die Scharfrichter. Die Mitglieder brauchten nichts zu tun und die Befehle nur ausführen. Carter war die Muskeln und Obie der Botenjunge. Nur Archie stand ständig unter Druck, mußte sich Aufträge einfallen lassen und sie ausarbeiten. Als ob ich ein Automat sei: man drückt einfach auf den Knopf und ein Auftrag kommt heraus. Hatten die eine Ahnung, was das für eine Plackerei bedeutete! Wie oft hatte er sich abends schlaflos im Bett gewälzt? Wie oft kam er sich leer und verbraucht vor. Trotzdem konnte Archie nicht leugnen, daß er Augenblicke wie diesen hier genoß: Wenn alle Scharfrichter erwartungsvoll zu ihm aufschauten, wenn das Geheimnis sie alle verband, wenn ein Junge wie Die Nuß blaß und ängstlich vor ihm stand, und alles so totenstill war, daß er beinahe seinen eigenen Herzschlag hörte. Und alle Augen waren auf ihn gerichtet: auf Archie.
»Nuß.«
»Ja. Ja, Sir.« Schlucken.
»Weißt du, was ein Schraubenzieher ist?«
»Ja.«
»Kannst du dir einen beschaffen?«
»Ja. Ja, Sir. Von meinem Vater. Er hat einen Werkzeugkasten.«
»Sehr schön. Weißt du, wozu man Schraubenzieher benutzt?«
»Ja.«
»Wofür?«
»Zum schrauben…zum Schrauben reinschrauben.«

Jemand kicherte. Archie ließ es durchgehen. Die Spannung ließ etwas nach.
»Doch wohl auch zum Herausschrauben, Nuß? Stimmt's?« sagte Archie.
»Ja, Sir.«
»Mit einem Schraubenzieher kann man also Schrauben fest anziehen oder lockern. Stimmt's?«
»Ja, Sir«, sagte Die Nuß und nickte eifrig mit dem Kopf, all ihre Aufmerksamkeit auf den Gedanken an den Schraubenzieher gerichtet, als ob sie hypnotisiert worden sei, und Archie wurde von einer wundervollen Welle aus Macht und Ruhm getragen, lenkte Die Nuß dahin, wohin er sie haben wollte, verabreichte ihr das, was sie wissen mußte, teelöffelweise... das war der unterhaltsamste Teil bei dem lausigen Job. Eigentlich doch nicht lausig. Eher schon Klasse. Einfach großartig. Und alle Plackerei wert.
»Weißt du auch, wo Bruder Eugens Klassenzimmer ist?«
In diesem Augenblick wurde die Spannung beinahe greifbar, sichtbar wie elektrische Funken.
»Ja. Zimmer neunzehn. Zweiter Stock.«
»Stimmt!« Archie sagte das, als ob er Der Nuß ein ›Sehr gut‹ beim Gedichtaufsagen geben würde. »Richte dich so ein, daß du am nächsten Donnerstag nachmittags frei bist. Am Nachmittag, Abend, und wenn nötig die ganze Nacht.«
Die Nuß stand reglos da.
»Nächsten Donnerstag ist die Schule leer. Die Brüder, die meisten jedenfalls, diejenigen, die etwas zu sagen haben, fahren zu einer Konferenz der Ordensprovinz nach Maine. Der Hausmeister hat seinen freien Tag. Nach drei Uhr nachmittags ist niemand mehr im Haus. Niemand außer dir, Nuß. Du mit deinem Schraubenzieher.«
Jetzt kam es, der Knüller, der Auftrag, die Bombe.
»Dann machst du folgendes, Nuß.« Pause. »Du lockerst.«
»Lockern?« Der Adamsapfel hüpfte.
»Du lockerst.«

Archie wartete einen Herzschlag lang; er hatte die Situation völlig in der Hand. Die Stille im Raum war beinahe unerträglich. Dann fuhr er fort: »Alles, was in Bruder Eugens Klasse steht, wird von Schrauben zusammengehalten. Die Stühle, die Tische, die schwarze Tafel. Du nimmst deinen kleinen Schraubenzieher... bring' lieber ein paar Stück mit, in verschiedenen Größen und Stärken, für alle Fälle... und fängst an, die Schrauben zu lockern. Du nimmst sie nicht heraus. Du lockerst sie nur so weit, bis sie beinahe herausfallen, bis alles fast nur noch an einem Faden hängt...«
Ein entzücktes Aufheulen... wahrscheinlich Obie, der schon begriffen hatte, der schon das Haus sah, das Archie da baute; ein Haus, das erst existierte, wenn er es in ihrer Vorstellungskraft errichtet hatte. Dann sahen auch die anderen das Ergebnis dieses Auftrages und fielen in das Gelächter ein. Archie ließ sich von diesem bewundernden Lachen streicheln und wußte, daß er wieder einen Treffer gelandet hatte. Die Kerle warteten ständig darauf, daß er stolperte und auf die Nase fiel, aber er hatte es wieder einmal geschafft.
»Jeeeesus, das ist ein Haufen Arbeit«, sagte Die Nuß. »Das sind 'ne Menge Tische und Bänke.«
»Du hast die ganze Nacht Zeit. Wir werden dafür sorgen, daß du nicht gestört wirst.«
»Jeeeesus.« Der Adamsapfel führte schier einen Veitstanz auf.
»Donnerstag«, sagte Archie, und das war ein endgültiger, unwiderruflicher Befehl.
Die Nuß nickte, nahm den Auftrag an wie eine Verurteilung, genau wie alle anderen auch, und wußte, daß es keinen Ausweg, keinen Aufschub, keine Berufung gab. Das Gesetz der Scharfrichter war unumstößlich; jeder in der Schule wußte das.
Jemand flüsterte: »Uiiii.«
Carter schnalzte wieder mit den Fingern, und wieder stieg die Spannung im Raum. Aber diesmal war sie anderer Art; sie hatte sozusagen Zähne. Und diese Zähne konnten Archie zerfleischen. Archie holte tief Luft.

Carter griff unter das alte Lehrerpult, hinter dem er als Präsident saß, und holte einen kleinen schwarzen Kasten hervor. Er schüttelte ihn und alle hörten, wie ein paar Murmeln darin herumrollten und zusammenstießen. Obie trat vor, einen Schlüssel in der Hand. Grinste er? Archie war nicht sicher. Er fragte sich: Ob Obie mich wirklich haßt? Ob sie mich alle hassen? Dabei war das völlig egal. Jedenfalls solange Archie die Macht besaß. Er würde sie alle besiegen. Sogar den schwarzen Kasten.
Carter übernahm den Schlüssel von Obie und hielt ihn hoch.
»Bereit?« fragte er Archie.
»Bereit«, antwortete Archie und sein Gesicht blieb so ausdruckslos und undurchdringlich wie immer, obwohl er spürte, wie ein Schweißtropfen einen kalten Pfad von seiner Achselhöhle zu den Rippen hinunterzog. Der schwarze Kasten – das war die Nemesis, die strafende Gerechtigkeit, konnte sie jedenfalls sein. Der schwarze Kasten enthielt sechs Murmeln: fünf weiße und eine schwarze. Schon lange vor Archies Zeit war irgend jemand klug oder gerissen genug gewesen, um zu erkennen, daß ein Aufftraggeber völlig größenwahnsinnig werden konnte, wenn es keinerlei Kontrolle für ihn gab. Der schwarze Kasten war das, was ihn kontrollierte. Nach der Verkündung jedes Auftrages wurde sie Archie hingehalten. Wenn Archie eine weiße Murmel herausholte, galt der Auftrag als endgültig angeordnet. Wenn Archie die schwarze Murmel erwischte, mußte er den Auftrag selbst ausführen.
Archie hatte drei Jahre lang Glück gehabt...und diesmal? Oder ging seine Glückssträhne zu Ende? Wandte sich das Gesetz der Wahrscheinlichkeit diesmal gegen ihn? Ein Zittern lief durch seinen Arm, als er die Hand nach dem Kasten ausstreckte. Er hoffte, niemand werde es merken. Er griff in den Kasten, griff eine Murmel, ballte die Hand und zog sie heraus. Er hielt den Arm ausgestreckt, ganz ruhig, ohne Schaudern oder Zittern. Er öffnete die Hand. Die Murmel war weiß.
Archies Mundwinkel zuckten, und sein Körper entspannte

sich. Er hatte sie wieder geschlagen. Er hatte wieder gesiegt. Ich bin Archie. Ich kann nicht verlieren.
Carter schnalzte mit den Fingern und die Versammlung löste sich auf. Plötzlich fühlte Archie sich leer, verbraucht, überflüssig. Er sah zu Der Nuß hin. Der Junge stand ganz verwirrt da und machte ein Gesicht, als ob er gleich weinen werde. Er tat Archie fast leid. Aber nur fast.

6

Bruder Leon bereitete sich darauf vor, seine Schau abzuziehen. Jerry kannte die Symptome; alle Jungen kannten sie, obwohl sie erst seit ungefähr einem Monat auf der High School waren und in Bruder Leons Klasse saßen; mit Bruder Leons Ticks und Tricks kannten sie sich inzwischen aus. Zuerst gab Leon ihnen eine Lese-Aufgabe. Und während sie lasen, lief er unruhig und seufzend auf und ab, trabte durch die Gänge zwischen den Pulten, den Zeigestock in der Hand, den er entweder wie einen Taktstock oder wie einen Säbel handhabte. Er benutzte ihn, um mit der Spitze ein Buch auf einem Pult wegzustoßen, einem Jungen die Krawatte hochzuzupfen oder um ihm damit leicht den Rücken zu kratzen. Manchmal stocherte er mit dem Zeigestock herum wie ein Straßenkehrer, der Abfall aufspießt. Einmal blieb der Zeigestock einen Augenblick auf Jerrys Kopf ruhen, unerklärlicherweise zitterte Jerry hinterher, als ob er gerade einem schrecklichen Schicksal entronnen sei.
Jerry merkte, wie Bruder Leon ruhelos im Klassenzimmer her-

umlief und hielt den Blick auf seine Buchseiten gerichtet, obwohl er gar keine Lust zum Lesen hatte. Noch zwei Stunden. Jerry freute sich auf das Football-Training. Seit Tagen machten sie nur Gymnastik, und der Trainer hatte gesagt, daß sie heute Nachmittag vielleicht mit dem Ball üben dürften.
»Schluß mit diesem Irrsinn.«
Das war Bruder Leon: er versuchte immer, zu schockieren. Er benutzte Wörter wie Irrsinn und Mist und streute hin und wieder auch ein Verdammt und zum Teufel ein. Und er schokkierte tatsächlich. Die Worte wirkten verblüffend, wenn dieser blasse, harmlos aussehende kleine Mann sie aussprach. Später kam man natürlich dahinter, daß er gar nicht so harmlos war. Das Wort Irrsinn widerhallte im Raum und alle schauten von den Büchern auf. Noch zehn Minuten bis zum Läuten... Zeit genug für Bruder Leon, seine Schau abzuziehen, ein neues Spiel vorzuführen. Die Klasse beobachtete ihn mit schreckerfüllter Faszination.
Bruder Leons Blick glitt langsam durch den Raum, wie der Scheinwerferstrahl von einem Leuchtturm über eine vertraute Küste, nach verborgenen Auffälligkeiten suchend. Jerry empfand Furcht und Neugier.
»Bailey«, sagte Leon.
»Ja, Bruder Leon.« Es sah Bruder Leon ähnlich, daß er sich Bailey aussuchte: einen von der hilflosen Sorte, ein sehr guter Schüler, aber schüchtern, introvertiert, die Augen hinter der Brille gerötet vom vielen Lesen.
»Komm her«, sagte Bruder Leon und winkte mit dem Finger. Bailey ging ruhig nach vorn. Jerry sah an seiner Schläfe eine Ader klopfen.
»Wie ihr wißt«, begann Bruder Leon, an die ganze Klasse gewandt, und ignorierte Bailey völlig, obwohl der Junge neben ihm stand. »Wie ihr wißt, muß in einer Schule eine gewisse Ordnung eingehalten werden. Zwischen Lehrern und Schülern muß eine Grenze bestehen. Natürlich würden wir Lehrer gerne zu den Schülern gehören. Aber die Trennungslinie muß blei-

ben. Eine unsichtbare Linie, vielleicht, aber sie ist doch da.«
Seine feuchten Augen glänzten. »Den Wind könnt ihr schließlich auch nicht sehen, aber er ist doch da. Ihr seht seine Auswirkung, wie er die Bäume biegt, die Blätter schüttelt.«
Bruder Leon gestikulierte, während er sprach; sein Arm wurde der Wind; der Zeigestock folgte der Windrichtung und plötzlich, ohne Warnung, schlug er Bailey auf die Wange. Der Junge sprang voll Schmerz und Schreck beiseite.
»Es tut mir leid, Bailey«, sagte Leon, aber seine Stimme klang gar nicht bedauernd. War das ein Unglücksfall gewesen oder eine von Bruder Leons kleinen Gemeinheiten?
Nun waren alle Augen auf Bailey gerichtet. Bruder Leon betrachtete ihn unverwandt, beobachtete ihn, als habe er eine Probe unter dem Mikroskop vor sich, eine Probe, in der es von Mikroben, die eine tödliche Krankheit verbreiteten, nur so wimmelte. Das mußte man Bruder Leon lassen: er war ein großartiger Schauspieler. Er las sehr gerne Kurzgeschichten laut vor, übernahm immer alle Rollen und lieferte die Geräuschkulisse gleich mit. In Bruder Leons Stunde schlief niemand ein oder gähnte auch nur. Man mußte ständig aufpassen, so wie jetzt alle aufmerksam Bailey ansahen und sich fragten, was wohl Leon als nächstes tun werde. Unter Leons festem Blick hörte Bailey auf, seine Wange zu reiben, obwohl sich ein roter Striemen darüber hinzog und sich ein Fleck mit bösartig aussehender Färbung auf seinem Fleisch ausbreitete. Irgendwie war plötzlich der Spieß umgedreht worden. Plötzlich war es so, als sei Bailey von vornherein im Unrecht gewesen und als habe er einen Fehler begangen; als habe er einfach im falschen Moment am falschen Platz gestanden und so sein Unglück selbst verschuldet. Jerry war verwirrt. Leon verursachte ihm eine Gänsehaut, weil er die Atmosphäre im Klassenraum verändern konnte, ohne auch nur ein einziges Wort zu sagen.
»Bailey«, sagte Leon. Aber er schaute Bailey nicht an; er schaute die Klasse an, als ob sie sich alle mit ihm über einen Witz einig wären, den Bailey nicht mitbekommen hatte. Als ob

die Klasse und Leon sich zu einer geheimen Verschwörung verbündet hätten.
»Ja, Bruder Leon?« fragte Bailey; seine Augen wirkten hinter der Brille wie vergrößert.
Eine Pause.
»Bailey«, sagte Bruder Leon. »Warum betrügst du?«
Es heißt, beim Abwurf einer Wasserstoffbombe gäbe es keinen Knall; es soll nur ein blendend weißer Blitz niederfahren, der eine ganze Stadt erschlagen kann. Der Knall kommt erst nach dem Einschlag, nach der Stille. Eine solche Stille herrschte jetzt in der Klasse.
Bailey stand sprachlos da, sein Mund sah aus wie eine offene Wunde.
»Soll ich dein Schweigen für ein Schuldgeständnis nehmen, Bailey?« fragte Bruder Leon und wandte sich endlich zu dem Jungen um.
Bailey schüttelte heftig den Kopf. Jerry merkte, daß er auch den Kopf schüttelte und sich damit Baileys stummem Protest anschloß.
»Oh, Bailey«, seufzte Leon und seine Stimme bebte betrübt. »Was sollen wir nur mit dir anfangen?« Er wandte sich wieder an die Klasse, zog sie ins Vertrauen... er und die Klasse gegen diesen Schwindler.
»Ich betrüge nicht, Bruder Leon.« Baileys Stimme krächzte.
»Es gibt Beweise, Bailey. Deine Noten... lauter ›Sehr gut‹, nie darunter. In jeder Klassenarbeit, bei allen Hausaufgaben. Nur ein Genie ist zu solch einer Leistung fähig. Willst du etwa behaupten, du seist ein Genie, Bailey?« Er spielte mit ihm wie die Katze mit der Maus. »Ich gebe zu, eine gewisse äußere Ähnlichkeit mit einem Genie ist bei dir vorhanden... diese Brille, das spitze Kinn und die wilde Mähne...«
Leon schaute die Klasse an, reckte das Kinn und wartete auf zustimmendes Gelächter, forderte es mit seiner ganzen Haltung heraus. Und es kam. Sie lachten. He, was soll das heißen, fragte Jerry sich und lachte doch auch mit. Denn Bailey schaute wirk-

lich irgendwie wie ein Genie aus, oder zumindest wie die Karikatur eines verrückten Wissenschaftlers in einem alten Film.
»Bailey.« Bruder Leon wandte seine ganze Aufmerksamkeit wieder dem Jungen zu, als das Gelächter verklungen war.
»Ja«, antwortete Bailey unglücklich.
»Du hast meine Frage noch nicht beantwortet.« Er ging bedächtig zum Fenster und schien plötzlich in den Anblick der Straße draußen vertieft, wo die Septemberblätter braun und dürr wurden.
Bailey stand ganz alleine vor der Klasse, wie vor einem Erschießungskommando. Jerry spürte wie seine Wangen warm wurden, wie die Hitze darin klopfte.
»Also, Bailey?« sagte Leon vom Fenster her, noch immer mit der Welt draußen beschäftigt.
»Ich betrüge nicht, Bruder Leon.« Baileys Stimme klang gepreßt, ein letzter Versuch, sich zu verteidigen.
»Wie erklärst du dann all die ›Sehr gut‹?«
»Ich weiß nicht.«
Bruder Leon wirbelte herum. »Willst du sagen, du seist vollkommen, Bailey? Lauter ›Sehr gut‹...das ist nur mit Vollkommenheit zu erklären. Ist das deine Antwort, Bailey?«
Zum ersten Mal schaute Bailey die Klasse an; ein stummer Hilferuf, von einem verwundeten, verlassenen Geschöpf.
»Nur Gott ist vollkommen, Bailey.«
Jerrys Genick begann zu schmerzen. Und seine Lungen brannten. Er merkte, daß er den Atem angehalten hatte und holte vorsichtig Luft, um keine überflüssige Bewegung zu machen. Er wünschte, er wäre unsichtbar. Er wünschte, er wäre überhaupt nicht hier in der Klasse, sondern draußen auf dem Sportplatz beim Training.
»Vergleichst du dich mit Gott, Bailey?«
Hör auf, Bruder Leon, hör auf, rief Jerry in Gedanken.
»Wenn Gott vollkommen ist, und du vollkommen bist, Bailey, bringt dich das auf irgend etwas?«
Bailey antwortete nicht; seine Augen blickten groß und un-

gläubig. Die Klasse war totenstill. Jerry konnte das Summen der elektrischen Uhr hören; er hatte noch nie zuvor bemerkt, daß elektrische Uhren summen.

»Die einzig andere Möglichkeit ist, daß du eben nicht vollkommen bist, Bailey. Und natürlich bist du das nicht.« Leons Stimme klang nun etwas weniger scharf. »Ich weiß, daß du so etwas Gotteslästerliches nicht denken würdest.«

»Nein, Bruder Leon«, sagte Bailey erleichtert.

»Also bleibt uns nur eine Schlußfolgerung«, sagte Bruder Leon mit heller, triumphierender Stimme, als ob er eine bedeutende Entdeckung gemacht habe. »Du betrügst!«

In diesem Augenblick haßte Jerry Bruder Leon. Er konnte den Haß im Magen schmecken; er war säuerlich, faulig und brannte.

»Du bist ein Betrüger, Bailey. Und ein Lügner.« Die Worte fielen wie Peitschenschläge.

Du Ratte, dachte Jerry. Du Bastard.

Von hinten aus der Klasse dröhnte eine Stimme: »Herrje, lassen Sie doch den Jungen in Ruhe.«

Leon wirbelte herum. »Wer war das?« Seine feuchten Augen funkelten.

Die Klingel schrillte, die Stunde war zu Ende. Füße scharrten, die Jungen stießen ihre Stühle zurück; sie hatten es eilig, von diesem schrecklichen Ort fortzukommen.

»Halt, einen Moment noch«, sagte Bruder Leon. Sanft...aber jeder hörte es. »Hinsetzen.«

Die Schüler setzten sich wieder.

Bruder Leon musterte sie mitleidig und kopfschüttelnd, ein trauriges, düsteres Lächeln auf den Lippen. »Ihr armen Dummköpfe. Ihr Idioten. Wißt ihr, wer der Beste von euch allen ist? Der Mutigste?« Er legte die Hand auf Baileys Schulter. »Gregory Bailey! Er hat sich gegen meine Beschuldigungen verteidigt. Er hat nicht nachgegeben, er ist dabei geblieben, daß er nicht schwindelt! Aber ihr, ihr habt dagesessen und das Schauspiel genossen. Und wenn ein paar von euch es vielleicht nicht genossen haben, so haben sie es jedenfalls geduldet, mich nicht daran gehindert. Ihr habt dieses Klassenzimmer für einige Minuten in Nazi-Deutschland verwandelt. Ja, ja, zum Schluß hat *einer* protestiert. *Herrje, lassen Sie den Jungen in Ruhe.*« Er ahmte die tiefe Stimme genau nach.

Draußen vor der Tür, auf dem Flur, waren Schritte und Stimmen zu hören; die nächste Klasse, die nun eine Stunde bei Bruder Leon hatte, wollte herein. Leon achtete nicht auf den Lärm. Er wandte sich an Bailey und berührte seinen Kopf mit der Zeigestockspitze, als wolle er ihn zum Ritter schlagen. »Du hast dich gut gehalten, Bailey. Ich bin stolz auf dich. Du hast die schwerste Prüfung bestanden: du bist dir selbst treu geblieben.«

Baileys Kinn zitterte. »Natürlich schummelst du nicht, Bailey«, fuhr er mit sanfter, väterlicher Stimme fort. Er wies mit einer Geste auf die Klasse; er gestikulierte immer. »Deine Klassenkameraden da... sie sind die Betrüger. Sie haben dich heute betrogen. Sie sind es, die an dir gezweifelt haben. Mir kam das ernsthaft nie in den Sinn.«

Bruder Leon ging zu seinem Katheder. »Ihr könnt gehen«, sagte er. Die Stimme war voller Verachtung über sie alle.

7

»Was machst du da, Emil?« fragte Archie mit belustigter Stimme. Belustigt war er, weil er schließlich genau sah, was Emil Janza da machte: er zapfte Benzin aus einem Autotank und schaute zu, wie es in einen Glaskrug floß.

Emil kicherte. Auch er war belustigt, weil Archie ihn bei so etwas erwischt hatte.

»Ich beschaff' mir Benzin für diese Woche«, sagte Emil.

Das Auto stand ganz am Ende des Schulparkplatzes und gehörte Carlson, einem Burschen aus der Oberstufe.
»Und was machst du, wenn Carlson jetzt kommt und sieht, wie du ihm das Benzin stiehlst, Emil?« fragte Archie, obwohl er die Antwort schon kannte.
Emil machte sich nicht die Mühe, darauf zu antworten. Er grinste Archie nur vielsagend an. Carlson würde überhaupt nichts unternehmen. Er war ein magerer, sanfter Junge, der es haßte, in einen Streit hineingezogen zu werden. Außerdem wagte es sowieso kaum jemand, sich mit Emil Janza anzulegen, gleichgültig, ob der Betreffende nun dick oder mager, sanft oder wild war. Emil Janza war ein Rohling, und irgendwie war das seltsam, denn er sah gar nicht so aus. Er war weder besonders groß noch besonders kräftig. Er war sogar zu klein, um in der Football-Mannschaft im Angriff zu spielen. Aber er war gemein, und er hielt sich niemals an Spielregeln. Nicht, wenn er das irgendwie vermeiden konnte. Seine kleinen Augen lagen in bleiches Fleisch gebettet; Augen, die nur selten lächelten, auch nicht, wenn er kicherte oder wenn ein Grinsen über sein Gesicht zuckte aus Genugtuung darüber, es wieder jemandem besorgt zu haben. So nannte Emil Janza das: es jemandem besorgen. Zum Beispiel, im Unterricht dauernd leise pfeifen, um dem Lehrer auf die Nerven zu gehen; ein kaum hörbares Zischen, das einen Lehrer die Wand hinauf jagen konnte. Emil Janza tat immer genau das Gegenteil von dem, was sonst üblich war. Schlaue Burschen setzen sich immer hinten hin, Emil Janza nicht. Er suchte sich immer einen Platz vorne, wo er den Lehrer bequem belästigen konnte. Emil pfiff, grunzte, rülpste, klopfte mit dem Fuß, rutschte unentwegt auf seinem Sitz hin und her, zog die Nase hoch. Wenn man so etwas hinten in der Klasse machte, würde der Lehrer das ja nicht hören.
Emil quälte nicht nur die Lehrer. Er hatte herausgefunden, daß die Welt voll bereitwilliger Opfer ist... vor allem in seinem Alter. Er hatte dies schon sehr früh im Leben entdeckt, schon in der vierten Klasse: Niemand will Streit, niemand will Streit

verursachen, niemand will eine Kraftprobe. Diese Erkenntnis war eine Offenbarung. Sie öffnete Türen. Man konnte einem Jungen das Mittagessen wegnehmen, oder sogar sein Geld fürs Mittagessen, und meistens passierte dann überhaupt nichts, weil die meisten Schüler um jeden Preis Frieden haben wollten. Natürlich mußte man sich seine Opfer sorgfältig aussuchen, denn es gab auch Ausnahmen. Aber auch die, die zuerst noch protestierten, merkten schnell, daß es weniger Scherereien machte, Emil seinen Willen zu lassen. Wer hatte schon Lust, verprügelt zu werden? Später fand Emil noch etwas anderes heraus, das sich mit Worten nur schwer erklären läßt: er merkte, daß die Leute sich davor fürchteten, in Verlegenheit gebracht oder gedemütigt zu werden. Es war ihnen unangenehm, wenn plötzlich alle gerade auf sie schauten. Zum Beispiel im Autobus. Man suchte sich einen Jungen aus, der leicht rot wurde, und rief ihm zu: »Herr im Himmel, riechst du aus dem Mund. Merkst du das nicht? Putzt du dir denn nie die Zähne?« Auch wenn der Junge den saubersten Atem auf Erden hatte, konnte man ihn damit drankriegen. Oder man murmelte: »Hast du eben einen fahren lassen, Kleiner? Was für 'ne Schweinerei!« Leise, aber laut genug, damit alle rundherum es hörten. Bemerkungen dieser Art...in der Schulkantine beim Mittagessen, im Klassenzimmer, in dem man saß, wenn man seine Hausaufgaben machte. Aber in der Öffentlichkeit klappte es noch besser, wenn nur fremde Erwachsene dabei waren, oder vor allem Mädchen. Dann wanden sich die Jungen. Das Ergebnis war, daß alle besonders nett zu Emil Janza waren. Und Emil genoß das. Emil war nicht dumm, aber auch nicht besonders intelligent. Er brachte es immer gerade fertig, sich in der Schule so durchzuschlängeln, und damit war sein Vater zufrieden, den Emil beschränkt fand und für den ein Lebenstraum in Erfüllung ging, wenn sein Sohn an einer vornehmen Privatschule wie der Trinity High-School die Abschlußprüfung bestehen würde. Sein Vater hatte keine Ahnung, wie primitiv es in dem Laden zuging.

»Emil, du bist Klasse«, sagte Archie, als Emil sorgfältig den Deckel auf den Benzintank schraubte; sein Krug war voll.
Emil schaute mißtrauisch auf. Er war bei Archie Costello nie sicher, ob der es ernst meinte oder nicht. Emil legte sich niemals mit Archie an. Archie gehörte zu den wenigen Menschen auf Erden, die Emil respektierte. Vielleicht sogar fürchtete. Archie und die Scharfrichter.
»Klasse?«
Archie lachte. »Ich meine, du bist wirklich ganz schön unverfroren, Emil. Wer sonst würde mitten am hellichten Tag, mitten auf dem Parkplatz, jemand das Benzin abzapfen? Das nenne ich Klasse.«
Emil lächelte Archie an und war doch plötzlich betrübt. Er wünschte, er könnte Archie erzählen, was er sonst noch alles machte. Aber das ging nicht. Das war alles zu persönlich, aber Emil wünschte sich oft, er könnte jemand davon erzählen, was für einen Spaß er bei so etwas hatte. Wenn er in der Schule aufs Klo ging, zum Beispiel, dann spülte er fast nie hinterher...es machte ihm Spaß, sich vorzustellen, wie der nächste Junge hereinkam und den ganzen Dreck in der Kloschüssel vorfand. Verrückt. Es wäre schwierig, jemand zu erklären, warum er das machte. Und daß er sich manchmal tatsächlich gemein vorkam, wenn er jemand verprügelte oder beim Football-Spiel ein Bein stellte und ihm dann auch noch einen Fausthieb extra gab, wenn er ihn schon am Boden hatte. Wie konnte man zu jemandem von so etwas sprechen? Bei Archie hatte Emil das Gefühl, daß er es verstehen würde. Gleich und gleich gesellt sich gern, das war es. Trotz der Sache mit dem Foto. Das Foto, das ihn verfolgte.
Archie wollte weiter.
»He, Archie, wohin gehst du?«
»Ich möchte kein Komplize sein, Emil.«
Emil lachte. »Carlson erstattet keine Anzeige.«
Archie schüttelte bewundernd den Kopf. »Große Klasse.«
»He, Archie, was ist mit dem Foto?«

»Ja, Emil, was ist mit dem Foto?«
»Du weißt, was ich meine.«
»Große Klasse«, wiederholte Archie und schlenderte weiter. Sollte Emil Janza ruhig weiter schwitzen wegen des Fotos. Eigentlich verabscheute Archie Leute wie Emil Janza, auch wenn er ihre Taten manchmal bewunderte. Typen wie Janza waren unmöglich. Aber manchmal waren sie nützlich. Janza und das Foto...so nützlich wie Geld auf der Bank.
Emil Janza schaute der verschwindenden Gestalt nach. Eines Tages würde er wie Archie Costello sein...ein Mitglied der Scharfrichter. Emil gab dem Hinterrad von Carlsons Wagen einen Tritt. Es enttäuschte ihn, daß Carlson ihn nicht dabei erwischt hatte, wie er bei ihm Benzin abgezapft hatte.

8

Es sah gut aus, wenn Die Nuß rannte. Ihre langen Arme und Beine bewegten sich fließend und fehlerlos, ihr Körper glitt dahin, als würden ihre Füße den Boden nicht berühren. Wenn Die Nuß rannte, vergaß sie ihre Akne und ihre Ungeschicklichkeit und die Schüchternheit, die sie lähmte, sobald ein Mädchen in ihre Richtung schaute. Sogar ihre Gedanken wurden schärfer, und alles schien einfach und unkompliziert: sie konnte Mathematikaufgaben lösen, während sie rannte, oder sich Kombinationen für das Football-Spiel einprägen. Oft stand sie morgens sehr früh auf, lange vor allen anderen, flog durch die Straßen, in die die aufgehende Sonne schien und alles folgte seiner richtigen Bahn, nichts war unmöglich, und gelte es, die ganze Welt zu gewinnen.

Wenn Die Nuß rannte, genoß sie sogar den Schmerz, die Anstrengung des Laufs, das Brennen in den Lungen und die Krämpfe, die manchmal ihre Waden packten. Sie genoß es, weil sie wußte, daß sie den Schmerz aushalten konnte, und sogar noch viel größere Schmerzen. Die Nuß hatte sich noch nie bis zu dieser äußersten Grenze ihrer Leistungsfähigkeit angetrieben, aber sie spürte eine solche Reservekraft in sich; und mehr noch als Kraft: Entschlossenheit. Sie sang in ihr, wenn sie lief, und ihr Herz pumpte fast freudevoll Blut durch ihren Körper.
Sie hatte sich für die Football-Mannschaft gemeldet, und sie fühlte sich wohl, wenn sie den Ball von Jerry Renault auffing und dann schneller als alle anderen rannte und einen Treffer landete. Aber es war vor allem das Laufen, das ihr dabei solchen Spaß machte. Die Nachbarn sahen sie wie einen Wasserfall die High Street hinunterrauschen, von der Kraft ihres Tempos getragen, und sie riefen ihr zu: »Willst du bei den Olympischen Spielen mitmachen, Nuß?« Oder: »Willst du den Weltrekord brechen?« Und dann rannte sie weiter, schwebte und flog.
Aber jetzt rannte sie nicht. Sie stand in Bruder Eugens Klasse, und sie hatte Angst. Sie war fünfzehn Jahre alt und einsachtzig lang, zu groß, um zu weinen, aber Tränen trübten ihren Blick. Es war, als blicke sie in einen Raum, der unter Wasser stand. Sie schämte sich, ärgerte sich über sich selbst, aber sie konnte nicht anders. Sie weinte aus Zorn und Entsetzen, und es war ein Entsetzen, anders als alles, was ihr je zuvor zugestoßen war: ein Wirklichkeit gewordener Alptraum. Als ob man aus einem bösen Traum aufwacht, in dem ein Ungeheuer einen verfolgt hat, und man seufzt erleichtert, weil man feststellt, daß man sicher in seinem Bett liegt und dann sieht man, daß das Ungeheuer doch auf der mondbeschienenen Türschwelle steht und auf das Bett zukommt, in dem man liegt. Als ob man von einem Alptraum in den nächsten geriete. Und wie sollte sie nun jemals den Weg zurück in die Wirklichkeit finden?

Natürlich wußte Die Nuß, daß sie jetzt nicht träumte. Alles war wirklich genug: die Schraubenzieher und die Zangen waren wirklich, und auch die Tische und Stühle und die schwarze Tafel. Und die Welt draußen, von der sie seit heute nachmittag drei Uhr, als sie sich in die Schule geschlichen hatte, ausgesperrt war. Inzwischen hatte die Welt draußen sich verändert, war verschwommen geworden, als der Tag sich neigte, erst purpurn in der Dämmerung und nun dunkel. Es war jetzt neun Uhr abends, und Die Nuß saß auf dem Boden, den Kopf an ein Pult gelehnt, und war wütend über ihre feuchten Wangen. Ihre Augen schmerzten vor Anstrengung. Die Scharfrichter hatten angeordnet, daß sie nur das kleine Notlicht brennen lassen durfte, das es in jeder Klasse gab. Eine Taschenlampe war verboten, weil das von draußen verdächtig aussehen konnte. Die Nuß fand den Auftrag beinahe unmöglich auszuführen. Sie war schon seit sechs Stunden in der Klasse, und sie hatte bis jetzt erst zwei Reihen Stühle und Tische fertig. Die Schrauben waren maschinell angebracht worden, saßen unerhört fest und widerstanden einem gewöhnlichen Handschraubenzieher.
Ich krieg' das niemals fertig, dachte sie. Ich werd' die ganze Nacht hier schuften, und meine Eltern werden verrückt, und ich bin immer noch nicht fertig. Sie stellte sich vor, wie sie morgen früh hier entdeckt wurde, vor Erschöpfung zusammengebrochen, blamiert, eine Schande für sich selbst, für die Schule und die Scharfrichter. Sie hatte Hunger und Kopfweh und das Gefühl, daß alles nur wieder gut werden würde, wenn sie irgendwie hier heraus kam und durch die Straßen rennen und vor diesem schrecklichen Auftrag davonlaufen konnte.
Und dann dieses Geräusch auf dem Flur draußen. Das kam noch dazu ... es war unheimlich. Es waren alle möglichen Laute. Die Wände sprachen ihre eigene knarrende Sprache, die Fußböden quietschten, irgendwo summten Motoren, das Summen klang beinahe menschlich. Es reichte schon aus, um jemanden zu Tode zu ängstigen. Seit sie als kleiner Junge manchmal mitten in der Nacht aufgewacht und nach ihrer

Mutter gerufen hatte, seit damals hatte sie nie mehr eine solche Angst verspürt.
Wumms. Noch einmal. Sie starrte voll Schreck auf die Tür; sie wollte das gar nicht, aber sie mußte es, und sie dachte an ihren alten Alptraum.
»He, Nuß«, flüsterte jemand.
»Wer ist da?« fragte sie leise zurück. Erleichterung überkam sie. Sie war nicht mehr allein; da war noch jemand.
»Wie geht's?«
Eine Gestalt kam auf allen Vieren auf sie zu, wie ein Tier. Das Biest sah aus wie...es war doch ein Alptraum. Die Nuß wich zurück; ihre Haut brannte und juckte, als ob sie Ausschlag bekommen würde. Sie merkte, daß noch andere Gestalten in die Klasse krochen. Knie schabten über den Boden. Die erste Gestalt war nun dicht vor ihr.
»Brauchst du Hilfe?«
Die Nuß kniff die Augen zusammen. Der Bursche war maskiert.
»Es geht sehr langsam«, sagte die Nuß.
Die maskierte Gestalt packte Die Nuß vorne am Hemd und zog sie mit einem Ruck vorwärts. Der Atem des Burschen roch nach Pizza. Die Maske war schwarz, genau wie Zorros Maske im Film.
»Hör mal zu, Goubert. Der Auftrag ist wichtiger als alles andere, verstanden? Wichtiger als du oder ich oder die Schule. Deshalb helfen wir dir. Damit die Sache richtig erledigt wird.« Die Fingerknöchel des Burschen bohrten sich in Gouberts Brust. »Wenn du irgend jemand ein Wort darüber verrätst, bist du an der Trinity High erledigt, hast du das kapiert?«
Die Nuß schluckte und nickte. Ihr Hals war trocken. Sie war unglaublich erleichtert. Sie hatte Hilfe bekommen. Das Unmögliche war möglich geworden.
Die maskierte Gestalt hob den Kopf. »Okay. Anfangen.«
Ein anderer Bursche hob das ebenfalls maskierte Gesicht und sagte: »Ist das ein Mist.«

»Halt die Klappe und fang' an zu arbeiten«, sagte der Bursche, der offensichtlich der Anführer war.
Er ließ Gouberts Hemd los und zog einen Schraubenzieher aus der Tasche.
Sie brauchten drei Stunden.

9

Jerrys Mutter war im Frühling gestorben: Nach ihrer Rückkehr aus dem Krankenhaus hatten sie alle abwechselnd nachts bei ihr gewacht: Jerrys Vater, seine Tanten, ein paar von seinen Onkeln, und Jerry selbst. In den letzten Wochen kamen und gingen die Tanten und Onkel in Schichten, alle erschöpft und stumm vor Kummer. Im Krankenhaus konnte man nichts mehr für seine Mutter tun, und sein Vater hatte sie zum Sterben nach Hause geholt. Sie war immer gern in diesem Haus gewesen, war immer mit irgendwelchen Plänen beschäftigt ... neue Tapeten, anstreichen, die Möbel aufpolieren. »Wenn ich zwanzig Arbeiter wie Mutter hätte, dann könnte ich eine kleine Fabrik aufmachen und Millionär werden«, hatte sein Vater manchmal zum Scherz gesagt. Und dann wurde sie krank und starb. Jerry hielt es nicht aus, zuzuschauen, wie sie immer weniger wurde, wie ihre Schönheit schwand, wie schreckliche Veränderungen ihr Gesicht und ihre Gestalt zerstörten, und er floh manchmal aus ihrem Schlafzimmer, schämte sich seiner Schwäche und ging seinem Vater aus dem Weg.
Jerry wünschte, er wäre so stark wie sein Vater und immer beherrscht, und könnte seinen Kummer und seine Trauer verbergen. Als seine Mutter endlich starb, plötzlich um halb vier

nachmittags, ohne ein Murmeln, einfach aufhörte zu atmen, da überwältigte Jerry der Zorn, brennender Zorn, und er stand in stummer Wut an ihrem Sarg. Er war wütend, weil die Krankheit sie so entstellt hatte. Er war wütend, weil er ihr nicht hatte helfen können. Sein Zorn war so tief und glühend, daß er seine Trauer verdrängte. Jerry wollte gegen ihren Tod anschreien, die Welt anbrüllen, Wolkenkratzer umkippen, Bäume ausreißen, die Erde spalten. Aber er tat nichts dergleichen; er lag nur wach im Dunkeln und dachte an die Gestalt, die im Bestattungsinstitut aufgebahrt lag und gar nicht mehr seine Mutter war, sondern plötzlich bloß noch ein Gegenstand, kalt und bleich. In diesen schrecklichen Tagen war sein Vater ein Fremder, der sich wie ein Schlafwandler bewegte, wie eine Marionette, die an unsichtbaren Schnüren manövriert wird. Jerry war verzweifelt und fühlte sich verlassen, wie versteinert. Sogar auf dem Friedhof waren sie einander fremd; ein riesiger Abstand tat sich zwischen ihnen auf, obwohl sie dicht nebeneinander standen. Aber sie berührten sich nicht. Erst als das Begräbnis zu Ende war, als sie sich vom Grab abwandten, um zu gehen, lag Jerry auf einmal in den Armen seines Vaters, drückte das Gesicht an ihn, roch den Duft von Zigarettentabak und Pfefferminz-Mundwasser, diesen vertrauten Geruch, der sein Vater war. Dort auf dem Friedhof klammerten sie sich in gemeinsamer Trauer aneinander und endlich kamen ihnen die Tränen. Jerry hatte das Gefühl, daß sich seine Tränen mit denen seines Vaters vermischten. Sie weinten ohne sich zu schämen, aus einer unbeschreiblichen Notwendigkeit heraus, und dann gingen sie Arm in Arm zusammen zu dem wartenden Auto. Der erstickende Knoten Zorn hatte sich gelöst, aber auf der Heimfahrt vom Friedhof merkte Jerry, daß etwas viel Schlimmeres an seine Stelle getreten war ... Leere, eine gähnende Höhle, ein Loch in seiner Brust.

Das war das letzte Mal, daß Vertrautheit zwischen Jerry und seinem Vater bestand. Sie stürzten sich beide in die tägliche Routine von Schule und Arbeit. Sein Vater verkaufte das Haus, und sie zogen in eine Wohnung, in der keine Erinnerung in den Ecken lauerte. Jerry verbrachte den größten Teil des Sommers in Kanada auf der Farm eines Vetters. Er beteiligte sich bereitwillig an aller Arbeit und hoffte, daß er davon kräftiger und ausdauernder würde, damit er sich im Herbst beim Schulanfang für die Football-Mannschaft melden konnte. Seine Mutter war in dieser kanadischen Kleinstadt geboren worden. Es lag ein wenig Trost darin, durch die gleichen engen Straßen zu gehen wie sie als Mädchen. Als Jerry Ende August nach New England zurückkehrte, begann für ihn und seinen Vater wieder der gleiche tägliche Trott. Schule und Arbeit. Und Football. Auf dem Spielfeld zerstoßen und zerschlagen und schmutzig und verschwitzt, hatte Jerry das Gefühl, daß er zu etwas dazu gehörte. Und er fragte sich manchmal, wozu sein Vater gehörte? Daran dachte Jerry auch jetzt, als er seinen Vater betrachtete. Als er aus der Schule heimgekommen war, hatte er seinen Vater schlafend auf dem Sofa im Wohnzimmer vorgefunden, die Arme über der Brust gefaltet. Jerry bewegte sich geräuschlos; er wollte seinen Vater nicht wecken. Sein Vater war Apotheker und arbeitete in einem Drugstore, der zu einer großen Ladenkette gehörte. Seine Arbeitszeit wechselte oft, und manchmal hatte er Nachtdienst, und das bedeutete, häufig aus dem Schlaf geklingelt zu werden. Deshalb hatte er sich angewöhnt, ein Nickerchen zu halten, wann immer er gerade einen Augenblick Zeit dafür fand. Jerry war es flau im Magen vor Hunger, aber nun setzte er sich leise seinem Vater gegenüber, um zu warten, bis er aufwachte. Er war erschöpft vom Training, von der ständigen körperlichen Anstrengung. Er war enttäuscht, daß ihm beim Football nichts richtig gelungen war, verletzt vom ständigen Sarkasmus des Trainers, ausgelaugt von der anhaltenden Septemberhitze.

Während er seinen schlafenden Vater betrachtete, dessen Gesicht nun entspannt wirkte und auf dem nun all diese scharfen Alterslinien weniger deutlich hervortraten, fiel Jerry ein, daß er irgendwann einmal gehört hatte, Leute, die sehr lange miteinander verheiratet sind, würden sich mit der Zeit allmählich ähnlich. Er kniff die Augen zusammen, so wie man ein blasses Gemälde untersucht, und dann suchte er im Gesicht seines Vaters nach dem Bild seiner Mutter. Ohne Warnung kehrte der Schmerz über ihren Verlust zurück, traf ihn wie ein Faustschlag in den Magen, und er dachte, er würde davon ohnmächtig. Durch irgendein alptraumartiges Wunder konnte er das Gesicht seiner Mutter in den Zügen seines Vaters erkennen, und für eine Sekunde sah er die Erinnerung an all ihre Anmut darin, und er mußte auch noch einmal das ganze Entsetzen spüren, das er empfunden hatte, als er auf die Tote im Sarg geblickt hatte.

Sein Vater wachte auf, wie von einer unsichtbaren Hand aus dem Schlaf gerissen. Die Vision verschwand und Jerry sprang auf.

»Hallo, Jerry«, sagte sein Vater, rieb sich die Augen und setzte sich auf. Sein Haar war nicht einmal zerzaust. Aber wie konnte ein steifer Bürstenhaarschnitt jemals zerzaust werden? »Hast du einen guten Tag gehabt, Jerry?«

Die Stimme seines Vaters stellte wieder normale Verhältnisse her. »Ganz okay. Ich war beim Training. Irgendwann demnächst machen wir ein richtiges Spiel.«

»Fein.«

»Und wie war's bei dir, Papa?«

»Fein.«

»Das freut mich.«

»Mrs. Hunter hat uns einen Auflauf gemacht. Mit Thunfisch. Sie hat gesagt, er hat dir letztes Mal gut geschmeckt.«

Mrs. Hunter war ihre Haushälterin. Sie kam jeden Nachmittag, brachte die Wohnung in Ordnung und bereitete das Abendessen vor. Sie war eine grauhaarige Frau, die Jerry ständig in Verlegenheit brachte, weil sie ihm immer durch das Haar fuhr und dabei »Armes Kind, armes Kind...« murmelte, als ob er noch ein kleiner Junge sei, der in die dritte Klasse gehe.

»Hast du Hunger, Jerry? Ich muß bloß eben den Backofen an-

stellen und vorwärmen und den Auflauf noch mal fünf Minuten hineinschieben, dann können wir essen.«
»Fein.«
Jerry warf ihm eines von seinen ewigen »Fein« zurück, aber sein Vater merkte das nicht. Das war das Lieblingswort seines Vaters...fein.
»Hör mal, Papa.«
»Ja, Jerry?«
»War heute im Geschäft wirklich alles fein?«
Sein Vater blieb verwundert unter der Küchentür stehen. »Wie meinst du das?«
»Ich frag' dich jeden Tag, wie's geht und steht, und du antwortest jeden Tag ›fein‹. Gibt's nicht auch mal einen *großartigen* Tag? Oder einen *versauten* Tag?«
»In einer Apotheke verläuft eigentlich jeder Tag gleich, Jerry. Die Leute kommen mit den Rezepten, und wir suchen die Medikamente heraus...das ist ungefähr alles. Man muß dabei sehr sorgfältig sein, sehr vorsichtig, und alles zweimal nachprüfen. Es stimmt, was von der Handschrift der Ärzte behauptet wird, aber das habe ich dir schon öfter erzählt.« Er runzelte die Stirn, als ob er seine Erinnerung durchsuche, als ob er sich bemühe, irgend etwas zu finden, was seinen Sohn interessieren könne. »Vor drei Jahren gab es mal einen Kunden, der hat einen Überfall versucht. Ein Drogensüchtiger, der in den Laden stürmte und dort den wilden Mann spielte.«
Jerry bemühte sich, seine Überraschung und seine Enttäuschung zu verbergen. War das das Aufregendste, was sein Vater je erlebt hatte? Diese Verzweiflungstat eines kranken Halbwüchsigen, der mit einer Spielzeugpistole versucht hatte, Rauschgift zu erpressen? War das Leben für Erwachsene so langweilig, so eintönig, so immer und ewig das gleiche? Jerry fand es schrecklich, sich vorzustellen, daß ihm auch solch ein Leben bevorsteht, eine lange Reihe von Tagen und Nächten, an denen alles fein war; *fein*...nicht gut, nicht schlecht, nicht großartig, nicht lausig, nicht aufregend, nicht sonst irgendwas.

Er folgte seinem Vater in die Küche. Die Auflaufform rutschte in den Backofen wie ein Brief in einen Briefkasten. Jerry war plötzlich nicht mehr hungrig; aller Appetit war verflogen.
»Willst du Salat dazu?« fragte sein Vater. »Im Eisschrank muß Kopfsalat und noch anderes Grünzeug sein.«
Jerry nickte automatisch. War das alles, was man vom Leben zu erwarten hatte? Man ging in die Schule, suchte sich eine Arbeit, heiratete, wurde Vater, verlor seine Frau, und lebte dann dahin, durch Tage und Nächte, die keinen Sonnenaufgang, keinen Sonnenuntergang hatten, keine Dämmerung, kein Zwielicht, und die aus nichts als grauer Langeweile bestanden? War er seinem Vater gegenüber fair? Und gegenüber sich selbst? War nicht jeder Mensch verschieden? Und hatte man nicht die Wahl? Was wußte er überhaupt wirklich von seinem Vater?
»Hör mal, Papa.«
»Ja, Jerry?«
»Ach, nichts.«
Was konnte er ihn schon fragen, ohne daß das irgendwie verrückt klang? Außerdem bezweifelte er sowieso, daß sein Vater überhaupt offen mit ihm sprechen würde. Jerry erinnerte sich an eine Episode, die sich vor ein paar Jahren ereignet hatte, als sein Vater noch in einer Apotheke in der Nachbarschaft arbeitete, die Art von Apotheke, wo die Kunden den Apotheker um Rat fragen, als ob er Arzt sei. Jerry trieb sich eines Nachmittags in der Apotheke herum, als ein alter Mann hereinkam, gebeugt und gichtgeplagt. Er hatte Schmerzen in der rechten Seite. Was soll ich machen, Herr Apotheker? Was meinen Sie, was das ist? Drücken Sie mal da drauf, Herr Apotheker; spüren Sie auch, wie das da geschwollen ist? Gibt es eine Medizin dafür? Sein Vater war sehr geduldig mit dem alten Mann; er hörte voll Mitgefühl zu, nickte mit dem Kopf und strich sich über die Wange, als ob er über die Diagnose nachdenken würde. Es gelang ihm, den alten Mann dazu zu überreden, doch lieber zum Arzt zu gehen. Aber Jerry hatte gesehen, wie sein Vater da eine

Weile die Rolle des Arztes spielte...klug und erfahren und mitfühlend. Er verhielt sich wie ein freundlicher Arzt am Krankenbett, sogar da in der Apotheke. Als der alte Mann gegangen war, fragte Jerry: »Hör mal, Papa, wolltest du jemals Arzt werden?« Sein Vater schaute schnell auf und zögerte überrascht. »Nein, natürlich nicht«, sagte er. Aber Jerry entdeckte in seiner Haltung und im Klang seiner Stimme etwas, das dieser Antwort widersprach. Jerry wollte bei dem Thema bleiben, aber da war sein Vater plötzlich mit Rezepten und allem möglichen anderen beschäftigt. Und Jerry fing nie wieder davon an. Als er nun zusah, wie sein Vater in der Küche hantierte, wie er das Abendbrot richtete, herrje noch mal...keine Ähnlichkeit mit einem Arzt...und seine Frau war tot, sein einziger Sohn voller Zweifel an ihm, und sein Leben grau und eintönig...da versank Jerry in Niedergeschlagenheit. Der Küchenherd gab ein Signal, der Auflauf war fertig.

Später, als er sich für's Bett fertigmachte, betrachtete Jerry sich im Spiegel und sah sich so, wie der junge Mann vom Stadtpark ihn gesehen haben mußte: ein ordentlicher Junge, ein Spießer. So wie er das Bild seiner Mutter im Gesicht seines Vaters gefunden hatte, so entdeckte er jetzt das Gesicht seines Vaters in seinen eigenen Zügen. Er wandte sich ab. Er wollte kein Spiegelbild seines Vaters sein. Der Gedanke verursachte im Unbehagen. Ich möchte etwas unternehmen, ich möchte jemand sein. Aber was? Aber was?

Football. Er würde es schaffen, in die Mannschaft aufgenommen zu werden. Das war doch etwas. Ober vielleicht nicht? Aus irgendeinem unerfindlichen Grund mußte er plötzlich an Gregory Bailey denken.

10

Später mußte Archie zugeben, daß Bruder Leon die Sache mit dem Schokoladenverkauf viel zu dramatisch dargestellt und dadurch sich selbst, die Scharfrichter und die ganze Schule festgenagelt hatte.
Zuerst berief er eine besondere Schulversammlung in der Aula ein. Nach den Gebeten und anderem religiösen Blabla hielt er eine Rede über den Schulgeist und all diesen Mist. Aber diesmal gab es eine Neuheit bei der Inszenierung. Bruder Leon stand am Predigtpult und gab seinen Statisten ein Zeichen, zehn riesige Pappdeckelplakate hereinzubringen, auf denen die Namen sämtlicher Schüler in alphabetischer Reihenfolge standen. Neben jedem Namen gab es ein paar kleine leere Quadrate. Bruder Leon erklärte, daß dort vermerkt werden solle, wie viele Schachteln jeder Schüler von seinem Kontingent verkauft habe.
Die Schüler schauten schadenfroh zu, wie Bruder Leons Helfer vergeblich versuchten, die Plakate mit Tesa-Film an der Rückwand der Bühne zu befestigen. Die Klebestreifen waren nicht kräftig genug; die Plakate rutschten immer wieder herunter auf den Boden. Die Mauern bestanden aus Betonblöcken, also konnte man natürlich keine Heftzwecken benutzen. Hohngeschrei ertönte. Bruder Leon schaute verärgert drein, und daraufhin wurden die Pfiffe und Spottrufe noch lauter. Es gibt keinen erfreulicheren Anblick auf Erden als einen Lehrer, der sich ärgert. Endlich hingen die Plakate, und Bruder Leon übernahm das Kommando.
Archie mußte zugeben, daß Bruder Leon eine große schauspielerische Leistung lieferte. Reif für den Oscar. Sein Wortschwall dröhnte wie die Niagarafälle...er beschwor den Gemeinschaftsgeist der Schule...der Schokoladenverkauf ist eine Tradition und schon immer und jedesmal ein Erfolg...der Direktor liegt im Krankenhaus...die Brüderlichkeit aller Schü-

ler... der Zwang, Geld zu beschaffen, damit dieser wundervolle Tempel zur Erziehung junger Männer weiterhin geöffnet bleiben könne. Bruder Leon erinnerte an vergangene Triumphe, an die Trophäensammlung in den Glasschränken im Hauptflur, an die unerschütterliche Entschlossenheit, die Trinity High durch alle Jahre immer zum Sieg geführt hatte. Und so weiter, und so weiter. Blödes Geschwätz, natürlich, aber wirksam, wenn ein Meister wie Bruder Leon am Werk war, der mit Tonfall und Gesten zu zaubern verstand.
»Jawohl, das Kontingent ist dieses Jahr doppelt so groß, weil dieses Jahr mehr auf dem Spiel steht als jemals zuvor«, intonierte Bruder Leon in einem Singsang wie bei der Messe. Seine Stimme schwoll an wie eine Orgel und erfüllte den Raum. »Jeder Schüler muß fünfzig Packungen verkaufen, und ich weiß, daß jeder Schüler bereit ist, seinen Beitrag zu leisten, und noch mehr als seinen Beitrag.« Er wies auf die Plakate. »Ich bin davon überzeugt, daß beim Ende des Verkaufs hinter jedem Namen, in jedem Quadrat, die Zahl Fünfzig steht und verkündet, daß ihr euren Teil dazu beigetragen habt, der Trinity High-School zu helfen...«
Es ging noch lange weiter in dem Stil, aber Archie schaltete Bruder Leon für sich einfach ab, so wie man eine langweilige Fernsehsendung abschaltet. Reden, reden, reden... das war das einzige, was die Schule bot. Archie rutschte voll Unbehagen auf seinem Sitz herum; er dachte an das Treffen der Scharfrichter, bei dem er berichtet hatte, wie Bruder Leon ihn um Unterstützung durch den Geheimbund gebeten hatte, und er, Archie, diese Hilfe zugesagt hatte. Die Scharfrichter hatten darauf mit leichtem Zweifel und zum Teil mit offener Ablehnung reagiert, und das hatte Archie überrascht. »Herr im Himmel, Archie, wir haben uns noch nie in den Kram reinziehen lassen« hatte Carter gesagt. Aber wie üblich war es Archie gelungen, sie alle umzustimmen; er hatte ihnen klargemacht, daß Leons Bitte um Hilfe ein Beweis für die Macht der Organisation war. Und dabei ging es bloß um den blödsinnigen Schokoladenverkauf.

Aber jetzt, als Bruder Leon so predigte, als ob die ganze Schule zu den Kreuzzügen aufbrechen müsse, jetzt kamen auch Archie einige Zweifel.

Archie betrachtete die Plakate, sah seinen Namen darauf und überlegte sich, wie er seine fünfzig Packungen Schokolade loswerden würde. Natürlich dachte er nicht im Traum daran, sie selbst zu verkaufen; er hatte schon seit der ersten Klasse keine Schachtel mehr angerührt. Er fand jedes Jahr einen dienstbeflissenen Jungen, der außer seinem eigenen Kontingent auch noch freudig Archies Anteil verkaufte und sich auch noch einbildete, es sei eine Ehre, daß der Chef der Scharfrichter ihn dazu auserwählt hatte. Archie beschloß, dieses Jahr die Last zu verteilen und mindestens fünf Jungen anzuheuern, damit jeder nur zehn zusätzliche Packungen loswerden mußte.

Archie lehnte sich bequem zurück und seufzte zufrieden, erfreut über diesen Höhenflug, zu dem ihn seine Fairness und sein Mitgefühl angetrieben hatte.

11

Es war als ob jemand *die* Bombe geworfen hätte.
Brian Kelly löste die Zündung aus, als er seinen Stuhl anfaßte.
Der Stuhl fiel zusammen.
Alles weitere passierte gleichzeitig.
Albert LeBlanc streifte auf dem Weg durch den Mittelgang im Vorbeigehen ein Pult; es wackelte eine Sekunde wie verrückt und fiel dann auseinander. Der Aufprall verursachte Vibrationen, die zwei weitere Stühle und ein Pult zusammenfallen ließen.

John Lowe wollte sich gerade setzen, als er den Krach von einstürzenden Möbeln hörte. Er drehte sich um, berührte dabei sein Pult, und es löste sich vor seinen erstaunten Augen in seine Bestandteile auf. Er sprang zurück und stieß dabei gegen seinen Stuhl. Dem Stuhl passierte nichts, aber Henry Coutures Pult gleich dahinter wackelte heftig und fiel zusammen.
Das Getöse war ohrenbetäubend.
»Oh mein Gott«, rief Bruder Eugen, als er das Klassenzimmer betrat und das Chaos sah. Tische und Stühle fielen auseinander, wie von einer geheimnisvollen, lautlosen Sprengstoffexplosion demoliert.
Bruder Eugen eilte zu seinem Katheder, dieser sicheren Festung, in der ein Lehrer immer Schutz findet. Er berührte es mit der Hand, und das Katheder schwankte betrunken, sank langsam zur Seite und blieb dann... Wunder aller Wunder... in dieser verrückten Position stehen. Aber der Stuhl brach zusammen.
Die Jungen tobten wild und vergnügt in der ganzen Klasse herum. Sie hatten begriffen, was los war, prüften nun eiligst die Standfestigkeit sämtlicher Tische und Stühle und schauten entzückt zu, wie sie auseinanderfielen, und halfen bei standfesten Stücken mit einem Schubs nach.
»Prima!« schrie jemand.
»Die Scharfrichter!« schrie ein anderer. »Ehre wem Ehre bebührt!«
Es dauerte genau siebenunddreißig Sekunden, bis alle Möbelstücke der Klasse Nr. 19 in Stücke zerfallen waren. Archie stand unter der Tür und stoppte die Zeit. Genugtuung überkam ihn, während er zuschaute, wie sich das Klassenzimmer in ein Trümmerfeld verwandelte. Dieser Anblick entschädigte Archie für so manche Niederlage und Ängste, für seine lausigen Noten, für den verdammten schwarzen Kasten. Er war überzeugt, daß dies einer seiner größten Erfolge war, sein Glanzstück, Anlaß für eine zukünftige Legende. Er malte sich aus, wie noch nach Jahren Trinity-Schüler staunenden Neuen von

dem Tag erzählten, an dem die Möbel der Klasse Nr. 19 zu Bruch gegangen waren. Es kostete Archie Mühe, ein Siegesgeheul zu unterdrücken... *Ich hab' das alles verursacht*... schoß es ihm durch den Kopf, als er die Verwüstung betrachtete und dann Bruder Eugens entsetztes Gesicht und sein zitterndes Kinn sah.
An der Wand hinter Bruder Eugen löste sich plötzlich die große schwarze Tafel aus ihrer Verankerung und rutschte majestätisch zu Boden, wie der Schlußvorhang, der sich über das Chaos senkte.
»Du!«
Im gleichen Augenblick, in dem Archie die wutschnaubende Stimme hörte, wurde er gepackt und herumgewirbelt. Er fand sich dicht vor Bruder Leon wieder. Leon war jetzt nicht blaß wie sonst immer. Rote Flecken glänzten auf seinen Wangen, als ob er wie ein Clown geschminkt sei; wie ein trauriger Clown, denn er hatte in diesem Moment nichts Komisches an sich.
»Du!« wiederholte Leon, und mit dem bösen Zischen wehte Archie der faule Nachgeschmack von Leons Frühstück ins Gesicht, der Geruch von abgestandenem Rührei mit Speck. »Du hast das gemacht«, sagte Leon, und seine Fingernägel bohrten sich in Archies Schulter, während er mit der anderen Hand in das Klassenzimmer zeigte.
Von dem Getöse und Gepolter angelockt, hatten sich inzwischen neugierige Schüler aus anderen Klassen an den beiden Türen versammelt. Manche starrten beeindruckt auf den Trümmerhaufen, und andere neugierig auf Bruder Leon und Archie. Beides lohnte sich... eine unterhaltsame Unterbrechung der Schulroutine, eine Abwechslung in der tödlich langweiligen Tagesordnung.
»Habe ich dir nicht gesagt, von nun an müsse alles glatt gehen? Keine Zwischenfälle, keine Dummheiten?«
Das Schlimmste an Leons Wut war sein Flüstern, dieses schreckliche, giftige Zischen, das seinen Worten einen weit bedrohlicheren Klang verlieh als Brüllen. Gleichzeitig wurde sein

Griff auf Archies Schulter immer fester, und Archie wand sich vor Schmerz.
»Ich hab' nichts getan. Ich hab' nichts versprochen«, sagte Archie automatisch. Er leugnete immer alles ab, gab niemals etwas zu, entschuldigte sich nie.
Leon stieß Archie gegen die Wand. Der Flur füllte sich mit Schülern, sie drängten in den Klassenraum Nr. 19, um die Zerstörung zu besichtigen, oder standen vor den Türen herum, redeten, gestikulierten, schüttelten staunend die Köpfe...die Legende war schon im Entstehen.
»Ich vertrete den Direktor, verstehst du das nicht? Ich bin jetzt für die gesamte Schule verantwortlich. Der Schokoladenverkauf fängt an, und du ziehst so etwas auf.« Leon ließ ihn ohne Warnung los und Archie taumelte. Es war, als hinge er in der Luft zwischen Himmel und Erde. Er wandte den Kopf und merkte, daß einige Schüler Leon und ihn anstarrten. Sie starrten ihn an! Archie Costello wurde von diesem winselnden Bastard von einem Lehrer erniedrigt. Sein Triumph wurde von diesem Idioten und seinem lächerlichen Schokoladenverkauf zunichte gemacht!
Bruder Leon stürmte davon, bahnte sich im Tumult auf dem Flur einen Weg, verschwand in der wogenden Ansammlung der Schüler. Archie rieb sich die Schulter und betastete vorsichtig die Stelle, an der Leons Fingernägel sich tief ins Fleisch eingegraben hatten. Dann stürzte er sich in die Menge, stieß die Jungen rechts und links beiseite und drängte sich bis zur Tür vor. Er stand dort und genoß den Anblick der Klasse Nr. 19 ...Oh ja, es war sein Meisterstück. Bruder Eugen stand mitten in dem Schlachtfeld, und es liefen ihm doch tatsächlich Tränen über die Wangen.
Großartig, einfach großartig.
Zum Teufel, Bruder Leon.

12

»Noch mal«, brüllte der Trainer mit heiserer Stimme. Das war wieder das Signal für Gefahr. Seine Stimme wurde immer heiser, wenn er allmählich die Geduld verlor und drauf und dran war, einen Wutanfall zu bekommen.
Jerry rappelte sich auf. Sein Mund war trocken, und er versuchte, ihn mit Speichel anzufeuchten. Seine Rippen schmerzten, seine ganze linke Seite brannte wie Feuer. Er ging zurück zu seinem Platz hinter Adamo, der Center spielte. Die anderen Burschen hatten sich schon aufgestellt und warteten angespannt. Sie spürten, daß der Trainer nicht zufrieden mit ihnen war. Nicht zufrieden? Zum Teufel, er war wütend, angewidert. Er hatte dieses Training angesetzt, damit seine Neulinge aus der Unterstufe mit ein paar Leuten von der Oberstufen-Mannschaft üben und zeigen konnten, was er ihnen schon alles beigebracht hatte. Und dann stellten sich die Neulinge so unmöglich an und spielten lausig.
Es gab kein Huddle. Der Trainer rief die Taktik aus, die beim nächsten Durchgang angewandt werden sollte, um Carter zu stoppen, den großen, ochsenstarken Burschen aus der offiziellen Schulmannschaft, der aussah, als ob er es gewohnt sei, Neulinge aus der Unterstufe reihenweise zum Frühstück zu verspeisen. Der Trainer hatte gesagt: »Wir haben eine kleine Überraschung für Carter.« Es war Tradition an der Trinity High-School, die Stars gegen die Neulinge spielen zu lassen, und den Spielablauf so anzulegen, daß die Stars gestoppt wurden. Das war die einzige Belohnung, die der Unterstufen-Mannschaft zugebilligt wurde, denn die meisten ihrer Spieler waren zu jung, zu klein und zu unerfahren, um in der offiziellen Schulmannschaft zu spielen.
Jerry duckte sich hinter Adamo. Er war entschlossen, dafür zu

sorgen, daß dieser Spielzug klappte. Zuvor hatte es nicht geklappt, weil er die Zeit nicht richtig abgeschätzt und auch nicht gesehen hatte, wie Carter plötzlich aus dem Nichts aufgetaucht war. Er hatte damit gerechnet, daß Carter sich von vorne schnurstracks auf ihn stürzen würde, aber Carter war zurückgewichen und um die ganze Spielerreihe herumgerannt und hatte Jerry von hinten gepackt. Was Jerry dabei in Wut brachte, war, daß Carter ihn sozusagen sanft umkippte, ihn beinahe behutsam ins Gras legte, um ihm auch so seine Überlegenheit zu beweisen. Bei dir brauch' ich mich nicht anzustrengen, Kleiner, schien Carter sagen zu wollen. Aber dies war schon der siebente Durchgang heute, und Jerry spürte es in allen Knochen, daß er bei jedem Durchgang angegriffen worden war.
»Okay, Burschen, jetzt paßt auf.«
»Zappelt euch nicht ab, ihr schafft es doch nicht«, spottete Carter.
Jerry rief die Befehle und hoffte, daß seine Stimme zuversichtlich klang. Ihm war gar nicht zuversichtlich zumute. Aber er hatte auch noch nicht alle Hoffnung aufgegeben. Jeder Durchgang war ein neuer Anfang, und obwohl bisher jedesmal irgend etwas schiefgegangen war, hatte Jerry das Gefühl, daß es diesmal einfach klappen werde. Er hatte Vertrauen zu Burschen wie Die Nuß und Adamo und Croteau. Früher oder später mußte sich all das Trainieren und Sich-schinden bezahlt machen. Es mußte eine Mannschaft aus ihnen werden, die auch in der Lage war, ein Wettspiel zu bestreiten. Das heißt, sofern der Trainer sie nicht alle miteinander vorher hinausschmiß.
Jerrys Hände formten einen Entenschnabel und warteten darauf, den Ball zu fangen. Er gab ein Zeichen, und Adamo knallte ihm den Ball zwischen die Hände, und Jerry wich sofort schnell und geschmeidig nach rechts aus, winkelte schon den Arm zum Wurf an. Er sah, wie Carter sich wieder durch die Spielerreihe schlängelte; mit seinem Schutzhelm glich er einem monströsen Reptil, aber plötzlich bestand Carter nur noch aus Armen und Beinen, die in der Luft herumwedelten und fuchtelten, denn

Croteau hatte ihn vernichtend in den Magen gerammt. Carter brach über Croteau zusammen, und sie stürzten ineinander verschränkt zu Boden. Jerry überkam ein plötzliches Gefühl der Freiheit. Er wich weiter aus, es war ganz leicht, und er hielt dabei Ausschau nach Der Nuß, die theoretisch schon an einer vorbestimmten Stelle auf ihn warten mußte, wenn es ihr nur gelungen war, dahin durchzubrechen. Plötzlich erspähte Jerry Gouberts winkende Hand. Jerry wich ein paar Angreifern aus, schüttelte sie ab und schleuderte den Ball. Es war ein großartiger Wurf, harrscharf gezielt, das spürte Jerry, obwohl er den Flug des Balles nicht verfolgen konnte, weil er im nächsten Moment von Carter, der sich schon wieder aufgerappelt hatte, heftig zu Boden geschleudert wurde. Gleichzeitig hörte Jerry Jubelschreie; da wußte er, daß Die Nuß den Ball aufgefangen hatte und zum Tor weitergerannt war.
»Gut, gut, gut!« Sogar die Stimme des Trainers klang triumphierend.
Jerry rappelte sich auf. Carter gab ihm einen Klaps auf den Hintern; das war an der Trinity High-School das traditionelle Zeichen von Zustimmung.
Der Trainer kam auf sie zu; er machte noch immer ein grimmiges Gesicht. Aber er lächelte schließlich nie.
»Renault«, sagte der Trainer, und alle Heiserkeit war verschwunden. »Vielleicht machen wir doch noch einen guten Quarterback aus dir, du magerer kleiner Hundesohn.«
Alle Spieler standen um ihn herum, Die Nuß kam mit dem Ball an, und Jerry keuchte heftig und erlebte einen Augenblick vollkommener Seligkeit, vollkommenen Glücks.
Man erzählte sich an der Schule, daß man erst dann richtig in die Mannschaft aufgenommen worden war, wenn der Trainer einen Hundesohn genannt hatte.
Die Burschen stellten sich wieder auf. Jerry fühlte sich jetzt wie beim Erleben von Poesie und Musik, als er darauf wartete, daß Adamo den Ball wieder an ihn abspielen werde.
Als er nach dem Training in den Umkleideraum kam, war an

der Tür seines Schrankes mit Klebestreifen ein Brief befestigt. Ein Befehl, sich bei den Scharfrichtern zu melden. Zweck: ein Auftrag.

13

»Adamo?«
»Ja.«
»Beauvais?«
»Ja.«
»Crane?«
»Jein.« Crane, der Clown. Nie eine Antwort ohne Umschweife.
»Caroni?«
»Ja.«
Alle konnten sehen, daß Bruder Leon die Lage genoß. So wollte er es haben: er befahl und alles ging glatt, die Schüler antworteten flott, wenn sie aufgerufen wurden, sie waren bereit, die Schokolade zu verkaufen, sie zeigten Schulgeist, Gemeinschaftssinn. Die Nuß war deprimiert, sobald sie über das nachdachte, was Bruder Leon den Schulgeist nannte. Seit in der Klasse Nr. 19 alles zusammengefallen war, befand sich Die Nuß in einem leichten Schockzustand. Sie wachte jeden Morgen niedergeschlagen auf, und noch ehe sie die Augen öffnete, spürte sie, daß irgend etwas nicht stimmte, daß in ihrem Leben irgend etwas schief gegangen war. Und dann erinnerte sie sich: Klasse Nr. 19. Einen oder zwei Tage lang war alles ganz aufregend gewesen. Irgendwie hatte es sich herumgesprochen, daß sie da einen Auftrag der Scharfrichter ausgeführt hatte. Niemand sagte ihm das direkt, aber sie wurde doch wie eine Art

geheimer Held behandelt. Sogar die Burschen aus der Oberstufe waren beeindruckt und sahen sie voll Respekt an. Manche klopften ihr im Vorbeigehen auf das Hinterteil. Aber nach ein paar Tagen breitete sich Unbehagen aus. Gerüchte liefen um. Es gab immer irgendwelche Gerüchte, aber diesmal hingen sie alle mit dem Zwischenfall in Klasse Nr. 19 zusammen. Der Beginn der Schokoladenaktion wurde um eine Woche verschoben, Bruder Leon lieferte eine lahme Erklärung dafür. Der Direktor lag im Krankenhaus; Bruder Leon hatte eine Menge Arbeit mit der Verwaltung der Schule, und so weiter. Gerüchte behaupteten, Leon würde still und heimlich Nachforschungen anstellen. Der arme Bruder Eugen war seit dem schrecklichen Morgen nicht mehr gesehen worden. Es hieß, er habe einen Nervenzusammenbruch bekommen. Andere erzählten, er sei nur verreist: ein unerwarteter Todesfall in seiner Verwandschaft. Jedenfalls häufte sich das alles auf den Schultern Der Nuß. Sie schlief nachts schlecht. Die anderen Jungen in der Schule schmeichelten ihr, aber Die Nuß hatte das Gefühl, daß sie trotzdem irgendwie Abstand hielten. Sie bewunderten sie zwar, aber sie kamen vorsichtshalber nicht zu nah an sie heran, falls plötzlich doch noch irgendeine Zeitzündung losging. Eines nachmittags begegnete sie Archie Costello im Flur und Archie nahm sie beiseite und sagte:»Falls sie dich zum Verhör holen, weißt du von nichts.« Goubert wußte vor allem nicht, daß das bloß ein alter Trick war, den Archie gerne anwandte: die Jungen einschüchtern, ihnen Angst machen. Seitdem hegte Die Nuß die schlimmsten Befürchtungen und rechnete damit, eines schönen Tages ihren Steckbrief auf dem Schwarzen Brett vorzufinden. Verdammt noch mal: Sie wollte die zweifelhafte Bewunderung der anderen nicht mehr; sie wollte bloß Die Nuß sein und Football spielen und morgens durch die Straßen laufen. Sie fürchtete sich davor, zu Bruder Leon gerufen zu werden; sie bezweifelte, daß sie seinen Fragen ausweichen und in Bruder Leons glitzernde Augen schauen und ihn tatsächlich anlügen konnte.

»Goubert?«
Er merkte, daß Bruder Leon seinen Namen schon zwei- oder dreimal aufgerufen hatte.
»Ja«, antwortete Die Nuß.
Bruder Leon schaute sie fragend an, Die Nuß wurde klein.
»Du scheinst heute nicht ganz da zu sein, Goubert«, sagte Leon. »Wohl geistig weggetreten, was?«
»Entschuldigung, Bruder Leon.«
»Weil wir gerade vom Geist reden...du bist dir doch darüber klar, daß es bei dem Schokoladenverkauf in diesem Jahr sich um keinen gewöhnlichen Verkauf, um keine Routinesache handelt. Ist dir das klar, Goubert?«
»Ja, Bruder Leon.« Stellte Leon ihm eine Falle?
»Das Großartige bei dem Verkauf ist, daß das ganze Unternehmen nur von den Schülern getragen wird. Die Schüler verkaufen die Schokolade. Die Schule verwaltet das Unternehmen nur. Es ist *euer* Verkauf, *euer* Unternehmen.«
»Ach du Scheiße«, murmelte jemand, aber so, daß Bruder Leon es nicht mitbekam.
»Ja, Bruder Leon«, sagte Die Nuß erleichtert, denn sie merkte, daß der Lehrer viel zu sehr mit dem Schokoladenverkauf beschäftigt war, um auch noch über ihre Schuld oder Unschuld nachzudenken.
»Du übernimmst also auch fünfzig Packungen?«
»Ja«, antwortete Die Nuß eifrig. Fünfzig Packungen waren eine Menge, aber sie war froh, weil sie sich mit diesem ja Bruder Leons Aufmerksamkeit wieder entziehen konnte.
Leons Hand bewegte sich wie bei einer feierlichen Zeremonie, als er Gouberts Namen aufschrieb.
»Hartnett?«
»Ja.«
»Johnson?«
»Warum nicht?«
Leon nahm diese Spöttelei hin, weil er gute Laune hatte. Die Nuß fragte sich, ob sie selbst jemals wieder gute Laune haben

würde. Sie war ganz durcheinander. Warum war ihr wegen der Klasse Nr. 19 so lausig zumute? Wegen der Zerstörung? Aber die Tische und Stühle waren innerhalb eines Tages wieder zusammengeschraubt worden. Leon hatte geglaubt, er würde die Schüler bestrafen, die er für diese Arbeit aussuchte, aber da täuschte er sich gründlich. Jede Schraube, jedes Holzteil erinnerte an das großartige Ereignis. Die Burschen meldeten sich sogar freiwillig für den Job. Aber warum hatte sie dann so fürchterliche Schuldgefühle? Wegen Bruder Eugen? Wahrscheinlich. Jedesmal, wenn Die Nuß jetzt an der Klasse Nr. 19 vorbeikam, mußte sie einen Blick hineinwerfen.
Natürlich war der Raum nicht mehr der alte; die Möbel knarrten gespenstisch, als ob sie wieder auseinanderfallen wollten, und die Lehrer fühlten sich nicht wohl in diesem Klassenzimmer, das merkte man ihnen an. Hin und wieder ließ ein Schüler mal ein Buch auf den Boden fallen, bloß um zu sehen, wie der Lehrer erschrocken zusammenzuckte.
In seine Gedanken vertieft, merkte Goubert nicht, daß sich schreckliche Stille in der Klasse ausgebreitet hatte. Er wurde sich dessen erst bewußt, als er zufällig aufsah und Bruder Leons Gesicht entdeckte, es war blasser als je zuvor, und die Augen glitzerten wie Pfützen in der Sonne.
»Renault?«
Das Schweigen dauerte an.
Die Nuß schaute zu Jerry hinüber, der drei Pulte von ihr entfernt saß. Jerry saß stocksteif da, die Arme auf die Tischplatte gelegt, und starrte geradeaus, als ob er in Trance sei.
»Du bist doch *da*, Renault?« fragte Leon und versuchte, mit einem Scherz Herr der Lage zu werden. Aber sein Versuch hatte genau die gegenteilige Wirkung. Niemand lachte.
»Letzter Aufruf, Renault.«
»Nein«, sagte Jerry.
Die Nuß glaubte, sie habe nicht richtig gehört. Jerry hatte kaum die Lippen bewegt und so leise gesprochen, daß seine Antwort selbst in dieser völligen Stille kaum zu verstehen war.

»Was?« sagte Leon.
»Nein.«
Nun gab es Unruhe. Jemand lachte. Jede spöttische Antwort, jede kleine Abwechslung in der langweiligen Routine fand Beifall.
»Hast du *nein* gesagt, Renault?« Bruder Leons Stimme klang verdrossen.
»Ja.«
»Ja, was?«
Dieses Gespräch entzückte die Klasse. Ein Kichern aus einer Ecke, ein Schnauben aus einer anderen, und schon breitete sich die seltsame Stimmung aus, die jede Klasse erfaßt, sobald sich irgend etwas Ungewohntes ereignet, denn Schüler spüren jede Veränderung in Klima und Atmosphäre, wie einen Jahreszeitenwechsel.
»Wir wollen doch etwas klarstellen, Renault.« Der Tonfall von Bruder Leons Stimme brachte die Klasse wieder unter sein Kommando. »Ich habe deinen Namen aufgerufen. Deine Antwort darauf hätte entweder *ja* oder *nein* lauten können. *Ja* bedeutet, daß du wie alle anderen Schüler hier bereit bist, eine bestimmte Menge Schokolade zu verkaufen, diesmal fünfzig Packungen. *Nein*...und ich möchte noch einmal darauf hinweisen, daß der Verkauf völlig freiwillig ist – die Trinity Highschool zwingt niemand dazu, und das ist ihr ganzer Stolz...also, *nein* bedeutet, daß du keine Schokolade verkaufen willst, daß du dich weigerst, deinen Teil zur gemeinsamen großen Aufgabe beizutragen. Also, wie lautet nun deine Antwort? Ja oder nein?«
»Nein.«
Die Nuß starrte Jerry ungläubig an. War das wirklich Jerry Renault, der sonst immer ein wenig besorgt dreinschaute, der immer ein wenig verwirrt wirkte, und der nicht einmal dann ein wenig selbstsicherer wurde, wenn ihm beim Training ein großartiger Wurf gelungen war? War das wirklich Jerry Renault, der jetzt Bruder Leon herausforderte? Nicht bloß Bruder Leon,

sondern eine Schultradition? Dann sah Die Nuß den Lehrer an. Bruder Leon wirkte plötzlich wie auf einem Technicolor-Foto mit etwas zu grellen Farben. Das Blut war ihm in die Wangen geschossen, seine feuchten Augen glichen Proben in einem Reagenzglas. Endlich senkte Bruder Leon den Kopf, und Die Nuß war überzeugt, daß er einen schrecklichen, vernichtenden Vermerk neben Jerrys Namen notiert hatte. Eine solche Stille hatte es in der Klasse noch nie gegeben, eine betäubende, gespenstische, würgende Stille.
»Santucci?« rief Leon; seine Stimme klang gepreßt, und er mühte sich ab, seinen normalen Tonfall wiederzufinden.
»Ja.«
Leon schaute auf und lächelte Santucci an; die Röte auf seinen Wangen verschwand. Mit solch einem Lächeln betrachtet ein Leichenbestatter eine Leiche.
»Tessier?«
»Ja.«
»Williams?«
»Ja.«
Williams war der Letzte. In dieser Klasse gab es niemand, dessen Namen mit X, Y oder Z begann. Williams *ja* schwebte in der Luft. Keiner schaute seinen Platznachbarn an.
»Ihr könnt die Schokolade in der Turnhalle abholen«, sagte Bruder Leon. Seine Augen blitzten feucht und hell. »Das heißt, nur diejenigen, die bereit sind, sich zu dieser Schule zu bekennen. Ich füge jedoch hinzu: Wer sich da abseitsstellt, tut mir leid.« Das gräßliche Lächeln hielt sich auf seinem Gesicht. »Die Stunde ist zu Ende«, rief Leon, obwohl es noch gar nicht geläutet hatte.

14

Also, er wußte, daß er sich auf seine Tante Agnes verlassen konnte, und auch auf Mike Terasigni, bei dem er im Sommer jede Woche den Rasen mähte, und auf Pater O' Toole im Pfarrhaus (seine Mutter würde ihm was erzählen, wenn sie erfahren würde, daß er Pater O' Toole auf seine Kundenliste gesetzt hatte) und Mr. und Mrs. Thornton, die zwar keine Katholiken, aber immer bereit waren, eine gute Sache zu unterstützen, und natürlich auch auf Mrs. Mitchel, eine Witwe, für die er jeden Samstag morgen Besorgungen erledigte, konnte er sich verlassen, und auf Henry Babineau, der Junggeselle, der solch einen schrecklichen Mundgeruch hatte, daß es einen beinahe umschmiß, wenn er einem die Tür öffnete, und den alle Mütter in der Nachbarschaft als leuchtendes Beispiel für einen freundlichen, gutmütigen Menschen hinstellten...
John Sulkey machte sich immer Listen, wenn in der Schule irgendein Verkauf für wohltätige Zwecke durchgeführt wurde. Letztes Jahr hatte er den ersten Preis als bester Losverkäufer bei der Schul-Lotterie gewonnen... einhundertfünfundzwanzig Losheftchen, und in jedem Heft 12 Lose... und bei der Abschlußfeier am Ende des Schuljahres hatte er eine Ehrennadel bekommen: in Purpur und Gold, den Farben der Schule, und in Dreieckform, dem Symbol der Dreifaltigkeit. Es war die einzige Auszeichnung, die er bis jetzt jemals gewonnen hatte, und seine Eltern strahlten vor Stolz. Er war lausig im Sport und rutschte in allen anderen Fächern mit Mühe und Not gerade so durch, aber wie seine Mutter zu sagen pflegte: man muß nur sein Bestes tun, dann kümmert sich Gott schon um den Rest. Dazu war natürlich Planung nötig. Deshalb stellte John seine Listen immer schon im voraus auf. Manchmal besuchte er seine Stammkunden sogar noch, ehe der Verkauf begann, um ihnen

Bescheid zu sagen. John tat nichts lieber, als durch die Straßen zu laufen, an Haustüren zu klingeln und zu sehen, wie das Geld mehr und mehr zusammenkam, und dann am nächsten Morgen in der Klasse nach vorn ans Pult zu gehen und alles beim Lehrer abzuliefern, der wohlwollend zu ihm herablächelte. Wenn John sich daran erinnerte, wie er letztes Jahr nach vorne auf die Bühne kommen mußte, um seine Ehrennadel in Empfang zu nehmen, und wie der Direktor dabei sagte, er habe sich »Verdienste um die Schule erworben« und alle sollten sich ein Beispiel an ihm nehmen, dann durchrieselte es ihn heiß. Die Worte widerhallten noch immer in Johns Erinnerung, vor allem, wenn er alle Vierteljahr die Reihen gar nicht lobenswerter Dreier und Vierer auf seinem Zwischenzeugnis betrachtete. Nun ja. Noch ein Schokoladenverkauf. Doppelt so teuer wie letztes Jahr. Dennoch war John zuversichtlich. Bruder Leon hatte versprochen, am Schwarzen Brett eine Ehrenliste mit den Namen all derjenigen aufzuhängen, die ihr Kontingent als erste verkauft hatten, oder sogar noch mehr losgeworden waren. Ein Kontingent von fünfzig Packungen. Mehr als jemals zuvor, und das freute John. Die anderen Burschen würden es auch schwerer haben als je zuvor, diese Menge loszuwerden. Sie stöhnten und ächzten schon jetzt, John aber war voller Selbstvertrauen. John Sulkey hätte geschworen, daß Bruder Leon genau ihn anschaute, als er die Ehrenliste erwähnte... gerade so, als ob Bruder Leon sich darauf verlassen würde, daß er ein gutes Beispiel gab.

Also, wer noch? Die neuen Häuser in der Maple Terrace, neun oder zehn Stück. Vielleicht sollte er dieses Jahr das ganze Viertel dort systematisch durchkämmen? Aber zuerst natürlich die treuen alten Stammkunden: Mrs. Swanson, die manchmal nach Alkohol roch und immer von allen möglichen Leuten erzählte, die John nicht einmal kannte, und die ihn damit immer viel zu lange aufhielt, aber sie kaufte auch immer sofort und ohne lange Umstände. Und der gute, alte und zuverlässige Onkel Louis, der sein Auto immer mit Shampoon abwusch, obwohl das doch etwas war, was man höchstens im finsteren Mittelalter getan hatte. Und die Capolettis am Ende der Straße, die ihm immer etwas zu essen anboten, kalte Pizza zum Beispiel, auf die John nicht gerade versessen war, und außerdem schmiß ihn der Knoblauchgeruch beinahe um, aber man mußte eben Opfer bringen, kleine und große, wenn man sich »Verdienste um die Schule erwerben« wollte...

»Adamo?«
»Vier.«
»Beauvais?«
»Eine.«
Bruder Leon schaute auf.
»Aber Beauvais, du kannst doch mehr schaffen. Nur eine einzige? Dabei hast du letztes Jahr einen Rekord aufgestellt, die größte Anzahl an Packungen, die jemals in einer einzigen Woche verkauft wurden.«
»Ich habe immer einen langsamen Start«, antwortet Beauvais. Er war ein gutmütiger Bursche, nicht gerade eine Leuchte des Geistes, aber liebenswert, und ohne einen einzigen Feind auf Erden. »Fragen Sie nächste Woche noch mal nach.«
Die Klasse lachte, und Bruder Leon fiel in das Gelächter ein. Die Nuß lachte auch, dankbar dafür, daß sich die Atmosphäre entspannte. Er fand, daß die ganze Klasse seit ein paar Tagen dazu neigte, über Sachen zu lachen, die gar nicht komisch waren, scheinbar nur, um sich selbst ein paar Augenblicke von diesem Morgenappell abzulenken, um ihn in die Länge zu ziehen, um den Moment hinauszuzögern, in dem Bruder Leon beim R ankam. Alle wußten, was passierte, wenn Renault aufgerufen wurde. Sie taten so, als ob sie die Situation einfach nicht zur Kenntnis nehmen würden, indem sie über irgend etwas lachten.
»Fontaine?«
»Zehn!«
Beifallklatschen, von Bruder Leon selbst begonnen.

»Großartig, Fontaine. Wahrer Gemeinschaftsgeist. Ein Beispiel für alle.«
Die Nuß mußte jetzt einfach zu Jerry hinüberschauen. Ihr Freund saß steif und angespannt da, seine Fingerknöchel waren weiß. Heute war der vierte Tag des Schokoladenverkaufs, und Jerry sagte noch immer jeden Morgen *nein* und starrte dabei entschlossen geradeaus. Vorgestern, als sie nach dem Training das Spielfeld verließen, hatte Goubert seine eigenen Sorgen für einen Augenblick vergessen und versucht, mit Jerry über den Schokoladenverkauf zu sprechen. Aber Jerry war ihm ausgewichen, er hatte nur gesagt: »Laß' mich in Ruhe, Nuß. Ich weiß, was du fragen willst... aber frag' mich nicht.«
»Parmentier?«
»Sechs.«
Die Spannung stieg. Jerry war der nächste. Die Nuß hörte einen seltsamen Laut, so als ob die ganze Klasse gleichzeitig den Atem angehalten habe.
»Renault?«
»Nein.«
Pause. Man sollte meinen, Bruder Leon habe sich inzwischen an die Situation gewöhnt und würde schnell über Renaults Namen hinweghuschen. Aber jeden Morgen rief der Lehrer ihn hoffnungsvoll auf, und jeden Morgen erhielt er die gleiche verneinende Antwort.
»Santucci?«
»Drei.«
Die Nuß atmete aus. Die restliche Klasse auch. Völlig zufällig schaute Die Nuß auf, als Bruder Leon gerade die Zahl hinter Santuccis Namen schrieb. Sie sah, daß Bruder Leons Hand zitterte. Eine schreckliche Ahnung überfiel sie, daß ihnen allen Unheil bevorstand.

Tubs Caspers kurze, stämmigen Beine trugen ihn in Rekordzeit durch die Nachbarschaft; eine Rekordzeit für ihn. Es wäre noch schneller gegangen, wenn er sein Rad gehabt hätte, aber

der eine Reifen hatte einen Platten; nicht bloß einen Platten, der Reifen ließ sich nicht mehr flicken, und Tubs hatte kein Geld, um einen neuen Reifen zu kaufen. Es war die verzweifelte Jagd nach Geld, die Tubs dazu brachte, wie ein Verrückter durch die Stadt zu rennen, von einem Haus zum anderen, und an den Türen zu läuten, einen schweren Packen Schokoladenschachteln unter dem Arm. Obendrein mußte er das heimlich tun und aufpassen, daß seine Eltern ihn nicht sahen. Es bestand wenig Gefahr, seinem Vater zu begegnen... er war bei seiner Arbeit in der Plastikfabrik. Aber mit seiner Mutter war das etwas anderes. Sie war verrückt auf Autofahren, wie sein Vater immer sagte, und sie hielt es zu Hause nicht aus und kutschierte immerzu in der Stadt herum.
Tubs linker Arm begann vom Gewicht der Schokolade zu schmerzen, und er nahm die Last unter den anderen Arm und verschnaufte einen Moment, um seine Brieftasche zu betasten. Er hatte schon drei Schachteln verkauft... sechs Dollar... aber das reichte natürlich nicht. Er war noch immer verzweifelt. Bis zum Abend mußte noch eine Menge Geld zusammenkommen, und in den letzten sechs Häusern hatte ihm kein Mensch, wirklich und wahrhaftig kein Mensch, eine Schachtel Schokolade abgekauft. Er hatte von seinem Taschengeld jeden Cent gespart, der nur möglich war, und er hatte sogar seinem Vater heimlich einen schmutzigen, zusammengefalteten Dollarschein aus der Hosentasche geangelt, als er gestern Abend halb betrunken und wackelig auf den Beinen heimgekommen war. Tubs verachtete sich selbst deswegen... seinen eigenen Vater zu bestehlen. Er schwor sich, daß er ihm das Geld so bald wie nur möglich zurückgeben würde. Wann? Tubs wußte es nicht. Er konnte an nichts anderes mehr denken als an Geld, Geld, Geld, und an Rita. Sein Taschengeld reichte kaum, um sie ins Kino und hinterher zu einer Cola einzuladen. Zweifünfzig für jeden fürs Kino, und fünfzig Cents für zwei Cola. Und aus irgendeinem Grunde wollten seine Eltern nichts von ihr wissen. Er mußte sich heimlich mit ihr treffen. Er mußte zu Ossie Baker

gehen, wenn er sie anrufen wollte. Sie ist zu alt für dich, hatte seine Mutter gesagt, und dabei war Tubs sechs Monate älter als sie. Okay, dann *sieht* sie eben alt *aus*, sagte seine Mutter. Seine Mutter hätte lieber sagen sollen, daß sie einfach toll aussah. Sie war so hübsch, daß Tubs bei ihrem Anblick innerlich ganz schwach wurde, als ob sich in ihm gerade ein Erdbeben austoben würde. Abends im Bett brauchte er bloß an sie zu denken, und sein Penis wurde steif, ohne daß er ihn auch nur berührt hätte. Und nun hatte sie morgen Geburtstag, und er mußte ihr das Geschenk kaufen, das sie sich wünschte, dieses Armband, das sie bei Blacks im Schaufenster gesehen hatte, dieses schrecklich schöne Armband, das ganz aus Funkeln und Glitzern war, schrecklich wegen seines Preises: $18.95 plus Steuern. »*Liebling, das ist genau das, was ich mir am allermeisten auf der Welt wünsche.*« Sie nannte ihn nie Tubs. Herr im Himmel, achtzehnfünfundneunzig plus drei Prozent Verkaufssteuer...macht siebenundfünfzig Cents...macht neunzehn Dollar zweiundfünfzig. Tubs wußte, daß er ihr das Armband nicht kaufen mußte.

Sie war ein liebes Mädchen, das ihn nur um seiner selbst willen liebte. Sie ging dicht neben ihm her und ihre Brüste streiften seinen Arm und ließen es ihm heiß werden. Als das zum ersten Mal passierte, dachte Tubs, es sei ein Versehen, wich entschuldigend zurück und hielt Abstand. Dann streifte sie ihn noch einmal...an dem Abend, an dem er ihr die Ohrringe gekauft hatte...und da merkte Tubs, daß es kein Versehen war. Er spürte, wie sich sein ganzer Körper versteifte und er war plötzlich beschämt und gleichzeitig verlegen und unglaublich glücklich. Er...Tubs Casper, mit vierzig Pfund Übergewicht, die sein Vater ihn nie vergessen ließ. Er...und dieses schöne Mädchen rieb sich an ihm. Seiner Mutter gefiel diese Art Schönheit nicht, weil sie irgendwie wild und zu üppig wirkte in den verwaschenen, auf den Hüften klebenden blauen Jeans und den großen unter dem Pullover hüpfenden Brüsten. Sie war erst vierzehn, und er kaum fünfzehn, und sie waren ineinander verliebt, ver-

liebt, verdammt noch mal, und bloß Geld trennte sie voneinander, Geld, das er nicht besaß, Geld, um mit dem Bus zu ihr zu fahren, denn sie wohnte am anderen Ende der Stadt. Sie hatten sich für morgen, für ihren Geburtstag, im Monument-Park verabredet, für eine Art Picknick; sie wollte Sandwiches mitbringen, und er das Armband... er wußte, welche Freuden ihn erwarteten, aber wenn er ganz ehrlich war, wußte er auch, daß das Armband wichtiger war als alles andere...
All das war mit im Spiel, machte ihn atemlos, bedrückte ihn. Geld beschaffen für etwas, wodurch er unweigerlich in Schwierigkeiten geraten würde, wie er dumpf ahnte. Denn womit sollte er das Geld für das Armband ersetzen, wenn er den Erlös von dem Schokoladenverkauf in der Schule abliefern mußte? Zum Teufel... darüber konnte er sich später noch Sorgen machen. Im Moment mußte er das Geld irgendwie beschaffen. Rita liebte ihn... morgen erlaubte sie ihm vielleicht, mit den Händen unter den Pullover zu fahren.
Tubs Casper läutete an einem Haus in der Sterns Avenue, das aussah, als hätten die Besitzer Geld, und setzte sein unschuldigstes und liebenswürdigstes Lächeln für den auf, der ihm die Tür öffnen würde.

Die Frau hatte zerzaustes, verschwitztes Haar und ein kleines Kind, vielleicht zwei oder drei Jahre alt, hielt sich an ihrem Rock fest. Schokolade? fragte sie und lachte bitter, als ob Paul Consalvo ihr den verrücktesten Vorschlag auf Erden gemacht habe. »Ich soll ausgerechnet Schokolade kaufen?«
Das Baby trug durchweicht aussehende, herunterhängende Windeln und rief: »Mama... Mama... « und irgendwo hinten in der Wohnung schrie noch ein anderes Kind.
»Es ist für eine gute Sache«, erklärte Paul. »Für die Trinity High-School!« Seine Nase zog sich zusammen; es roch hier nach Pisse.
»Jesus«, sagte die Frau. »Schokolade!«
»Mama... Mama... « quengelte das Kind.

Paul taten die Erwachsenen leid, weil sei mit Hausarbeit und Kindern, die versorgt werden mußten, daheim eingesperrt waren. Er dachte an seine eigenen Eltern und ihr sinnloses Leben: sein Vater schlief jeden Abend nach dem Essen schon im Sitzen ein, und seine Mutter sah auch immerzu müde und abgearbeitet aus. Wofür, zum Teufel, lebten sie überhaupt? Er konnte es nie abwarten, wieder aus dem Haus zu kommen. »Wohin rennst du dauernd?« fragte seine Mutter immer, wenn er wieder floh. Wie konnte er ihr sagen, daß er das Haus verabscheute, daß sie und Vater ihm wie Tote vorkamen, wie Tote, die gar nicht gemerkt haben, daß die gestorben sind, deren Wohnung ohne den Fernseher eigentlich ein Grab war. Das konnte er ihr nicht sagen, weil er sie wirklich beide liebte, und wenn das Haus nachts in Brand geriete, dann würde er sie beide retten, dann wäre er bereit, sein Leben für sie zu opfern. Aber zum Teufel, es war langweilig, so tödlich langweilig daheim...was hatten sie bloß vom Leben? Sogar für Sex waren sie schon zu alt. Aber Paul schob den Gedanken beiseite. Er konnte nicht glauben, daß seine Mutter und sein Vater wirklich jemals...»Tut mir leid«, sagte die Frau, schüttelte noch immer verwundert den Kopf über seinen Verkaufsversuch, und schlug ihm die Tür vor der Nase zu.

Paul stand im Treppenhaus und fragte sich, was er machen sollte. Er hatte heute nachmittag überhaupt kein Glück gehabt, noch keine einzige Schachtel verkauft. Er verabscheute diese ganze Hausiererei, obwohl sei ihm eine Ausrede lieferte, nicht daheim zu bleiben. Und er konnte sich nicht dazu aufraffen, die Sache mit Einsatz und Überzeugung anzupacken; es war wie Schattenboxen.

Draußen vor dem Mietshaus dachte Paul einen Moment über die Möglichkeiten nach, die sich ihm boten: weitermachen oder aufgeben und heimgehen. Er lief über die Fahrbahn und läutete an einem anderen Mietshaus. In diesen Mietshäusern roch es zwar überall nach Pisse, aber wenigstens konnte man ein halbes Dutzend Familien auf einmal abklappern.

Bruder Leon hatte Brian Cochran das Amt des »freiwilligen Schatzmeisters des Schokoladenverkaufs« einfach aufgehalst. Das heißt, er hatte sich in der Klasse umgeschaut, seine wäßrigen Augen auf Brian gerichtet, mit dem Finger auf ihn gedeutet und *voila* – wie Bruder Aimé immer in der Französischstunde sagte – Brian war Schatzmeister. Brian verabscheute den Job, denn er lebte in ständiger Furcht vor Bruder Leon. Bei Leon wußte man nie, woran man war. Brian war in der Oberstufe und hatte Bruder Leon schon vier Jahre lang als Klassenlehrer und in einzelnen Fächern, und er fühlte sich noch immer unbehaglich in seiner Gegenwart. Das Verhalten dieses Lehrers war vorhersehbar – und war es auch wieder nicht, und das verwirrte Brian, der nicht gerade mit Menschenkenntnis gesegnet war. Dabei war es so schwer nicht zu durchschauen: gewiß war, daß Leon immer etwas Unvorhersagbares tat... also war er doch wohl unberechenbar und berechenbar zugleich? Er ließ ohne die geringste Vorwarnung Klassenarbeiten schreiben. Er hatte Phasen von Menschenfreundlichkeit, in denen er wochenlang gar keine Arbeiten schreiben ließ oder aber die Noten nicht zählte. Er war berüchtigt für seine Prüfungen mit Fragebogen, wo er beinahe jeden Punkt so formulierte, daß eintausendundeine Antwort möglich schienen. Er fuchtelte auch ständig mit dem Zeigestock herum, aber dies allerdings doch meist nur in der Unterstufe. Wenn er seine Zeigestocktricks bei jemand wie zum Beispiel Carter versuchen würde, dann wäre bestimmt der Teufel los. Aber nicht jeder war John Carter, Präsident der Scharfrichter, Präsident des Box-Klubs, Kapitän der Football-Mannschaft. Brian Cochran wünschte, er wäre wie John Carter, hätte Muskeln statt einer Brille und wäre flink mit den Boxhandschuhen, anstatt mit Zahlen.
Brian Cochran begann, die Verkaufszahlen nachzuprüfen. Wie üblich stimmte die Anzahl der verkauften Schokoladenschachteln nicht mit der Summe des abgelieferten Geldes überein. Es war eine altbekannte Sache, daß viele Jungen das Geld erst im letztmöglichen Moment ablieferten; sie gaben einen Teil aus,

gönnten es sich, einmal groß auszugehen oder ein Mädchen einzuladen und füllten ihre Schokoladenkasse erst wieder auf, wenn sie das nächste Taschengeld oder den Lohn für ihren Teilzeitjob bekamen. Bis jetzt hatte sich noch nie irgend jemand darüber aufgeregt; so etwas gehörte einfach zu den Unvollkommenheiten menschlicher Wesen. Aber dieses Jahr stellte Bruder Leon sich an, als ob es bei jedem Dollar um Leben und Tod ginge. Und Brian Cochran mußte es ausbaden.
Als Schatzmeister mußte Brian jeden Tag in jeder Klasse feststellen, wie viele Schachteln verkauft und wieviel Geld abgeliefert worden war. Dann ging Brian in Bruder Leons Büro und zählte die Ergebnisse aus den verschiedenen Klassen zusammen. Dann kam Bruder Leon und prüfte Brians Abrechnung nach. Einfach, nicht wahr? Irrtum. In diesem Jahr stellte Bruder Leon sich an, als ob jeder einzelne Tagesbericht ein Ereignis sei, das in die Schlagzeilen gehörte. Brian hatte Bruder Leon noch niemals so gereizt und nervös erlebt. Zuerst amüsierte es ihn, daß der Lehrer vor Unruhe schwitzte, als ob er eine besondere Pumpe eingebaut habe, die Schweiß produziert. Wenn er ins Büro kam und die hochgeschlossene schwarze Jacke auszog, die er zu jeder Jahreszeit beim Unterricht tragen mußte, waren seine Hemdsärmel unter den Achseln naß, und ein Geruch ging von ihm aus, als ob er zehn Runden im Ring hinter sich habe. Er hantierte hastig herum, rannte im Zimmer auf und ab, kaute am Bleistift und rechnete Brians Zahlen zweimal nach.
Heute hatte Brian einen besonderen Anlaß, sich zu wundern. Leon hatte in allen Klassen einen Bericht verteilen lassen, nach dem bis jetzt 4.582 Schachteln verkauft seien. Und das stimmte nicht. Die Schüler hatten bis jetzt genau 3.961 Schachteln verkauft und das Geld für 2.871 abgeliefert. Der Verkauf ging ganz entschieden langsamer voran als letztes Jahr, und das Geld kam auch langsamer herein. Brian konnte nicht begreifen, warum Leon einen falschen Bericht herausgegeben hatte. Meinte er vielleicht, er könnte die Schüler damit antreiben?

Brian zuckte die Achseln und rechnete alles noch einmal nach, um ganz sicher zu sein, daß Bruder Leon nicht ihm die Schuld an den niedrigen Zahlen zuschieben konnte. Er wollte Leon auf gar keinen Fall zum Feind haben, und das war der Grund, weshalb er das Amt des Schatzmeisters angenommen hatte, ohne sich lange zu widersetzen. Brian hatte Bruder Leon als Lehrer in Algebra und keine Lust, zusätzliche Hausaufgaben oder plötzlich völlig unerklärliche Vierer in Klassenarbeiten zu kriegen. Brian betrachtete seine Abrechnung und sah die Null neben dem Namen von Jerry Renault. Er kicherte. Das war der Neuling aus der ersten Klasse, der sich weigerte, Schokolade zu verkaufen. Brian schüttelte den Kopf ... wer wagte es, sich gegen das System aufzulehnen? Teufel, wer wagte es, sich gegen Bruder Leon aufzulehen? Der Kleine mußte den Verstand verloren haben.

»LeBlanc?«
»Sechs.«
»Malloran?«
»Drei.«
Eine Pause. Atemholen. Es war ein Ritual geworden, das sich jeden Morgen auf genau die gleiche Weise, nach genau den gleichen Stichworten in Bruder Leons Klasse abspielte. Sogar Die Nuß ließ sich von der Spannung einfangen, obwohl sie das eigentlich gar nicht wollte und die ganze Situation ihm leichte Übelkeit verursachte. Goubert war ein friedlicher Bursche. Er haßte Zwang und Streit. Frieden, bloß Frieden. Aber in Bruder Leons Klasse herrschte kein Friede, wenn jeder Schüler jeden Morgen angeben mußte, wie viele Schachteln Schokolade er gestern verkauft hatte. Bruder Leon stand neben dem Pult und seine wäßrigen Augen glitzerten im Morgenlicht, und Jerry Renault saß wie üblich wie erstarrt an seinem Platz, die Ellbogen auf der Tischplatte.
»Parmentier?«
»Zwei.«

Jetzt ...
»Renault?«
Einatmen.
»Nein.«
Ausatmen.
Die Röte breitete sich in Bruder Leons Gesicht aus, seine Adern sahen aus wie purpurne Neonleuchten.
»Santucci?«
»Zwei.«
Die Nuß wünschte, es würde endlich läuten.

15

»He, Archie«, rief Emil Janza.
»Ja, Emil.«
»Hast du das Bild noch?«
»Was für ein Bild?« Archie unterdrückte ein Lächeln.
»Du weißt schon, welches Bild.«
»Ach so, *das* Bild. Ja, natürlich hab' ich es noch, Emil.«
»Ich nehme an, du hast keine Lust, es zu verkaufen, Archie?«
»Es ist nicht zum Verkaufen, Emil. Was willst du überhaupt damit anfangen? Also, offen gesagt, ich finde, es ist kein besonders gutes Foto von dir, Emil. Ich meine, du lächelst nicht mal. Du machst so ein komisches Gesicht. Keine Spur von Lächeln, Emil.«
Emil Janza machte in diesem Moment ein komisches Gesicht, aber es war auch jetzt nicht ein Anflug von Lächeln darin zu entdecken. Jeden anderen außer Archie Costello hätte dieser Gesichtsausdruck eingeschüchtert.
»Wo hebst du das Bild auf, Archie?«

»Es ist sicher, Emil, ganz sicher.«
»Gut.«
Archie fragte sich: Soll ich ihm die Wahrheit sagen? Er wußte, daß ihm in Emil Janza ein gefährlicher Feind erwachsen könnte. Andererseits ließ sich die Sache mit dem Foto gut als Waffe benutzen.
»Weißt du was, Emil, eines Tages kannst du das Foto vielleicht haben.«
Janza schnippte seinen Zigarettenstummel gegen den Baum und sah zu, wie er da abprallte und in den Rinnstein flog. Er zog eine Zigarettenschachtel aus der Hosentasche, stellte fest, daß sie leer war, und warf sie weg. Der Wind schob sie über den Bürgersteig davon. Emil Janza war es egal, ob er die Umwelt verschmutzte.
»Wie kann ich an das Foto kommen, Archie?«
»Also, kaufen brauchst du es nicht, Emil.«
»Soll das heißen, daß du es mir gibst? Da muß doch ein Haken an der Sache sein, Archie.«
»Natürlich, aber keiner, mit dem du nicht fertig würdest, wenn es so weit ist, Emil.«
»Okay, dann sag's mir, wenn's so weit ist, Archie.« Emil gab ein dummes Kichern von sich.
»Du erfährst's bestimmt als erster«, sagte Archie.
Sie hatten in lässig-scherzendem Ton miteinander gesprochen, aber Archie wußte, daß Emil die Angelegenheit todernst nahm. Er wußte, daß Emil vor nichts zurückschrecken würde, um sich das Foto zu beschaffen. Die Ironie lag darin ... es gab überhaupt kein Foto. Archie hatte nur eine lächerliche Situation ausgenutzt. Folgendes war passiert: Archie hatte eine Stunde geschwänzt und auf dem Weg durch die Flure in einem offenen Spind zufällig einen Fotoapparat am Kleiderhaken hängen sehen. Archie nahm den Apparat ganz automatisch an sich. Er war kein Dieb, natürlich nicht, er wollte ihn einfach irgendwo anders hinlegen, damit der Besitzer, wer immer das war, in der ganzen Schule danach suchen mußte. Aber vorher ging Archie

in den Waschraum, um schnell eine Zigarette zu rauchen, und als er dort die Tür einer Toilettenkabine öffnete, saß Emil Janza vor ihm, die Hosen lagen auf dem Boden, und eine Hand war heftig zwischen seinen Beinen beschäftigt. Archie hob blitzschnell die Kamera vors Gesicht und schrie: »Stillhalten!« Janza war völlig überrumpelt, und bis er sich von dem Schreck erholt hatte und reagieren konnte, stand Archie längst unter der Waschraumtür, bereit davonzulaufen, falls Janza sich rührte.
»Gib die Kamera her«, rief Janza.
»Wenn die Brüder wüßten, daß du das im Klo machst und dabei nicht mal die Tür hinter dir abschließt«, spottete Archie.
»Das Schloß ist kaputt«, antwortete Emil. »Alle Schlösser hier sind kaputt.«
»Nun, mach' dir jedenfalls keine Sorgen, Emil. Dein Geheimnis ist bei mir gut aufgehoben.«
Janza wandte sich jetzt von Archie ab. Ein Junge aus der ersten Klasse kam über die Straße gerannt und hatte offensichtlich Angst, zu spät zu kommen. Man brauchte ein oder zwei Jahre, bis man die Zeit für den Weg vom Schultor bis zur Klasse so kalkuliert hatte, daß man sich bis zum letzten Moment draußen herumtreiben konnte.
»He, Kleiner«, rief Janza.
Der Junge sah auf und Panik überkam ihn, als er Janza erkannte.
»Hast du Angst, du kommst zu spät?«
Der Junge schluckte und nickte.
»Das ist völlig überflüssig.«
Das letzte Läuten ertönte. Noch genau fünfundvierzig Sekunden, um in die Klasse zu rennen.
»Mir sind die Zigaretten ausgegangen«, verkündete Emil und klopfte sich auf die Taschen.
Archie grinste; er wußte, was Janza jetzt vorhatte. Janza wollte bei den Scharfrichtern aufgenommen werden und versuchte immer, Archie zu beeindrucken.

»Ich möchte, daß du eben zu Bakers 'rüberrennst und mir eine Schachtel Zigaretten kaufst, Kleiner.«
»Ich hab' kein Geld, und ich komm' zu spät«, protestierte der Junge.
»So ist das Leben eben, Kleiner. Da kann man nichts machen. Bei Kopf gewinne ich, bei Zahl hast du verloren. Wenn du kein Geld hast, dann leih's dir eben. Oder klau die Zigaretten. Bring' sie mir jedenfalls in der Mittagspause. Irgendeine Marke. Emil Janza ist nicht wählerisch.« Er ließ seinen Namen wie beiläufig fallen, damit der Junge wußte, mit wem er es zu tun hatte, falls er zufällig noch nicht von Emil Janza gehört haben sollte.
Archie trödelte noch, obwohl er wußte, daß er einen Verweis für's Zuspätkommen riskierte. Aber Janza faszinierte ihn, so primitiv und brutal er auch war. Die Welt bestand aus zwei Arten von Menschen ... aus Verfolgten und Verfolgern. Es bestand kein Zweifel daran, zu welcher Kategorie Janza gehörte. Kein Zweifel auch, zu welcher Kategorie er gehörte. Und klar war auch, wohin der Junge gehörte, dem die Tränen aus den Augen schossen, als er sich abwandte und wieder die Straße hinunterrannte.
»Er hat bestimmt Geld, Archie«, sagte Emil. »Meinst du nicht auch, daß er Geld besitzt und uns bloß angelogen hat?«
»Ich wette, du schubst auch alte Damen die Treppe hinunter und stellst einem Krüppel auf der Straße ein Bein«, sagte Archie.
Janza kicherte.
Das Kichern ließ Archie schaudern, ihn, der selbst im Verdacht stand, fähig zu sein, gebrechliche alte Damen und Krüppel zu mißhandeln.

16

»Eine so schlechte Note, Caroni.«
»Ja.«
»Dabei bist du sonst ein ausgezeichneter Schüler.«
»Danke, Bruder Leon.«
»Wie sind deine anderen Noten?«
»Gut, Bruder Leon, sehr gut. Ich dachte, ich komme ... ich meine, ich wollte versuchen, daß ich in diesem Quartal wieder auf die Ehrenliste komme, aber jetzt, dieser Fünfer ...«
»Ich weiß«, sagte der Lehrer und schüttelte wie betrübt und voll Mitgefühl den Kopf.
Caroni war verwirrt. Er hatte noch nie im Leben eine Fünf bekommen. Tatsache war, er hatte nur höchst selten eine schlechtere Note als Sehr gut geschrieben. In der siebten und achten Grundschulklasse hatte er zwei Schuljahre hintereinander nichts als Sehr gut gehabt, in allen Fächern, bis auf ein einziges Zwei plus bei einer Klassenarbeit. Und bei der Aufnahmeprüfung für die Trinity High-School hatte er so blendend abgeschnitten, daß er eines der selten Trinity-Stipendien gewann ... einhundert Dollar Nachlaß auf das Schulgeld, und sein Bild erschien in der Zeitung. Und jetzt dieser schreckliche Fünfer, der eine gewöhnliche Klassenarbeit in einen Alptraum verwandelte.
»Der Fünfer hat mich auch überrascht«, sagte Bruder Leon. »Weil du sonst solch ein ausgezeichneter Schüler bist, David.«
Caroni schaute überrascht und voll plötzlicher Hoffnung auf. Bruder Leon nannte nur sehr selten einen Schüler beim Vornamen. Er hielt immer Distanz. »Zwischen Schülern und Lehrern ist eine unsichtbare Grenze gezogen, und sie darf nicht überschritten werden«, sagte er immer. Aber jetzt sagte er so freundlich und sanft und mit so viel Verständnis »David«, daß

Caroni es sich erlaubte, Hoffnung zu schöpfen ... aber worauf? Daß dieser Fünfer doch ein Irrtum war?
»Es war aus verschiedenen Gründen eine schwierige Arbeit«, fuhr der Lehrer fort. »Eine Arbeit, bei der die falsche, spitzfindige Auslegung von Tatsachen über Bestehen oder Durchfallen entscheidet. Genau das war es ... eine Entweder-Oder-Prüfung. Als ich deine Antwort las, hielt ich es für einen Augenblick möglich, daß du bestanden hättest, David. Manche deiner Erklärungen waren durchaus zutreffend. Aber auf der anderen Seite ...« Seine Stimme verklang, er schien in Gedanken zu versinken.
Caroni wartete. Draußen ertönte eine Hupe ... der Schulbus fuhr ab. Caroni dachte an seine Eltern und an das, was sie sagen würden, wenn sie von dem Fünfer erfuhren. Der Fünfer drückte seinen Durchschnitt; es war beinahe unmöglich, einen Fünfer auszugleichen, ganz gleich, wie viele Einser er noch schaffte.
»Über eines sind Schüler sich nicht immer klar, David«, fuhr Bruder Leon fort und sprach leise, vertraulich, als ob sie allein auf der Welt seien, als ob er noch niemals mit irgendeinem anderen Menschen auf Erden so gesprochen habe wie jetzt mit David. »Eines verstehen sie nicht, nämlich, daß Lehrer auch nur Menschen sind, genau wie andere Leute.« Bruder Leon lächelte, als ob er diese Feststellung für witzig hielte. Caroni zeigte vorsichtshalber nur ein ganz kleines Lächeln; er war unsicher, er wollte nichts falsch machen. Das Klassenzimmer schien plötzlich warm und überfüllt zu sein, obwohl doch nur sie zwei hier waren. »Ja, ja, wir sind auch nur Menschen. Wir haben unsere guten und unsere schlechten Tage. Wir werden müde. Unsere Urteilsfähigkeit leidet manchmal. Wir bauen manchmal Mist, wie ihr Jungen sagt. Es ist möglich, daß sogar uns ein Fehler unterläuft, wenn wir Arbeiten korrigieren, vor allem, wenn die Antworten nicht ganz eindeutig sein können, nicht entweder schwarz oder weiß ...«
Jetzt spitzte Caroni wachsam die Ohren ... worauf wollte Bru-

der Leon hinaus? Er sah Bruder Leon aufmerksam an. Der Lehrer sah aus wie immer: wäßrige Augen, die Caroni an gekochte Zwiebeln erinnerten, bleiche, feuchte Haut, und dazu die kühle, immer beherrschte Art zu reden. Er hielt ein Stück weiße Kreide wie eine Zigarette in der Hand.
»Hast du schon jemals zuvor einen Lehrer gesehen, der zugibt, daß er sich irren kann, David? Hast du so etwas schon mal gehört?« fragte Bruder Leon lachend.
»Wie ein Schiedsrichter, der zugibt, daß er falsch abgepfiffen hat«, sagte Caroni und ging auf Bruder Leons scherzenden Ton ein. Aber warum redete er lang und breit von möglichen Irrtümern? Und was sollte daran witzig sein?
»Ja, ja«, stimmte Bruder Leon zu. »Irren ist menschlich. Und verständlich. Wir haben alle unsere Pflichten, und wir müssen sie tun. Der Direktor ist noch immer im Krankenhaus und ich betrachte es als ein Vorrecht, ihn zu vertreten. Aber die außerschulischen Tätigkeiten kommen noch hinzu. Der Schokoladenverkauf, zum Beispiel ...«
Bruder Leon hielt das Stück Kreide umklammert. Caroni bemerkte, daß seine Fingerknöchel beinahe genau so weiß waren wie die Kreide. Er wartete darauf, daß der Lehrer weitersprach. Aber das Schweigen streckte sich. Caroni beobachtete, wie Bruder Leons Hände die Kreide drückten und rollten, und wie seine Finger dabei den Beinen blasser Spinnen glichen, die ein Opfer umklammern.
»Aber es lohnt sich alles«, fuhr Leon fort. Wie kam es, daß seine Stimme so kühl blieb, während die Hand, die die Kreide hielt, sich so verkrampfte und die Adern darauf schwollen, als ob sie die Haut sprengen wollten?
»Es lohnt sich?« Caroni hatte den Faden verloren.
»Der Schokoladenverkauf«, sagte Bruder Leon.
Und die Kreide zerbrach zwischen seinen Fingern. Bruder Leon ließ die Stücke fallen und öffnete die große Kladde, die inzwischen jeder in der ganzen Schule kannte; die Kladde, in der jeden Tag die Verkäufe notiert wurden. »Mal sehen ... du hast

ganz gut verkauft, David. Achtzehn Schachteln. Schön, sehr schön. Du bist nicht nur ein guter Schüler, du hast auch Gemeinschaftssinn.«
Caroni wurde vor Freude rot; einem Kompliment konnt er nie widerstehen, selbst wenn er so verwirrt war wie in diesem Augenblick. Diese lange Rede über Prüfungen und Lehrer, die auch müde wurden und Fehler machten, und jetzt auch noch der Schokoladenverkauf ... und die beiden Stücke von der zerbrochenen Kreide lagen wie zwei kleine weiße Knochen auf dem Pult.
»Wenn jeder seine Pflicht tun würde wie du, David, dann wäre der Schokoladenverkauf ein durchschlagender Erfolg. Aber nicht jeder hat deine Gesinnung, David ...«
Caroni wußte nicht genau, woher ihm plötzlich die Eingebung kam; vielleicht war es die Pause, die Bruder Leon jetzt machte; vielleicht die ganze Unterhaltung, die irgendwie einen falschen Tonfall hatte. Vielleicht auch Bruder Leons Hände, die die Kreide zermalmten, während seine Stimme kühl und gleichmütig blieb. Was war geheuchelt: die aufgeregte Hand oder die gelassene Stimme?
»Nimm Renault, zum Beispiel«, fuhr Bruder Leon fort. »Eine komische Sache, nicht wahr?«
Da wußte Caroni Bescheid. Er starrte in die feuchten, wachsamen Augen des Lehrers und begriff in einer von einem blendenden Blitz durchleuchteten Sekunde, worum es hier ging, was los war, was Bruder Leon vorhatte, den wahren Anlaß für diese vertrauliche Unterhaltung nach der Schule. Kopfschmerzen meldeten sich über seinem rechten Auge, bohrten sich in ihn ... Migräne. Der Magen drehte sich ihm ekelerregend um. Waren Lehrer also wirklich genauso wie alle anderen Leute? Waren Lehrer genauso korrupt wie die Bösewichte in Büchern und Filmen? Caroni hatte seine Lehrer immer verehrt; er wollte später gerne selbst Lehrer werden, wenn es ihm gelang, seine Schüchternheit zu überwinden. Und jetzt ... so etwas. Der Schmerz wurde heftiger und klopfte hinter seiner Stirn.

»Eigentlich tut Renault mir irgendwie leid«, sagte Bruder Leon. »Er muß sehr unglücklich sein, so wie er sich verhält.«
»Das ist möglich«, sagte Caroni ausweichend und unsicher, obwohl er genau wußte, was Bruder Leon wollte. Er hatte jeden Morgen in der Klasse beobachtet, wie Bruder Leon die Namen der Reihe nach aufrief und jedesmal wie unter einem Schlag zurückwich, wenn Jerry Renault sich wieder weigerte, Schokolade zu verkaufen. Für die Klasse war das ein unterhaltsamer Zwischenfall. Aber Caroni machte sich Sorgen um Jerry Renault. Er wußte, daß kein Schüler es mit Bruder Leon aufnehmen konnte. Aber jetzt merkte er, daß Bruder Leon das Opfer war. Er muß schon die ganze Zeit völlig durchdrehen, dachte David. »Also, David ...«
Das Echo seines Namens hier im Klassenzimmer überraschte ihn wieder. Er überlegte sich, ob er noch Aspirin in seinem Spind hatte. Denk nicht an Aspirin, denk nicht an die Kopfschmerzen. Er wußte schließlich, worum es jetzt ging, was Bruder Leon hören wollte. Aber wie konnte er restlos sicher sein?
»Weil sie gerade von Jerry Renault sprechen ...« sagte Caroni. Das war ein unverfänglicher Anfang, der zu gar nichts zu führen brauchte, je nachdem, wie Bruder Leon reagierte.
»Ja?«
Bruder Leon griff nach einem abgebrochenen Kreidestück. Das »Ja?« kam so schnell und plötzlich, daß kein Zweifel mehr möglich war. Caroni stand vor der Qual der Wahl, und die Kopfschmerzen machten seine Lage nicht gerade einfacher. Konnte er den Fünfer loswerden, indem er Bruder Leon einfach das sagte, was er hören wollte? Was war daran schon schlimm? Ein Fünfer konnte ihn ruinieren. Mal ganz abgesehen von all den anderen Fünfern, die Leon ihm in Zukunft noch draufknallen konnte.
»Es ist wirklich eine komische Sache«, hörte Caroni sich sagen. Aus reinem Instinkt sagte er noch: »Aber Sie wissen ja, was dahinter steckt, Bruder Leon. Die Scharfrichter. Es ist ein Auftrag ...«

»Natürlich, natürlich«, sagte Leon, lehnte sich zurück und ließ die Kreide sanft aus der Hand gleiten.

»Es ist eine Aktion der Scharfrichter. Er soll sich zehn Tage lang weigern – zehn Schultage – und dann soll er mitmachen. Also, den Scharfrichtern fällt wirklich immer was Neues ein, nicht wahr?« Sein Kopf platzte schier und in seinem Magen wogte Übelkeit.

»Jungen sind eben Jungen«, flüsterte Leon und nickte mit dem Kopf; es war schwer zu sagen, ob er überrascht oder erleichtert war. »Wenn man weiß, wie es an unserer Schule zugeht, dann ist das natürlich offensichtlich. Armer Renault. Du erinnerst dich, wie ich vorhin sagte, daß er unglücklich sein müsse. Ist das nicht schrecklich, einen Jungen gegen seinen Willen in solch eine Lage zu bringen. Aber es ist ja bald vorbei, nicht wahr? Zehn Tage ... Moment, dann ist es ja überhaupt schon morgen vorbei«. Er lächelte nun erfreut und redete, als ob die Worte selbst nebensächlich seien und es nur darauf ankäme, weiterzusprechen, um sich zu erleichtern. Und dann wurde Caroni bewußt, daß Bruder Leon ihn diesmal nicht *David* genannt hatte ...

»Also ich glaube, das wär's.« Bruder Leon stand auf. »Ich habe dich zu lange aufgehalten, Caroni.«

»Bruder Leon ...« Caroni wollte sich nicht gerade jetzt wegschicken lassen. »Sie haben gesagt, Sie wollten wegen meiner Noten mit mir sprechen ...«

»Ach ja, stimmt. Dieser Fünfer.«

Niedergeschlagenheit überfiel Caroni. Aber er sprach trotzdem weiter. »Sie haben gesagt, Lehrer irren sich auch mal ...«

Bruder Leon stand schon. »Weißt du was, Caroni? Am Ende des Quartals, wenn ich den Notendurchschnitt feststellen muß, dann schau' ich mir diese Arbeit noch einmal an. Vielleicht bin ich dann etwas frischer. Vielleicht sehe ich dann eine Leistung, die vorher nicht zu erkennen war ...«

Nun hätte Caroni erleichtert aufatmen können, doch in seinem Kopf hämmerte es noch immer und auch in seinem Magen ru-

morte es immer noch. Viel schlimmer aber war, daß er Bruder Leon die Gelegenheit gegeben hatte, ihn zu erpressen. Was war das für eine Welt, in der selbst Lehrer sich so verhielten?
»Aber vielleicht bleibt der Fünfer auch stehen, Caroni. Das hängt ganz davon ab ...«
»Ich verstehe, Bruder Leon«, sagte Caroni.
Und er hatte es wirklich kapiert: daß das Leben ekelhaft war, daß es keine Helden gab, und daß man niemandem voll und ganz vertrauen durfte, nicht einmal sich selbst.
Er mußte schleunigst hier heraus, ehe er sich über Bruder Leons Pult erbrach.

17

»Adamo?«
»Drei.«
»Beauvais?«
»Fünf.«
Die Nuß wartete ungeduldig auf das Ende des Appells. Oder vielmehr darauf, daß die Reihe an Jerry Renault kam. Wie alle anderen hatte Die Nuß inzwischen erfahren, daß Jerry einen Auftrag der Scharfrichter ausführte. Nur deshalb weigerte er sich Tag um Tag, Schokolade zu verkaufen, nur deshalb wollte er nicht mit ihm darüber sprechen. Ab heute konnte Jerry wieder er selbst sein. Sein Football-Spiel hatte unter der Sache gelitten. Gestern hatte der Trainer ihn wütend gefragt: »Renault, was ist los mit dir, zum Teufel? Willst du in der Mannschaft spielen oder nicht?« Und Jerry hatte geantwortet: »Ich spiel' ja mit.« Alle hatten den Doppelsinn dieser Antwort verstanden,

denn inzwischen war der Auftrag der Scharfrichter ein offenes Geheimnis. Nach dem Training hatte Die Nuß ihm zugeflüstert: »Wann ist der Auftrag zu Ende?« und Jerry hatte geantwortet: »Morgen nehm' ich die Schokolade.«
»Hartnett?«
»Eine.«
»Streng' dich ein bißchen mehr an, Hartnett«, sagte Leon, aber ohne ein Spur von Ärger oder auch nur Enttäuschung in der Stimme. Bruder Leon war heute in bester Laune, und seine Stimmung hatte sich auf die Klasse übertragen. Das war immer so in Leons Klassen: er bestimmte die Temperatur und die Atmosphäre. Wenn Bruder Leon glücklich war, konnten alle glücklich sein; wenn er sich nicht wohl in seiner Haut fühlte, mußte es allen anderen auch schlecht gehen.
»Johnson?«
»Fünf.«
»Gut, gut.«
Killelea ... LeBlanc ... Malloran ... der Appell ging weiter, die Jungen schrien ihre Verkaufszahlen und der Lehrer notierte sie hinter jedem Namen auf seiner Liste. Die Namen und die Zahlen klangen beinahe wie ein Lied, wie eine Melodie für ein Klassenzimmer, ein Kanon für viele Stimmen. Dann rief Bruder Leon: »Parmentier«, und plötzlich lag wieder Spannung in der Luft. Parmentiers Antwort war völlig nebensächlich und uninteressant, denn der nächste Name auf der Liste war Renault.
»Drei«, rief Parmentier.
»Gut«, sagte Bruder Leon wieder und notierte. Dann schaute er auf und rief: »Renault.«
Die Pause. Die verdammte Pause.
»Nein!«
Der Nuß war zumute, als ob ihre Augen Linsen einer Fernsehkamera seien, wie man sie manchmal in Dokumentarfilmen ganz groß sieht. Sie wandte sich zu Jerry um und sah, daß ihr Freund mit bleichem Gesicht und halb offenem Mund da saß und die Arme herunter baumeln ließ. Dann schaute Die Nuß zu

Bruder Leon hinüber; auch der Lehrer saß vor Überraschung mit halb offenem Mund da und sein Gesichtsausdruck verriet Bestürzung. Es war beinahe so, als ob Jerry und der Lehrer sich gegenseitig widerspiegeln würden. Endlich senkte Bruder Leon den Blick.
»Renault«, wiederholte er und seine Stimme war scharf wie ein Peitschenhieb.
»Nein, ich will keine Schokolade verkaufen.«
Städte stürzten ein. Die Erde öffnete sich. Planeten kippten aus ihrer Bahn. Sterne stürzten ab. Und dazu die schreckliche Stille.

18

Warum hast du das gemacht?
Ich weiß nicht.
Bist du verrückt geworden?
Vielleicht.
Das war total verrückt.
Ich weiß.
Wie du das »Nein« ausgespuckt hast ... warum hast du das gemacht?
Ich weiß nicht.
Es war wie ein Verhör, nur war Jerry gleichzeitig Untersuchungsrichter und Verdächtiger, ein Polizist, der nicht zimperlich war und ein Gefangener, und grausames Scheinwerferlicht nagelte ihn in einem blendenden Lichtkreis fest. Alles spielte sich nur in seiner Fantasie ab, sicherlich, er wälzte sich in seinem Bett hin und her und verhedderte sich in seinem Laken wie in einem würgenden Leichentuch.

Plötzlich bekam er Angst, lebendig begraben zu werden, und er kämpfte mit den Decken, drehte sich noch einmal herum und verhedderte sich wieder darin. Sein Kopfkissen fiel aus dem Bett und landete mit dumpfen Aufschlag auf dem Boden, wie ein kleiner Körper. Jerry dachte an seine Mutter, wie sie tot im Sarg lag. In welchem Moment trat der Tod ein? Nicht einmal die Ärzte waren sich über diese Frage einig, das hatte er in einem Artikel über Herzverpflanzung gelesen. Hör mal zu, sagte er sich selbst, heutzutage kann niemand mehr lebendig begraben werden so wie früher, als es dieses Zeug zum Einbalsamieren noch nicht gab. Heutzutage pumpen sie einem vorher das ganze Blut ab und geben stattdessen Chemikalien hinein, um ganz sicher zu sein, daß man auch wirklich richtig tot ist. Aber angenommen, bloß mal angenommen, irgendein winziger Teil des Gehirnes bleibt doch lebendig und nimmt noch wahr, was da gemacht wird? Seine Mutter. Er selbst, eines Tages.
Jerry fuhr entsetzt im Bett hoch und schleuderte die Decken beiseite. Er war verschwitzt und setzte sich zitternd auf den Bettrand. Dann berührten seine Füße den Boden und die Kühle des Linoleums brachte ihn in die Wirklichkeit zurück. Der Alptraum des Erstickens verschwand. Er ging im Dunkeln zum Fenster und zog den Vorhang zurück. Draußen kam Wind auf und zerstreute die Oktoberblätter, die wie sterbende, verkrüppelte Vögel zu Boden flatterten.
Warum hast du das gemacht?
Ich weiß nicht.
Wie eine gesprungene Schallplatte.
Weil Bruder Leon so größenwahnsinnig ist, weil er mit den Schülern Schlitten fährt, so wie neulich mit Bailey, weil er sie quält und demütigt und immer versucht, irgend jemanden vor der ganzen Klasse fertigzumachen?
Auch noch aus einem anderen Grund, auch noch aus einem anderen.
Aus welchem?
Jerry ließ den Vorhang los und schaute sich mit zusammenge-

kniffenen Augen im fast dunklen Schlafzimmer um. Er tapste zurück zum Bett und schauderte in dieser Kühle, die es so nur mitten in der Nacht gab. Er lauschte auf die nächtlichen Geräusche. Sein Vater schnarchte im Zimmer nebenan. Ein Auto fuhr draußen durch die Straße. Jerry wünschte, er würde so durch die Straßen fahren, irgendwo hin.
Ich will keine Schokolade verkaufen. Mann.
Er hatte das vorher überhaupt nicht geplant, sicher. Im Gegenteil, er war froh, weil der schreckliche Auftrag endlich zu Ende ging und das Leben wieder normal werden konnte. Er hatte sich jeden Morgen vor dem Appell gefürchtet, vor dem Zwang, sich Bruder Leon zu widersetzen und *nein* sagen zu müssen, und dann seine Reaktion zu beobachten... wie der Lehrer versuchte so zu tun, als ob Jerrys Rebellion gar nicht stattfinden würde, wie er vergeblich und mitleiderregend Gleichgültigkeit heuchelte. Es war gleichzeitig komisch und schrecklich, jeden Morgen zuzuhören, wie Bruder Leon die Namen aufrief und darauf zu warten, daß er an die Reihe kam und dann mit dem herausfordernden *Nein* zu antworten. Bruder Leon hätte seine Rolle vielleicht glaubwürdig spielen können, wenn seine Augen ihn nicht verraten hätten. Sein Gesichtsausdruck blieb immer beherrscht, nur die Augen verrieten, daß er doch verletzlich war, und sie ließen Jerry einen Blick in die Hölle werfen, die in dem Lehrer brannte. Diese feuchten Augen mit den Pupillen in verwaschenem Blau spiegelten alles wider, was in der Klasse vor sich ging, reagierten auf alles. Als Jerry begriffen hatte, daß Bruder Leons Geheimnis in seinen Augen lauerte, wurde er wachsam und beobachtete, wie der Lehrer sich mit seinem Blick ständig verriet. Bald kam der Moment, in dem Jerry der ganzen Sache restlos überdrüssig war. Er hatte es über, Bruder Leon zu beobachten, und die ganze Kraftprobe widerte ihn an, weil sie von vornherein verfälscht war. Jerry verabscheute Grausamkeiten, und der Auftrag war grausam, das ging ihm nach ein paar Tagen auf, obwohl Archie Costello versichert hatte, es sei bloß eine Schau, über die hinterher alle lachen

würden. Er hatte ungeduldig auf das Ende des Auftrages gewartet, auf das Ende dieses stummen Kampfes zwischen Bruder Leon und ihm. Er wollte diese Last los sein, die ihn jeden Tag niederdrückte, und wieder ein normales Leben führen ... Football, Hausaufgaben. Er fühlte sich von der Klasse ausgeschlossen, von den anderen Jungen durch das Geheimnis getrennt, das man ihm aufgezwungen hatte. Ein- oder zweimal geriet er in Versuchung, mit Der Nuß darüber zu sprechen; er hätte es beinahe getan, als Die Nuß einmal davon anfing. Stattdessen nahm er sich vor, die zwei Wochen durchzuhalten, mitsamt dem Geheimnis, und die Sache hinter sich zu bringen. Einmal begegnete er am Spätnachmittag nach dem Football-Training zufällig Bruder Leon im Flur, und er sah, wie in den Augen des Lehrers Haß aufblitzte. Noch mehr als Haß: irgend etwas Widerwärtiges. Krankes. Jerry fühlte sich beschmutzt und besudelt, so, als ob er sofort zur Beichte laufen und seine Seele bloßlegen müsse, um das wieder los zu werden. Er tröstete sich selbst: Wenn ich auch Schokolade verkaufe und Bruder Leon merkt, daß ich bloß einen Auftrag der Scharfrichter ausführen muß, dann ist alles wieder in Ordnung.

Warum hatte er dann heute morgen wieder *nein* gesagt? Er war doch froh gewesen, weil die Quälerei zu Ende ging ... und dann rutschte ihm dieses schreckliche *Nein* heraus.

Jerry lag wieder im Bett und rührte sich nicht und versuchte, so den Schlaf herbeizuzwingen. Er lauschte auf das Schnarchen seines Vaters und überlegte sich, daß sein Vater doch eigentlich sein Leben verschlief, sogar dann, wenn er wach war, und doch nicht eigentlich lebte. Und ich? Was hatte der Bursche am Stadtplatz neulich gesagt, den Kopf auf das Autodach gestützt wie ein grotesker Johannes der Täufer auf seinem Teller? *Du versäumst eine Menge Dinge im Leben.*

Jerry drehte sich auf die Seite, schob seine Zweifel beiseite und dachte stattdessen an ein Mädchen mit einer tollen Figur, das er in der Stadt gesehen hatte. Ihr Pulli wölbte sich fantastisch, und sie trug ihre Schulbücher auf dem Arm vor sich her und drückte sie gegen ihre rundlichen Brüste. Ich wollte, meine Hände wären diese Bücher, hatte Jerry sehnsüchtig gedacht. Seine Hand schob sich zwischen seine Beine und er konzentrierte sich auf die Erinnerung an das Mädchen. Aber diesmal nutzte das nichts, gar nichts.

19

Am nächsten Morgen fand Jerry heraus, wie einem zumute sein muß, wenn man einen Kater hat. In seinen Augen brannte Feuer, vom Mangel an Schlaf angeschürt. In seinem Kopf pulsierten stechende Schmerzen. Sein Magen spürte empfindlich die geringste Bewegung, und das Schlingern des Schulbusses löste seltsame Reaktionen in seinem Körper aus. Das erinnerte ihn daran, daß er als kleiner Junge manchmal das Autofahren nicht vertragen hatte, und wenn seine Eltern mit ihm ans Meer fuhren, hatten sie unterwegs öfter anhalten müssen, und Jerry war ausgestiegen und hatte sich übergeben oder gewartet, bis der Sturm in seinem Magen abgeflaut war. An diesem Morgen wurde sein Unbehagen noch dadurch vergrößert, daß wahrscheinlich eine Klassenarbeit in Erdkunde fällig war, und er hatte gestern abend überhaupt nicht gelernt, weil er noch restlos mit Bruder Leon und dem Schokoladenverkauf beschäftigt gewesen war. Jetzt zahlte er die Strafe dafür, weil er weder geschlafen noch gearbeitet hatte: er las die elende Erdkunde im schaukelnden, schwankenden Schulbus, und das Morgenlicht blendete auf den weißen Seiten.
Jemand setzte sich neben ihn.
»Hallo Renault. Ich muß schon sagen, du hast Schneid.«

Jerry schaute auf und war einen Augenblick geblendet, als seine Augen von der Buchseite zum Gesicht des Jungen glitten, der ihn angesprochen hatte. Er kannte ihn flüchtig vom Sehen; der Junge zündete sich eine Zigarette an – alle machten das, obwohl im Bus ein Schild ›Nicht Rauchen!‹ hing – und schüttelte den Kopf. »Du hast es diesem Bastard Leon wirklich gezeigt, Junge, Junge, einfach großartig.« Er blies Rauch aus. Jerrys Augen schmerzten.

»Oh«, sagte er und kam sich dumm vor. Und er war überrascht. Komisch, er hatte die ganze Zeit gedacht, das alles sei ein privater Krieg zwischen Bruder Leon und ihm, als ob sie beide allein auf diesem Planeten seien. Jetzt wurde ihm klar, daß die Angelegenheit viel weiter reichte.

»Mir steht es bis hier, diese blöde Schokoladenverkauferei«, sagte der Junge. Er hatte eine schlimme Akne; sein Gesicht sah aus wie eine Reliefkarte. Und seine Finger waren gelb von Nikotin. »Ich bin seit zwei Jahren auf der Trinity High, vorher war ich auf der Monument High-School, und Herr im Himmel, ich hab's wirklich allmählich über, daß ich hier immerzu irgendwelchen Mist verkaufen soll.« Er versuchte, Rauchkringel zu blasen, aber es gelang ihm nicht. Schlimmer war, daß der Rauch genau in Jerrys Gesicht trieb und ihm in den Augen brannte. »Erst Schokolade, dann Weihnachtskarten. Sogar Seife. Und wenn's keine Seife ist, dann Kalender. Aber weißt du was?«

»Was?« fragte Jerry. Er wollte ihn los werden, damit er seine Erdkunde weiterlesen konnte.

»Ich bin noch nie auf die Idee gekommen, einfach nein zu sagen, so wie du.«

»Ich muß meine Aufgaben noch mal durchlesen«, sagte Jerry, weil er eigentlich gar nicht wußte, was er sagen sollte.

»Du bist wirklich cool, weißt du das?« sagte der Junge bewundernd.

Jerry wurde vor Freude rot, obwohl er das gar nicht wollte. Wen freut es nicht, wenn er bewundert wird? Aber er hatte

Schuldgefühle, weil er die Bewunderung des Jungen unter Vorspiegelung falscher Tatsachen annahm: er war gar nicht gelassen oder cool, wie der das nannte, kein bißchen. In seinem Kopf hämmerte es und sein Magen schlingerte drohend und ihm fiel ein, daß er Bruder Leon und den Appell auch heute morgen wieder über sich ergehen lassen mußte, und an jedem zukünftigen Schulmorgen auch.

Die Nuß wartete vor dem Schuleingang auf ihn. Sie stand angespannt und besorgt zwischen den anderen Burschen, die wie Gefangene, die sich mit ihrer Hinrichtung abgefunden haben, darauf warteten, daß der Unterricht begann und vor dem Läuten noch schnell eine Zigarette rauchten. Die Nuß ging ein paar Schritte von den anderen weg, und Jerry folgte ihr schuldbewußt. Ihm fiel plötzlich auf, daß Die Nuß nicht mehr solch ein vergnügter, sorgloser Bursche war wie zu Beginn des Schuljahres. Was war passiert? Er war zu sehr mit seinen eigenen Sorgen beschäftigt gewesen, als daß er sich um Die Nuß hätte kümmern können.

»Herr im Himmel, Jerry, warum hast du das gemacht?« fragte Die Nuß.
»Was?« Aber Jerry wußte genau, was Die Nuß meinte.
»Die Sache mit der Schokolade.«
»Ich weiß nicht, Nuß«, antwortete Jerry. Der Nuß konnte er nichts vormachen, so wie dem Jungen im Schulbus. »Ehrlich... ich weiß es nicht.«
»Du forderst das Unglück heraus, Jerry. Mit Bruder Leon ist nicht zu spaßen.«
»Hör mal, Nuß, wegen sowas geht die Welt auch nicht unter«, sagte Jerry, denn er wollte seinen Freund beruhigen, diesen besorgten Ausdruck in seinem Gesicht zum Verschwinden bringen. »Vierhundert Schüler verkaufen Schokolade. Was macht es da schon aus, wenn ich keine verkaufe?«
»So einfach ist die Sache nicht, Jerry. Bruder Leon läßt dir das bestimmt nicht durchgehen.«

Es läutete zum ersten Mal. Zigaretten wurden in den Rinnstein geschnippt oder in dem mit Sand gefüllten Aschenbecher neben der Tür zerdrückt. Noch schnell ein letzter, langer Zug. Die Burschen, die noch in ihren Autos saßen und sich im Radio Rock anhörten, schalteten aus und knallten die Türen hinter sich zu.
»Gute Schau, mein Junge«, sagte jemand im Vorbeigehen und gab Jerry einen Klaps auf die Sitzfläche. Jerry sah nicht, wer es war.
»Halt durch, Jerry«, flüsterte Adamo, der Bruder Leon haßt.
»Siehst du, wie die Sache schon bekannt ist?« flüsterte Die Nuß. »Was ist wichtiger... in die Football-Mannschaft kommen und deine Noten, oder dieser elende Schokoladenverkauf?«
Es läutete zum zweiten Mal. Noch zwei Minuten Zeit, um seine Sachen ins Spind zu hängen und in die Klasse zu gehen. Benson aus der Oberstufe kam auf sie zu. Burschen aus der Oberstufe führten meist nichts Gutes im Schilde, wenn sie von einem Jüngeren Notiz nahmen; es war besser, vor ihnen nicht aufzufallen. Aber Benson steuerte eindeutig auf Jerry zu. Benson war ein Clown und bekannt dafür, daß er keine Hemmungen kannte und sich über sämtliche Schulregeln hinwegsetzte.
Benson begann, einen bekannten Fernseh-Komiker zu imitieren. Er zupfte an seinen Manschetten, zog die Schultern hoch und stotterte: »He, du da... also, hör mal, ich... ich möcht'... ich möcht nicht in deinen Schuhen... nicht in deinen Schuhen stecken, nicht für tau-tau... nicht für eine Mi-Mi-Million...« Benson boxte Jerry zum Spaß auf den Arm.
»Du würdest gar nicht in seine Schuhe reinpassen, Benson«, schrie jemand. Und Benson tänzelte grinsend und sich windend davon. Er machte jetzt Sammy Davis junior nach.
Als sie die Treppe hinaufgingen, sagte Die Nuß: »Tu mir den Gefallen, Jerry. Nimm die Schokolade heute.«
»Ich kann nicht, Nuß.«
»Warum nicht?«

»Ich kann einfach nicht. Ich hab' mich jetzt festgelegt.«
»Diese gottverdammten Scharfrichter«, sagte Die Nuß.
Jerry hatte Goubert noch nie zuvor fluchen hören. Er war ein sanftmütiger Bursche, der jeden leben ließ, gelassen und sorglos, und wenn die anderen beim Training in den Pausen auf den Bänken saßen, dann rannte er schon wieder eine Runde oder zwei.
»Die Scharfrichter haben nichts mehr damit zu tun, Nuß. Ich mach' das ganz alleine.«
Sie blieben vor Jerrys Spind stehen.
»Ach so«, sagte Die Nuß resigniert, weil jetzt keine Zeit mehr blieb, noch weiter über die Sache zu reden. Jerry war plötzlich betrübt, weil Die Nuß so besorgt aussah, wie ein alter Mann, der alle Sorgen der Welt auf den Schultern trägt, mit verstörtem Gesicht und entsetzten Augen, als ob sie gerade aus einem Alptraum aufgewacht sei.
Jerry öffnete sein Spind. Am ersten Schultag hatte er mit Heftzwecken ein Poster an die Rückwand innen geheftet. Das Bild zeigte einen schier endlosen einsamen Strand und am Himmel darüber funkelte in der Ferne ein einziger Stern. Ein Mann ging am Strand entlang, eine kleine, einsame Gestalt in all dieser Unendlichkeit. Unten am Bildrand standen die Worte: *Darf ich es wagen, das Universum zu stören?* Das war von T. S. Eliot, der auch ›Waste Land‹ geschrieben hat, das sie gerade in Englisch durchnahmen. Jerry war sich nicht ganz klar über die Bedeutung des Bildes, aber es hatte ihn auf eine geheimnisvolle Weise beeindruckt. An der Trinity High-School war es Sitte, daß jeder sein Spind innen mit einem Poster schmückte, und so hatte Jerry eben dieses gewählt.
Er hatte keine Zeit mehr, das Bild noch länger zu betrachten. Es läutete zum dritten Mal, und ihm blieben dreißig Sekunden, um in seine Klasse zu gehen.

»Adamo?«
»Zwei.«

»Beauvais?«
»Drei.«
Heute morgen verlief der Appell anders als sonst; in anderem Tempo und mit anderer Melodie, als ob Bruder Leon zwar der Dirigent und die Klasse der Chor sei, mit dem Rhythmus und der ganzen Aufführung aber irgendwie etwas schief gegangen wäre, als ob das Orchester und nicht der Dirigent den Takt bestimmen würde. Bruder Leon hatte einen Namen kaum ausgesprochen, da kam schon die Antwort. Solche spontanen Spiele entstehen manchmal plötzlich in einer Klasse, und jeder schließt sich der Verschwörung sofort an. Die Schnelligkeit der Antworten hielt Bruder Leon in Trab; den Kopf gebeugt, kritzelte er eifrig Zahlen in seine Kladde. Jerry war froh, weil er nicht in die wäßrigen Augen schauen mußte.
»LeBlanc?«
»Eine.«
»Malloran?«
»Zwei.«
Namen und Zahlen flogen durch die Luft und plötzlich fiel Jerry etwas Seltsames auf. Lauter eins und zwei, hin und wieder einmal drei, aber keine einzige fünf, keine zehn. Und Bruder Leon beugte sich noch immer über die Kladde. Endlich...
»Renault.«
Es wäre wirklich so einfach, jetzt Ja zu sagen, oder eben: »Ich verkaufe auch Schokolade, Bruder Leon.« Einfach alles genauso zu machen wie die anderen, und nicht mehr jeden Morgen vor diesen schrecklichen Augen standhalten zu müssen. Bruder Leon schaute auf. Das Tempo des Appells war unterbrochen.
»Nein«, sagte Jerry.
Traurigkeit überwältigte ihn, tiefe, durchdringende Traurigkeit, die ihn so einsam machte, als ob er irgendwo an einem verlassenen Strand angeschwemmt worden sei, ein einsamer Überlebender in einer fremden Welt.

20

»In dieser Epoche seiner Geschichte begann der Mensch, seine Umwelt besser kennenzulernen...«
Plötzlich herrschte Chaos. Die Klasse explodierte in wilden Bewegungen. Bruder Jacques schaute entsetzt drein. Die Jungen sprangen von den Stühlen auf, hopsten auf der Stelle und wie im Takt zu einer Musik, die nur sie hörten, führten einen verrückten Tanz auf, ohne einen einzigen Ton von sich zu geben...das Stampfen ihrer Füße war schon laut genug...und setzten sich dann mit steinernen Gesichtern wieder hin, als ob nichts geschehen sei.
Obie beobachtete den Lehrer verdrossen. Bruder Jacques war offensichtlich verwirrt. Verwirrt? Verdammt, er war einer Panik nahe. Das Theater dauerte schon eine Woche, und es würde weiter dauern, so lange das Stichwort fiel. Immer wieder brach in der Klasse plötzlich ein Durcheinander aus wedelnden Armen und stampfenden Beinen aus und regte den armen Bruder auf. Natürlich war Bruder Jacques leicht aufzuregen: er war jung und unerfahren und empfindlich und neu an der Schule, ein gefundenes Fressen für Archie. Und er wußte offensichtlich nicht, was er tun sollte, also tat er vorsichtshalber gar nichts; wahrscheinlich hoffte er, daß die Sache sich mit der Zeit von allein im Sande verlaufen würde, warum also eine letztlich doch sinnlose Auseinandersetzung riskieren, wo es sich doch nur um einen Scherz handelte? Um was denn sonst? Komisch, dachte Obie, jeder hier – die Lehrer genauso wie die Schüler – weiß genau, daß hinter solchen Aktionen immer die Scharfrichter stecken, und trotzdem gibt keiner zu, daß er das weiß und beläßt alles in dieser Atmosphäre des Mysteriösen. Obie fragte sich, warum. Er hatte schon bei so vielen Scharfrichter-Aufträgen mitgemacht, daß er sie nicht mehr zählte, aber er wunderte sich noch immer, was sie sich alles herausnehmen durften. Tat-

sache war, Obie hatte die Aufträge zur Zeit ziemlich über; er war es leid, Kindermädchen für Archie zu spielen und gleichzeitig sein Mann am Abzugshahn zu sein. Er hatte genug davon, ständig dafür zu sorgen, daß ein Auftrag genau wie geplant ausgeführt wurde, damit Archies Ruf als genialer Boß der Scharfrichter erhalten blieb. So wie bei dem Auftrag in Bruder Eugens Klassenzimmer, bei dem Obie sich abends in die Schule schleichen und dem Neuling Goubert helfen mußte, den ganzen Laden auseinanderzunehmen... und all die Arbeit bloß, damit Archie und die Scharfrichter gut dastanden. Auch dieser Auftrag hier hing eigentlich von ihm ab: Wenn Bruder Jacques das Stichwort nicht lieferte, dann hatte Obie sich irgend etwas einfallen zu lassen, um ihn daraufzubringen.
Das vereinbarte Stichwort lautete »Umwelt«. Als Archie diesen Auftrag bekanntgab, sagte er: »Die ganze Welt redet heute von Ökologie, von der Umwelt und den Bodenschätzen. Wir hier an der Trinity High-School sollten auch in diese Umwelt-Sache einsteigen. Ihr Burschen...« er zeigte auf die vierzehn Schüler der Klasse 12 A, zu der auch Obie gehörte, »... werdet unsere Umweltkampagne starten. Sagen wir mal, bei Bruder Jacques... in Amerikanischer Geschichte... Geschichte hat doch was mit Umwelt zu tun, nicht wahr? Also, jedesmal, wenn Bruder Jacques das Wort ›Umwelt‹ ausspricht, dann...« Und Archie gab genaue Anweisungen.
Mal angenommen, er sagt nie ›Umwelt‹?« fragte jemand.
Archie schaute Obie an. »Ach, er wird's schon sagen. Ich bin sicher, irgend jemand ... Obie vielleicht ... stellte ihm eine Frage, auf die das Wort dann unvermeidlich folgen muß. Nicht wahr, Obie?«
Ein neuer Schüler, der erst vor kurzem von der Monument High-School herüber gekommen war, fragte: »Was passiert, wenn Bruder Jacques merkt, daß das Stichwort Umwelt heißt und wir ihn mit Absicht dahin gebracht haben, es zu benutzen?«
»Dann hört er auf, es zu sagen, und das ist der springende

Punkt bei dem ganzen verdammten Unternehmen«, antwortete Archie. »Mir hängt dieses ewige Umwelt-Geschwätz zum Hals heraus, und nach diesem Auftrag wird's an dieser elenden Schule wenigstens einen Lehrer geben, der das aus seinem Wortschatz streicht.«
Was Obie betraf, so hing ihm Archie zum Hals heraus, mitsamt den kleinen Gefallen und Dienstleistungen, die er ständig von ihm verlangte...erst die Sache in Bruder Eugens Klassenzimmer, und jetzt Bruder Jacques mit den richtigen Fragen füttern, bei denen »Umwelt« als Antwort herauskommen mußte. Obie hing überhaupt das ganze Gehabe der Scharfrichter zum Halse heraus. Und er wartete seine Zeit ab, er wartete nur darauf, daß Archie sich übernahm und einen Fehler machte. Noch gab es den schwarzen Kasten und wer weiß, wann Archies Glückssträhne einmal zu Ende ging?
»Bei jeder Diskussion über die Umwelt...«
Schon wieder, dachte Obie ärgerlich und sprang auf und hopste wie ein Verrückter auf und ab und stampfte sich schier das Herz aus dem Leib und wünschte den ganzen verdammten Auftrag zum Teufel. Ihm ging wirklich allmählich die Puste aus. In den nächsten fünfzehn Minuten benutzte Bruder Jacques das Wort »Umwelt« noch fünfmal. Obie und die anderen Burschen waren völlig erschöpft von all dem Springen und Stampfen, sie waren außer Atem geraten, und ihre Beine schmerzten.
Als Bruder Jacques zum sechsten Mal »Umwelt« sagte und ein erschöpftes Bataillon Schüler sich von den Sitzen hochzog, um seine Nummer vorzuführen, entdeckte Obie ein winziges Lächeln auf Bruder Jacques Lippen. Da wußte er Bescheid. Archie, der Bastard, mußte Bruder Jacques einen Tip gegeben haben; anonym, natürlich. Und der Lehrer hatte den Spieß umgedreht. Jetzt kommandierte hier Bruder Jacques, und er ließ die Burschen auf und ab hopsen, bis sie vor Erschöpfung schier zusammenbrachen.
Als sie das Klassenzimmer verließen, lehnte Archie im Flur an der Wand, ein triumphierendes Grinsen stand auf seinem Ge-

sicht. Die anderen Jungen merkten nicht, was passiert war. Nur Obie wußte es. Er warf Archie einen Blick zu, der jeden anderen vernichtet hätte, aber Archie zeigte weiter dieses dumme Grinsen.
Obie stampfte beleidigt und verletzt davon. Du Bastard, das zahl' ich dir heim, dachte er.

21

Kevin Chartier hatte es nach der Schule in sieben verschiedenen Häusern versucht und keine einzige Schachtel Schokolade verkauft. Mrs. Connors neben der Chemischen Reinigung sagte ihm, er solle am Ende des Monats wiederkommen, wenn sie ihre nächste Rente bekomme, und Kevin brachte es nicht über sich, ihr zu sagen, daß es dann leider zu spät sei. Ein Hund verfolgte ihn den halben Heimweg; ein gräßlicher deutscher Schäferhund, wie aus den alten Fernsehfilmen, in denen die Nazis mit solchen Hunden die Gefangenen jagten, die aus einem Konzentrationslager geflohen waren. Von zu Hause aus rief Kevin schlecht gelaunt seinen besten Freund Danny Arcangelo an.
»Wie ist's bei dir gegangen, Danny?« fragte Kevin und achtete nicht auf seine Mutter, die neben dem Telefon stand und Geräusche von sich gab. Kevin hatte schon vor langer Zeit gelernt, alles, was seine Mutter sagte, in Geräusche zu übersetzen. Sie konnte jetzt auf ihn einreden so viel sie wollte, er hörte nur Geräusche ohne Sinn, die ihn nicht weiter störten. Ein toller Trick.
»Gräßlich«, jammerte Danny. Seine Stimme klang immer, als ob er sich mal die Nase putzen sollte. »Ich hab' eine Schachtel verkauft...an meine Tante.«

»Die Tante, die Zucker hat?«
Danny heulte vor Entzücken. Das war eine von Dannys guten Seiten: er war ein so dankbares Publikum. Kevins Mutter nicht. Sie redete immer noch, und Kevin wußte auch, wovon, obwohl er gar nicht hinhörte. Sie wollte nicht, daß er aß, wenn er telefonierte. Sie begriff nicht, daß Essen keine Beschäftigung an sich war. Danny aß meist nebenbei, während er mit irgend etwas anderem beschäftigt war. Er brachte es fertig, reden und essen miteinander zu verbinden. Jedenfalls fast immer. Es ist unhöflich, mit vollem Mund zu reden, und auch noch am Telefon, sagte seine Mutter immer. Aber Danny am anderen Ende der Leitung sprach ja auch mit vollem Mund. Wer zum Teufel war also unhöflich zu wem?
»Ich glaube, dieser Renault hat's vielleicht doch ganz richtig gemacht«, sagte Kevin, den Mund voll Erdnußbutter, die seinen Worten mehr Klangfülle verlieh, so daß er sich wie ein Platten-Jockey anhörte. Leider hatte seine Mutter für so etwas nicht das geringste Verständnis.
»Der Bursche in Bruder Leons Klasse?«
»Ja, er hat einfach erklärt, daß er den Mist nicht verkauft.«
»Ich dachte, die Scharfrichter stecken dahinter«, sagte Danny vorsichtig.
»Sie *haben* dahinter gesteckt.« Kevin grinste triumphierend, weil seine Mutter aufgab und in die Küche ging. »Aber jetzt nicht mehr.« Kevin überlegte sich, ob er vielleicht zu viel verriet. »Er sollte schon vor ein paar Tagen anfangen, ebenfalls Schokolade zu verkaufen. Der Auftrag war zu Ende. Aber er weigert sich noch immer.« Kevin konnte hören, daß Danny wie verrückt auf irgend etwas herumkaute und fügte hinzu: »Was ißt du da gerade? Es ist bis hierher zu hören, daß das gut schmeckt.«
Danny heulte auf. „Na was wohl... diese Mistschokolade. Ich hab' selbst eine Schachtel gekauft. Wenigstens etwas, das ich für die gute alte Schule tun kann.«
Verlegenes Schweigen entstand. Kevin hatte gute Aussichten,

im nächsten Schuljahr bei den Scharfrichtern aufgenommen zu werden. Natürlich war das noch längst nicht ganz sicher, aber ein paar Burschen, die Mitglieder waren, hatten Andeutungen gemacht. Danny, sein bester Freund, wußte von diesen Aussichten; und er wußte auch, daß die Scharfrichter solche Dinge bis zuletzt geheim hielten. Normalerweise vermieden sie es, von den Scharfrichtern zu sprechen, obwohl Kevin oft vertrauliche Informationen über Aufträge und dergleichen hatte und es seinerseits schwer fand, nicht ein bißchen damit anzugeben. Er hatte immer Angst, Danny könnte aus Versehen solche Mitteilungen über die Scharfrichter gegenüber anderen Jungen in der Klasse erwähnen und ihn dadurch den Scharfrichtern gegenüber in eine dumme Lage bringen. Solch einen kritischen Punkt hatte ihre Unterhaltung jetzt erreicht.
»Was wird denn nun geschehen?« fragte Danny. Er war sich noch immer nicht sicher, ob er seine Nase wirklich in diese Angelegenheit stecken sollte, aber die Neugier machte ihn unvorsichtig.
»Ich weiß nicht«, antwortete Kevin wahrheitsgemäß. »Vielleicht unternehmen die Scharfrichter etwas. Vielleicht ist es ihnen auch verdammt egal. Aber eins kann ich dir sagen.«
»Was?«
»Ich hab's über, lauter dämliches Zeugs zu verkaufen. Herr im Himmel, mein Vater sagt bloß noch ›mein Sohn, der Handlungsreisende‹, wenn er von mir spricht.«
Danny lachte wieder. Kevin war der geborene Komödiant. »Ja, mir stinkt es auch gewaltig, diesen Mist zu verkaufen. Renault hat recht.«
Kevin stimmte zu.
»Für zwei Cents hör' ich auch auf«, fuhr Danny fort.
»Kannst du auf einen Fünfer rausgeben?« sagte Kevin. Das war natürlich nur Spaß, aber er dachte dabei, daß es wirklich prima wäre, einfach prima, wenn man tatsächlich einfach aufhören könnte und nichts mehr für die Schule verkaufen müßte. Er schaute auf und merkte, daß seine Mutter wieder zu ihm trat;

ihr Mund bewegte sich, gab Geräusche von sich, und Kevin seufzte und schaltete sein Gehör für sie aus, als ob er am Fernseher den Ton abschalten würde, während das Bild blieb.

»Weißt du was?« fragte Howard Anderson.
»Was?« fragte Richard Rondell geistesabwesend zurück. Er beobachtete gerade ein Mädchen. Tolle Figur. Enger Pulli, noch engere Jeans. Herr im Himmel.
»Ich finde, dieser Renault hat recht«, sagte Howard. Er hatte das Mädchen auch bemerkt, das gerade an Cranes Drug-Store vorbeiging. Aber so etwas unterbrach seine Überlegungen nicht; Mädchen beobachten und sie mit den Augen verschlingen war etwas, was bei ihm ganz automatisch ablief. »Ich werde auch keine Schokolade mehr verkaufen.«
Das Mädchen blieb an dem Zeitschriftenständer vor dem Drugstore stehen. Richard beobachtete sie voll sehnsüchtiger Gier. Plötzlich wurde ihm klar, was Howard gesagt hatte.
»Wirklich?« fragte er. Ohne den Blick von dem Mädchen zu wenden...sie drehte ihm den Rücken zu und er weidete seine Augen an den gerundeten Jeans...dachte er über Howards Worte und über die Bedeutung dieses Augenblicks nach. Howard Anderson war nicht bloß irgendein Schüler unter vielen anderen. Er war Schulsprecher, er stand auf der Ehrenliste der guten Schüler, er gehörte zur Football-Mannschaft, und er war auch ein guter Boxer und hätte beim Schulwettkampf im letzten Jahr beinahe das Ungeheuer Carter durch K.o. besiegt. Die gleiche Hand, die in der Klasse ständig hochflog, um zu zeigen, daß Howard alle Antworten wußte, konnte einen auch genau so schnell der Länge nach zu Boden gehen lassen, wenn man Howard irgendwie dumm kam. Einen intellektuellen Raufbold, so hatte ein Lehrer ihn neulich genannt. Wenn ein Niemand aus der Unterstufe wie Renault sich weigerte, Schokolade zu verkaufen, so war das gar nichts. Aber wenn Howard Anderson sich weigern würde...das mußte Konsequenzen haben.

»Es geht um's Prinzip«, fuhr Howard fort.
Richard steckte die Hand in die Hosentasche und grapschte schamlos herum. Dem konnte er einfach nicht widerstehen, wenn ihn ein Mädchen oder sonst irgend etwas aufregte.
»Was für ein Prinzip, Howard?«
»Ich meine folgendes: wir zahlen schließlich Schulgeld, nicht wahr?« sagte Howard. »Verdammt, ich bin nicht mal katholisch, viele Schüler sind das nicht, aber es wird ein Haufen Reklame damit gemacht, daß die Trinity High angeblich die beste Schule sei, die man hier in der Gegend finden kann, vor allem, wenn du hinterher auf's College willst. In der Aula steht ein Glaskasten voll Trophäen... für Football, für Boxen, für Debatten. Und was machen sie mit uns? Sie schicken uns als Verkäufer los, als Türklinkenputzer und Hausierer. Ich muß mir diesen ganzen religiösen Mist anhören und sogar in den Schülergottesdienst gehen. Und obendrein auch noch Schokolade verkaufen.« Howard spuckte, und die Spucke traf den Briefkasten und rann wie eine Träne daran herunter. »Und dann kommt ein Neuer daher. Ein *Kind*. Und er sagt nein. Er sagt: Ich verkaufe keine Schokolade. Einfach so. Großartig. Und ich bin noch nie zuvor auf diesen einfachen und großartigen Einfall gekommen... einfach nicht verkaufen.«
»Ich mache mit, Howard. Ab sofort wird keine Schokolade mehr verkauft.« Das Mädchen war zwischen anderen Passanten verschwunden. »Willst du das offiziell machen? Ich meine, eine Klassenversammlung einberufen?«
Howard dachte über die Frage nach.
»Nein, Richard. Wir leben im Zeitalter der individuellen Freiheit. Jeder soll das tun, was ihm Spaß macht. Wenn ein Schüler verkaufen will, dann laß' ihn. Und wenn er nicht will, dann eben nicht.«
In Howards Stimme war die Autorität nicht zu überhören, als ob er der Welt eine Grundsatzerklärung verkünden würde. Richard hörte beeindruckt zu. Er war froh, weil Howard ihn um sich duldete... vielleicht färbten Howards Führungsqualitäten

irgendwie auf ihn ab. Sein Blick glitt wieder über die Straße, auf der Suche nach einem anderen Mädchen.

Schweißgeruch füllte die Luft... das säuerliche Parfüm einer Turnhalle. Sie war leer, aber die letzte Turnstunde war im Geruch noch gegenwärtig. Der Gestank von Jungenschweiß aus den Achselhöhlen und von den Füßen. Und der elende Gestank von alten Turnschuhen. Das war ein Grund, warum Archie sich noch nie für Sport begeistert hatte... er verabscheute die Ausscheidungen des menschlichen Körpers. Urin und Schweiß. Archie verabscheute Turnen, weil man dabei ins Schwitzen geriet. Er verabscheute den Anblick von schweißglänzenden Sportlern. Football-Spieler waren wenigstens vollständig angezogen, aber Boxer trugen nur Turnhosen. Ein Bursche wie Carter, zum Beispiel, der von Muskeln strotzte und dem der Schweiß aus jeder Pore troff, bot in Turnhosen einen beinahe obszönen Anblick. Deshalb vermied Archie die Turnhalle. Die Ausreden, die er erfand, um weder am Turnen noch an sonst irgendeinem Sport teilzunehmen, waren eine Legende an der Schule. Und trotzdem saß er jetzt hier in der Turnhalle und wartete auf Obie. Obie hatte einen Zettel in Archies Spind hinterlassen: *Komm nach der letzten Stunde in die Turnhalle.* Obie dramatisierte gern. Außerdem wußte er natürlich, daß Archie die Turnhalle verabscheute, und forderte ihn trotzdem auf, sich dort mit ihm zu treffen. Obie, du scheinst mich wirklich zu hassen, dachte Archie, und diese Erkenntnis beunruhigte ihn keineswegs. Es war ganz nützlich, wenn manche Leute einen haßten... dann blieb man wachsam. Obendrein brauchte man dann selbst kein schlechtes Gewissen zu haben, sondern fühlte sich sogar gerechtfertigt, wenn man ihnen die Nadel hineinjagte... so wie er das bei Obie ständig machte. Jetzt ärgerte Archie sich allmählich etwas über Obie. Wo zum Teufel blieb er? Archie setzte sich auf eine Bank an der Wand und empfand in der verlassenen Turnhalle plötzlichen und unerwarteten Frieden. Friedliche Augenblicke wurden für Archie

ständig seltener. Die Scharfrichter...diese Aufträge, der ständige Druck. Neue Aufträge waren fällig, und alle warteten darauf, was Archie diesmal aushecken würde. Und Archie fühlte sich manchmal hohl und leer und hatte überhaupt keinen Einfall. Und seine lausigen Noten. Er war sicher, daß er in diesem Quartal in Englisch durchflog, bloß weil für Englisch so viel gelesen werden mußte, und er einfach nicht mehr die Zeit fand, jeden Abend vier oder fünf Stunden über irgendeinem elenden Buch zu sitzen. Die Scharfrichter und die Sorgen wegen seiner miesen Noten ließen ihm überhaupt keine Zeit mehr für sich selbst, nicht einmal mehr Zeit für Mädchen, Zeit, um nachmittags vor der Mädchenschule herumzulungern, wo man bei Schulschluß ein paar wirklich umwerfende Figuren besichtigen und meistens auch eine dazu überreden konnte, ins Auto zu steigen und sich heimfahren zu lassen. Auf Umwegen. Stattdessen war er jeden Tag vollauf mit Scharfrichter-Aufträgen und Hausaufgaben beschäftigt, dachte sich all diese Aufträge aus, und bekam dafür dann stupide Zettel von Obie. Nach der letzten Stunde in der Turnhalle...
Endlich erschien Obie. Er kam nicht nur einfach herein. Er machte eine Schau daraus. Er steckte den Kopf zur Tür herein und schnupperte und führte sich auf wie der Spion, der aus der Kälte kam.
»Hallo, Obie, hier bin ich«, rief Archie trocken.
»Hallo, Archie«, antwortete Obie. Seine Lederabsätze klapperten auf dem Fußboden. Natürlich gab es eine Vorschrift, laut der die Turnhalle nur in Turnschuhen betreten werden durfte, und natürlich hielt sich niemand daran, wenn kein Lehrer in der Nähe war.
»Was willst du, Obie?« fragte Archie und kam ohne Umschweife zur Sache. Die Tatsache, daß er hier saß und auf Obie gewartet hatte, war ein Eingeständnis von Neugier. Archie wollte nicht den Eindruck erwecken, daß er besonderen Wert auf Obies Gesellschaft und seine Neuigkeiten legte. »Ich hab' nicht viel Zeit. Es warten wichtige Dinge auf mich.«

»Das hier ist auch wichtig«, antwortete Obie. Obie hatte ein mageres, spitzes Gesicht, das immer einen besorgten Ausdruck zeigte. Es schien naheliegend, ihn als Handlanger zu benutzen, als Botenjunge. Der Typ, dem man noch einen Tritt geben konnte, wenn er schon am Boden lag. Der Typ, der sich dann wieder aufrappelte und Rache schwor und doch niemals die Nerven und die Geschicklichkeit aufbrachte, um auch wirklich Rache zu üben.
»Du erinnerst dich an Renault? Die Sache mit der Schokolade?«
»Ja, und?«
»Er verkauft noch immer keine Schokolade.«
»Ja, und?«
»Der Befehl lautete, er solle sich zehn Schultage lang weigern. Okay. Die zehn Tage sind vorbei, und er sagt noch immer nein.«
»Na, und?«
Das brachte Obie auf die Palme, Archies Methode, immer so zu tun, als ob er gar nicht beeindruckt sei. Wenn man Archie sagen würde, daß gleich eine Wasserstoffbombe fallen werde, würde er wahrscheinlich auch noch: »Na, und?« antworten. Es ging Obie auf die Nerven, weil er den Verdacht hatte, all das sei nur Schauspielerei und Archie sei in Wirklichkeit gar nicht so gelassen, wie er nach außen hin tat. Obie lauerte auf eine Gelegenheit, um das endlich mal herauszufinden.
»Nun, man hört da alle möglichen Gerüchte. Viele Jungen glauben, daß die Scharfrichter dahinter stecken und Renault noch immer einen Auftrag ausführt. Aber manche behaupten auch, daß der Auftrag längst zu Ende sei und meinen, daß Renaults Verhalten so eine Art Revolte gegen den Schokoladenverkauf darstellt. Es heißt, daß Bruder Leon vor Wut bald explodiert...«
»Großartig«, warf Archie ein und reagierte endlich auf Obies Neuigkeiten.
»Jeden Morgen ruft Leon alle auf, und jeden Morgen sitzt die-

ser Junge da, dieser Neuling, und sagt, er verkauft die gottverdammte Schokolade nicht.«
»Großartig.«
»Das hast du gesagt.«
»Erzähl' weiter«, sagte Archie und ignorierte Obies Hohn.
»Also, ich habe gehört, daß der Verkauf ein Reinfall ist. Es hat sowieso niemand Lust dazu, mit Schokolade zu hausieren und in manchen Klassen ist es bloß noch eine Farce.«
Obie setzte sich neben Archie auf die Bank und machte eine Pause, um seinen Bericht wirken zu lassen.
Archie schnupperte und bemerkte: »Die Turnhalle stinkt.«
Er mimte Gleichgültigkeit, aber seine Gedanken überschlugen sich, und er wägte alle Möglichkeiten ab.
Obie wurde deutlicher. »Die Musterschüler zappeln sich natürlich ab, um Schokolade zu verkaufen. Und Leons Lieblinge ebenfalls. Und auch die lieben Kleinen, die noch an Schulgeist und dergleichen glauben.« Obie seufzte. »Jedenfalls tut sich was.«
Archie starrte in die gegenüberliegende Ecke der Turnhalle, als ob es dort irgend etwas Faszinierendes zu beobachten gäbe. Obie schaute auch hinüber...nichts. »Also, was hältst du davon, Archie?«
»Wovon?«
»Von der Lage. Renault. Bruder Leon. Der Schokoladenverkauf. Die Jungen, die Partei ergreifen...«
»Nur die Ruhe«, sagte Archie. »Ich weiß nicht, ob die Scharfrichter sich da hineinziehen lassen sollten oder nicht.« Er gähnte.
Das gekünstelte Gähnen ärgerte Obie. »Hör mal, Archie, die Scharfrichter haben sich längst da hineinziehen lassen, falls du das vergessen hast.«
»Wie kommst du denn darauf?«
»Hör mal, du hast dem Jungen befohlen, keine Schokolade zu verkaufen. Damit hast du die ganze Sache erst in Gang gebracht. Aber der Junge hat den Befehl nicht eingehalten. Nach

zehn Tagen sollte er anfangen, Schokolade zu verkaufen. Also fordert er jetzt die Scharfrichter heraus. Und eine Menge Burschen wissen das. Wir stecken schon tief in der Sache drin, Archie, ob uns das nun paßt oder nicht.«
Obie merkte, daß er endlich Eindruck machte. Er sah in Archies Augen etwas aufzucken, als ob man auf ein blindes Fenster blickt und plötzlich sieht dort ein Gespenst heraus.
»Niemand fordert die Scharfrichter heraus...«
»Genau das tut Renault.«
»...und kommt ungeschoren davon.«
Archie hatte wieder diesen verträumten Blick und seine Unterlippe hing herunter. »Also, so machen wir's. Bestell' Renault zu den Scharfrichtern. Und beschaff' mir sämtliche Zahlen über den Schokoladenverkauf.«
»Gut«, sagte Obie und schrieb etwas in sein Notizbuch. So sehr er Archie auch haßte, er bewunderte ihn, wenn er handelte. Obie beschloß, noch mehr Öl in die Flamme zu gießen. »Noch etwas, Archie. Haben die Scharfrichter Leon nicht von Anfang an versprochen, daß sie ihn bei dem Schokoladenverkauf unterstützen?«
Obie hatte wieder ins Schwarze getroffen. Archie wandte sich zu ihm um, und die Überraschung stand ihm deutlich im Gesicht geschrieben. Aber er fing sich schnell wieder. »Überlaß' Leon nur mir, und tu du, was ich dir aufgetragen habe, Obie.«
Gott, wie Obie diesen Hundesohn haßte. Er knallte sein Notizbuch zu und ließ Archie einfach sitzen. Sollte er doch ewig in der verdreckten Turnhalle hocken.

22

Brian Cochran traute seinen eigenen Augen nicht. Er rechnete alles noch zweimal nach, um ganz sicher zu sein, daß er sich wirklich nicht irrte. Er kaute auf dem Bleistift herum und runzelte die Stirn, während er über das Ergebnis seiner Rechenkünste nachsann... die Verkaufszahlen gingen besorgniserregend zurück. Schon seit einer Woche ging es damit abwärts. Aber seit gestern – das war ein Erdrutsch.
Was würde Bruder Leon dazu sagen? Das war Brians größte Sorge. Brian hatte die Nase voll von seinem Job als Schatzmeister. Er hatte kaum noch Freizeit, aber das Schlimmste war, daß er jeden Tag mit Bruder Leon zusammenkommen mußte. Wenn Brian an Leon dachte, bekam er eine Gänsehaut. Der Lehrer war unberechenbar und launisch. Und nie zufrieden. Vorwürfe, Vorwürfe... deine Sieben schauen aus wie Neuner, Cochran. Und du hast Sulkeys Namen falsch geschrieben... Sulkey mit e, Cochran.
In den letzten paar Tagen hatte Brian Glück gehabt. Bruder Leon hatte es aufgegeben, sich jeden Tag die Gesamtzahl vorlegen zu lassen, als ob er schon ahne, daß es schlecht aussah und er es noch eine Weile vermeiden wolle, sich über diese Entwicklung klarzuwerden. Aber heute – das war wohl jetzt die Stunde der Wahrheit. Er hatte Brian befohlen, alles zusammenzuzählen. Und nun wartete Brian auf den Lehrer. Der dreht glatt durch, wenn er die Zahlen sieht, dachte Brian und schauderte. Er schauderte tatsächlich! Er hatte mal irgendwo gelesen, daß man früher dem Boten, der die schlechte Nachricht überbrachte, den Kopf abschlug. Brian hatte das Gefühl, daß Bruder Leon ein Mensch sei, der am liebsten auch so verfahren würde. Leon würde einen Sündenbock brauchen, und Brian kam ihm da gerade recht. Brian seufzte. Er hatte genug von all dem. An die-

sem herrlichen Oktobertag wäre er viel lieber ein bißchen mit dem alten Chevrolet herumgegondelt, den sein Vater ihm gekauft hatte, als das Schuljahr anfing. Er liebte das Auto. »Ich und mein Chevy«, summte Brian. Das war eine Zeile aus einem Schlager.
»Nun, Brian.«
Bruder Leon hatte so eine Art, sich anzuschleichen. Brian sprang auf und nahm fast wie ein Soldat Haltung an. Der Lehrer brachte es immer fertig, ihn derart unterwürfig reagieren zu lassen.
»Ja, Bruder Leon.«
»Setz dich, setz dich«, sagte Leon und nahm hinter seinem Schreibtisch Platz. Er schwitzte wie üblich. Er zog seine schwarze Jacke aus und sein Hemd war unter den Achselhöhlen feucht. Schwacher Schweißgeruch drang bis zu Brian.
»Die Gesamtzahl ist schlecht«, sagte Brian und fiel mit der Tür ins Haus, denn er wollte es hinter sich haben, er wollte aus diesem Büro heraus, heraus aus Leons erstickender Gegenwart. Und gleichzeitig empfand er einen kleinen Triumph: Leon, diese Ratte, sollte zur Abwechslung ruhig mal schlechte Nachrichten einstecken.
»Schlecht?«
»Es ist nicht viel verkauft worden. Weniger als letztes Jahr. Und letztes Jahr mußte jeder nur halb so viel verkaufen wie dieses Jahr, und es war nur halb so teuer.«
»Ich weiß, ich weiß«, sagte Leon scharf und ließ seinen Bürostuhl eine halbe Drehung ausführen, als ob Brian es nicht wert sei, direkt angesprochen zu werden. »Bist du sicher, daß deine Abrechnung stimmt? Du bist nicht gerade eine Leuchte im Umgang mit Zahlen, Cochran.«
Brian wurde rot vor Zorn. Am liebsten hätte er Bruder Leon die Abrechnungsbogen vor die Füße geschmissen. Aber er schluckte es runter. Niemand riskierte einen Zusammenstoß mit Bruder Leon. Brian Cochran schon gar nicht. Er wollte nur eines: hier heraus.

»Ich habe alles zweimal nachgerechnet«, antwortete Brian mit ruhiger Stimme.
Stille.
Der Boden vibrierte unter Brians Füßen. Wahrscheinlich trainierte der Boxklub unten in der Turnhalle.
»Cochran, lies mir die Namen jener Schüler vor, die ihr Kontingent schon verkauft haben, oder sogar noch mehr.«
Brian griff nach den Listen. Bruder Leon verlangte, daß alle möglichen Statistiken über den Schokoladenverkauf geführt wurden, so daß man jederzeit mit einem Blick feststellen konnte, was jeder Schüler, jede Klasse jeden Tag verkauft hatte.
»Sulkey, zweiundsechzig, Maronia, achtundfünfzig. LeBlanc, zweiundfünfzig...«
»Langsamer, langsamer«, sagte Bruder Leon und schaute Brian noch immer nicht an. »Fang' noch einmal von vorne an und lies langsamer.«
Es war irgendwie gespenstisch, aber Brian fing noch einmal von vorne an, sprach die Namen deutlicher aus, machte Pausen zwischen den Namen und den Zahlen.
»Sulkey... zweiundsechzig... Maronia... achtundfünfzig... LeBlanc... zweiundfünfzig... Caroni... fünfzig...«
Bruder Leon nickte im Takt mit dem Kopf, als ob er einer herrlichen Symphonie lausche, als ob angenehme Laute den Raum erfüllten.
»Fontaine... fünfzig...« Brian machte eine Pause. »Das sind die einzigen, die ihre Quote schon geschafft haben, oder noch mehr verkauft haben, Bruder Leon.«
»Lies' die anderen Namen vor. Viele sind doch schon bei über vierzig Schachteln. Lies' mir diese Namen vor...« Die Gestalt hing auf dem Bürostuhl, das Gesicht noch immer abgewandt. Brian zuckte die Achseln und las weiter vor, rief die Namen im Singsang, machte gleichmäßige Pausen, betonte die Zahlen; eine seltsame Litanei hier in diesem stillen Büro. Als er mit der Liste der vierzig Verkäufe fertig war, fuhr er mit der Liste der dreißig Verkäufe fort, und Bruder Leon unterbrach ihn nicht.

»Sullivan... dreiunddreißig... Charlton... zweiunddreißig... Kelly... zweiunddreißig... Ambrose... einunddreißig...«
Hin und wieder schaute Brian auf und stellte fest, daß Bruder Leon noch immer mit dem Kopf nickte, als ob er sich mit irgend jemand Unsichtbarem verständigen würde; vielleicht nickte er auch nur sich selbst zu. Und Brian las immer noch Namen vor... nach der Dreißiger-Liste auch noch die Zwanziger. Brian sah das noch verbleibende Papier. Er wußte, daß der Ärger noch kommen würde. Nach der Gruppe der Jungen mit Verkäufen über zwanzig Schachteln, kam ein großes Loch. Brian fragte sich, was Bruder Leon zu diesen geringfügigen Verkäufen sagen würde. Brian wurde es allmählich warm, und seine Stimme klang schon heiser. Er brauchte einen Schluck Wasser, nicht nur, um etwas gegen die Trockenheit in seinem Hals zu tun, sondern auch, um etwas gegen die Versteifung seiner Nackenmuskeln zu unternehmen.
Antonelli... fünfzehn... Lombard... dreizehn.« Brian räusperte sich, unterbrach den Rhythmus und den Lauf des Berichtes. Ein tiefer Atemzug und dann: »Cartier... sechs.« Er warf einen Blick auf Bruder Leon; der Lehrer rührte sich nicht. Seine Hände lagen zusammengefaltet auf den Knien. »Cartier... er hat nur sechs verkauft, weil er im Krankenhaus war. Blinddarmentzündung.«
Bruder Leon wedelte mit der Hand; die Geste bedeutete: »Ich weiß. Das macht nichts.« Jedenfalls nahm Brian an, daß sie das bedeuten sollte. Genausogut konnte es heißen: »Nun lies schon weiter.« Brian schaute auf den letzten Namen auf seiner Liste. »Renault... null.«
Eine Pause. Die Listen waren zu Ende.
»Renault... null.« Bruder Leons Stimme war ein zischendes Wispern. »Kannst du dir das erklären, Cochran? Ein Trinity-Schüler, der sich weigert, Schokolade zu verkaufen. Weißt du, was passiert ist, Cochran? Weißt du, warum die Verkaufszahlen so gesunken sind?«
»Ich weiß es nicht, Bruder Leon«, antwortete Brian lahm.

»Die Jungen sind infiziert worden, Cochran. Von einer Krankheit angesteckt, die Gleichgültigkeit heißt. Eine schreckliche Krankheit. Sehr schwer zu heilen.«
Wovon redete er bloß?
»Ehe man über ein Heilmittel nachdenkt, muß man um die Ursache wissen. Aber in diesem Fall ist die Ursache bekannt, Cochran. Der Bazillenträger dieser Krankheit ist bekannt.«
Brian begriff, worauf Bruder Leon hinauswollte. Leon ging davon aus, daß Renault der Bazillenträger war. Und wie um Brians Vermutung zu bestätigen, flüsterte Leon jetzt: »Renault...Renault...«
Er benahm sich wie ein verrückter Wissenschaftler, der in einem unterirdischen Labor sitzt und auf Rache sinnt.

23

»Ich mach' nicht mehr mit beim Football, Jerry.«
»Aber warum denn, Nuß? Ich dachte, Football macht dir Spaß? Und wir fangen doch gerade erst an, eine Mannschaft zu werden. Gestern hast du doch großartig gefangen.«
Sie waren auf dem Weg zur Autobus-Haltestelle. Heute war Mittwoch, Mittwoch war kein Training. Jerry hatte es eilig, zur Haltestelle zu kommen. Er hatte dort schon ein paarmal ein Mädchen gesehen, die hatte Haare so goldbraun wie Ahornsirup. Sie hatte ihn angelächelt. Vor ein paar Tagen hatte er so nah neben ihr gestanden, daß er ihren Namen auf einem Schulbuch lesen konnte, das sie mit dem Arm an sich drückte. Ellen Barrett. Und irgendwann würde er den Mut aufbringen, um sie anzusprechen. *Hallo, Ellen.* Oder sie anzurufen. Vielleicht schon heute.

»Komm, wir rennen«, sagte Die Nuß.
In verrückten, unbeholfen wirkenden Sprintschritten liefen sie los. Die Bücherpacken unter dem Arm hinderten sie daran, schwungvoll und elegant zu laufen. Aber schon das Rennen genügte, um Die Nuß aufzumuntern.
»Meinst du das ernst, daß du nicht mehr Football spielen willst?« fragte Jerry. Seine Stimme klang durch die Anstrengung beim Laufen höher als sonst.
»Ich muß aufhören, Jerry.« Goubert war froh, weil seiner Stimme das Laufen nicht anzumerken war und sie so wie immer klang.
Sie bogen in die Gate Street ein.
»Warum?« fragte Jerry und beschleunigte sein Tempo.
Ihre Schritte dröhnten auf dem Pflaster.
Wie soll ich ihm das erklären? fragte sich Die Nuß. Jerry lief ein paar Schritte voraus. Er schaute zurück. Sein Gesicht war von der Anstrengung gerötet. »Warum, verdammt noch mal?«
Die Nuß holte ihn mühelos ein; sie hätte ihn auch überholen können.
»Hast du gehört, was mit Bruder Eugen passiert ist?« fragte Die Nuß.
»Er ist versetzt worden«, antwortete Jerry und drückte die Worte aus sich heraus wie Zahnpasta aus einer Tube. Er war durch das Football-Spiel ganz gut in Form, aber er war kein Läufer und wandte nicht die richtige Atemtechnik an.
»Ich hab' gehört, er ist im Krankenurlaub«, sagte Die Nuß.
»Was macht das für einen Unterschied?« fragte Jerry. Er holte tief Luft. »He, warte mal. Meine Beine können noch, aber die Arme fallen mir ab.« Er hatte in jeder Hand zwei Bücher.
»Lauf' weiter.«
»Du spinnst ein bißchen, nicht, wenn's ums Laufen geht«, sagte Jerry und lief weiter.
Sie näherten sich der Kreuzung Gate- und Green-Street. Die Nuß sah, daß Jerry nicht mehr konnte und lief langsamer.

»Ich hab' gehört, daß Bruder Eugen nicht mehr der Alte ist, seit dieser Sache in seiner Klasse. Daß er völlig mit den Nerven runter sei. Nicht schlafen kann und nicht ißt. Ein richtiger Schock.«

»Gerüchte«, schnaufte Jerry. »He, hör mal, ich kann nicht mehr!«

»Ich kann mir vorstellen, wie ihm an dem Morgen zumute war, Jerry. Ist dir klar, daß jemand von so etwas einen Nervenschock kriegen kann?« Die Nuß rief die Worte in den Wind. Sie hatten bis jetzt noch nie miteinander von der Zerstörung in Bruder Eugens Klasse gesprochen, obwohl Jerry wußte, daß Die Nuß etwas damit zu tun gehabt hatte. »Manche Menschen können Grausamkeiten nicht aushalten, Jerry. Und es war grausam, einem Burschen wie Bruder Eugen so was anzutun...«

»Was hat Bruder Eugen damit zu tun, daß du auf einmal nicht mehr Football spielen willst?« Jerry schnaufte und schwitzte jetzt wirklich; seine Lungen schienen zu platzen und seine Arme schmerzten vom Gewicht der Bücher.

Die Nuß bremste, fiel in Schritt und hielt dann an. Jerry atmete heftig aus und ließ sich am Rand eines Vorgartens ins Gras sinken. Sein Brustkorb hob und senkte sich wie ein Blasebalg.

Die Nuß setzte sich auf den Bordstein, die langen Beine wie ein Taschenmesser unter sich zusammengeklappt. Sie betrachtete das welke Laub im Rinnstein und überlegte sich, wie sie Jerry den Zusammenhang zwischen der Zerstörung von Bruder Eugens Klasse und ihrem Entschluß, nicht mehr Football zu spielen, erklären sollte. Es bestand ein Zusammenhang, aber es war schwer, ihn in Worte zu fassen.

»An der Schule ist etwas faul, Jerry. Noch schlimmer als faul.« Die Nuß suchte nach dem richtigen Wort, fand es auch und wollte es dann doch nicht laut aussprechen. Das Wort paßte nicht in diese Umgebung, in diesen hellen, sonnigen Oktobernachmittag. Es war ein Mitternachtswort, ein Wort für heulenden Wind.

»Die Scharfrichter?« fragte Jerry. Er hatte sich auf dem Rasen ausgestreckt und schaute zum blauen Himmel auf, an dem ein paar Herbstwolken dahinzogen.
»Die sind ein Teil davon«, antwortete Die Nuß. Sie wünschte, sie würden noch laufen. »Ein Teil des Bösen, das da herrscht.«
»Was hast du gesagt?«
Verrückt. Vielleicht hielt Jerry sie für übergeschnappt.
»Nichts«, sagte Die Nuß. »Jedenfalls spiel' ich nicht mehr Football. Das ist eine ganz persönliche Entscheidung, Jerry.« Sie holte tief Luft. »Und nächstes Frühjahr höre ich auch mit der Leichtathletik auf. Nichts mehr mit Laufen.«
Sie saßen einen Augenblick schweigend da.
»Was ist los, Nuß?« fragte Jerry endlich mit besorgter Stimme.
»Überleg doch mal, was sie uns antun, Jerry.« Es war gut, daß sie einander nicht anschauten, beide starrten geradeaus. So war es einfacher, dies auszusprechen: »Was sie mir an dem Abend in Bruder Eugens Klasse angetan haben...ich hab' geheult wie ein Baby, und ich hätte vorher nie gedacht, daß ich je im Leben nochmal weinen würde. Und überleg mal, was sie Bruder Eugen angetan haben. Sie haben seine Klasse zerstört, sie haben *ihn* zerstört...«
»Ach, das war alles nicht so schlimm, Nuß.«
»Und was sie jetzt mit dir machen...wegen dem Schokoladenverkauf.«
»Das ist doch alles bloß ein Spiel, Nuß...Nur so eine Gaudi. Laß' ihnen doch ihren Spaß. Bruder Eugen war sicher auch schon vorher drauf' und dran, durchzudrehen...«
»So etwas ist kein Spaß und kein Spiel, Jerry. Einen Burschen zum Heulen bringen...und einen Lehrer, einen erwachsenen Menschen bis zum Nervenzusammenbruch zu treiben...das ist kein Spiel.«
Sie saßen noch lange da, Jerry auf dem Rasen und Die Nuß auf dem Bordstein. Jerry dachte daran, daß er jetzt zu spät kam, um das Mädchen zu sehen – Ellen Barrett – aber er spürte, daß Die Nuß ihn jetzt brauchte. Ein paar Burschen aus der Schule ka-

men vorbei und riefen ihnen etwas zu. Ein Autobus hielt und der Fahrer schaute verärgert drein, als Die Nuß den Kopf schüttelte. Sie wollten nicht mitfahren.
Nach einer Weile sagte Die Nuß: »Jerry, verkauf' auch Schokolade, ja?«
Jerry antwortete: »Spiel' weiter Football.«
Die Nuß schüttelte den Kopf. »Ich will nichts mehr mit der Schule zu tun haben. Ich mach nur noch das, was unvermeidlich ist. Kein Football, keine Leichtathletik, nichts mehr.«
Sie saßen bekümmert da. Endlich nahmen sie ihre Bücher, standen auf und gingen schweigend weiter bis zur Bus-Haltestelle.
Das Mädchen war nicht da.

24

»Du steckst in der Patsche«, sagte Bruder Leon.
Sie stecken drin, nicht ich, hätte Archie am liebsten geantwortet, aber er ließ es bleiben. Er hatte noch nie zuvor am Telefon mit Bruder Leon gesprochen, und dessen körperlose Stimme am anderen Ende der Leitung hatte ihn überrumpelt.
»Was ist los?« fragte Archie vorsichtig, obwohl er wußte, um was es ging.
»Mit dem Schokoladenverkauf geht es nicht voran. Die ganze Aktion ist gefährdet«, sagte Leon und schnaufte zwischen den Worten, als ob er eine lange Strecke gerannt sei. War er auch schon einem Nervenzusammenbruch nahe?
»Wieso? Ist es sehr schlimm?« fragte Archie und entspannte sich. Er wußte genau, wie schlimm die Lage war.

»Es könnte nicht schlimmer sein. Die Zeit, die für den Verkauf angesetzt war, ist so gut wie vorbei und es ist noch nicht einmal die Hälfte der Schokolade verkauft worden. Der Schwung vom Anfang hat sich totgelaufen. Der Verkauf ist praktisch zum Erliegen gekommen.« Leon machte ein Pause. »Du bist nicht besonders tüchtig, Archie.«
Archie schüttelte voll widerstrebender Bewunderung den Kopf. Leon stand mit dem Rücken an der Wand und griff trotzdem an.
Du bist nicht besonders tüchtig, Archie.
»Soll das heißen, daß das Geld aus dem Verkauf nicht abgeliefert wird? Daß die Finanzen schlecht stehen?« fragte Archie und ging ebenfalls zur Offensive über. Für Bruder Leon mußte diese Frage so klingen, als wolle Archie ihn herausfordern. Dahinter stand die Information, die Archie erst an diesem Nachmittag von Brian Cochran erhalten hatte.
Cochran hatte Archie im Flur angesprochen und ihn aufgefordert, mit ihm in eine leere Klasse zu kommen, er habe etwas mit ihm zu besprechen. Archie hatte gezögert. Brian war Leons Buchhalter und wahrscheinlich sein Handlanger. Aber es zeigte sich, daß Archie sich mit dieser Beurteilung irrte: Brian war kein Handlanger.
»Hör mal, ich glaube, Leon steckt in großen Schwierigkeiten. Es geht um mehr, als um diesen Schokoladenverkauf, Archie.«
Archie hatte etwas gegen die Vertraulichkeit, mit der Cochran ihn einfach beim Vornamen nannte, aber er sagte nichts. Er war neugierig auf Cochrans Bericht.
»Ich habe zufällig ein Gespräch zwischen Leon und Bruder Jacques mit angehört. Jacques versuchte offensichtlich, ihn in die Ecke zu treiben. Er sagte ein paarmal, Leon habe seine Vollmachten mißbraucht. Er habe die Finanzen der Schule über Gebühr beansprucht. Das hat er wörtlich so gesagt: über Gebühr beansprucht. Er hat auch die Schokolade erwähnt. Daß die Schule noch nie zuvor zwanzigtausend Schachteln auf einmal gekauft habe, und daß es ihm unbegreiflich sei, warum

Leon sie im voraus bar bezahlt habe...Alles habe ich nicht gehört. Ich habe mich davongemacht, ehe sie merkten, daß ich auch da war...«

»Und was hältst du von der ganzen Sache, Cochran?« fragte Archie, obwohl er sich das schon denken konnte. Bruder Leon fehlten zwanzigtausend Dollar in der Schulkasse.

»Ich glaube, Leon hat die Schokolade mit Geld gekauft, das er eigentlich gar nicht hätte ausgeben dürfen. Jetzt klappt der Verkauf nicht so, wie er sich das gedacht hat, und er sitzt zwischen sämtlichen Stühlen. Und Bruder Jacques hat gemerkt, daß da etwas nicht stimmt...«

»Jacques ist gar nicht dumm«, bemerkte Archie und dachte daran, wie Bruder Jacques Archies anonymen Tip wegen des Wortes ›Umwelt‹ genutzt hatte, um die ganze Klasse lächerlich zu machen, Obie inbegriffen. »Und du hast auch gute Arbeit geleistet, Cochran.«

Cochran strahlte über das Lob. Es ermutigte ihn dazu, ein paar Bogen Papier aus einem Buch zu ziehen. »Schau' dir das mal an, Archie. Das sind die Verkaufszahlen von diesem und die vom letzten Jahr. Es sieht mies aus dieses Jahr. Ich glaube, Leon weiß nicht mehr ein noch aus...«

Aber da täuschte sich Brian Cochran, das wurde Archie klar, als er nun Leons Stimme im Telefon hörte. Leon ging nicht auf Archies Fangfrage nach den Finanzen ein, sondern blieb in der Offensive.

»Ich dachte, du hättest Einfluß, Archie. Du und deine ...Freunde.«

»Es ist nicht meine Verkaufsaktion, Bruder Leon.«

»Du bist mehr in die Angelegenheit verwickelt, als du zu ahnen scheinst«, sagte Leon und seufzte. Dieser geheuchelte Seufzer gehörte immer zu seiner Nummer. »Du hast dich am Anfang eingemischt und diese Sache mit Renault inszeniert. Jetzt kommt der Bumerang zurück.«

Renault. Archie dachte an die Weigerung des Jungen, an seinen lächerlichen Trotz. Er erinnerte sich auch an den Triumph in

Obies Stimme, als Obie ihm davon berichtete. Jetzt bist du an der Reihe mit einem Zug, Archie. Aber Archie war sowieso immer an der Reihe.
Und er tat jetzt den nächsten Zug. »Moment, bitte«, sagte er zu Bruder Leon, legte den Hörer hin und holte die Statistik, die Cochran ihm gegeben hatte, aus seinem Geschichtsbuch hervor. »Ich hab' hier ein paar Zahlen über den Verkauf im letzten Jahr. Wissen Sie, daß wir im letzten Jahr nur mit Mühe und Not alles ausverkauft haben? Die Jungen kriegen es über, mit allem möglichen Zeug hausieren gehen zu müssen. Letztes Jahr waren eine Menge Belohnungen und dergleichen nötig, um die Jungen so weit zu bringen, daß jeder nur fünfundzwanzig Schachteln zu einem Dollar das Stück verkauft hat. Und dieses Jahr hat jeder fünfzig Schachteln zu zwei Dollar das Stück aufgehalst bekommen. Deshalb geht's mit dem Verkauf nicht voran... mit den kleinen Spielchen hat das nichts zu tun.«
In der Leitung war nur noch Bruder Leons Atem zu hören, als ob er ein anonymer Anrufer sei.
»Archie«, flüsterte er, und in seinem Flüstern lag eine Drohung, als ob das, was er jetzt mitteilen müsse, zu schrecklich sei, um es laut auszusprechen. »Ich halte nichts von deinen Späßen und Spielchen. Mir ist es auch gleichgültig, ob es an Renault liegt, an deiner berühmten Organisation oder an der allgemeinen wirtschaftlichen Lage. Ich stelle demgegenüber nur dieses fest: Die Schokolade wird nicht verkauft und ich bestehe darauf, daß die Schokolade verkauft wird!«
»Haben Sie irgendwelche Vorstellungen, wie?« sagte Archie und versuchte wieder, Zeit zu gewinnen. Komisch, er wußte, in welch heikler Lage Bruder Leon war, und trotzdem bestand noch immer die Gefahr, daß er ihn unterschätzte. Leon hatte noch immer die Autorität der ganzen Schule hinter sich. Archie hatte nur seinen Verstand und ein paar Burschen, die ohne ihn nichts anderes waren als dicke Nullen.
»Vielleicht solltest du bei Renault anfangen«, sagte Leon. »Man sollte ihn dazu veranlassen, *ja* zu sagen anstatt *nein*. Ich

bin überzeugt, daß er ein Vorbild für all jene geworden ist, denen der Verkauf mißfällt, die ihn sabotieren möchten. Die Aufsässigen, die Unzufriedenen ... sie scharen sich immer um einen Rebellen. Renault muß Schokolade verkaufen. Und ihr, die Scharfrichter ... ja, ich spreche den Namen laut aus ... die Scharfrichter müssen den Verkauf mit ihrem ganzen Einfluß unterstützen ...«
»Das ist ein Befehl, der reichlich viel verlangt, Bruder Leon.«
»Du hast das richtige Wort benutzt, Archie. *Befehl*. Es ist ein Befehl.«
»Ich verstehe nicht, wie Sie das meinen, Bruder Leon.«
»Dann muß ich mich deutlicher ausdrücken, Archie. Wenn der Schokoladenverkauf schief geht, ist es auch mit den Scharfrichtern vorbei. Verstanden?«
Archie wollte antworten; er geriet in Versuchung, wenigstens anzudeuten, daß er wußte, in welchen finanziellen Schwierigkeiten Leon steckte. Aber er bekam keine Gelegenheit mehr dazu. Leon, dieser Bastard, hängte einfach auf, und das Tonzeichen explodierte in Archies Ohr.

25

Die Vorladung erinnerte auf den ersten Blick an die Nachricht von Erpressern, Lösegeld zu zahlen: die Buchstaben waren aus einer Zeitung oder einer Zeitschrift herausgeschnitten. *Scharfrichter Versammlung Zwei Uhr Dreißig*. Die ungleichmäßigen, schiefen Buchstaben ließen die Mitteilung kindisch und lächerlich wirken und verliehen ihr gleichzeitig etwas Drohendes, Irrationales und Höhnisches. Und das war natürlich Archie Costellos besonderer Trick.

Dreißig Minuten später stand Jerry in der Abstellkammer vor den Scharfrichtern. In der Turnhalle nebenan wurde Basketball und Boxen trainiert, und die Wände dröhnten von dumpfen Geräuschen und Trillerpfeifen. Es war eine groteske Geräuschkulisse. Zehn Scharfrichter waren gekommen, darunter auch Carter, der diesen ganzen Scharfrichter-Verein allmählich satt hatte, weil er deswegen sein Boxtraining versäumte, und Obie, der sich auf die Versammlung freute und gespannt war, was Archie tun würde. Archie saß hinter einem Campingtisch; auf dem Tisch lag ein Schal in purpurrot und goldgelb, den Farben der Schule. Und genau mitten auf dem Tisch stand eine Schachtel Schokolade.
»Renault«, sagte Archie leise.
Jerry nahm instinktiv Haltung an, reckte die Schultern, zog den Bauch ein und ärgerte sich deswegen sofort über sich selbst.
»Magst du ein Stück Schokolade, Renault?«
Jerry schüttelte den Kopf und seufzte. Er dachte sehnsüchtig an die anderen Burschen, die jetzt im frischen Wind auf dem Football-Feld herumliefen und Ball spielten, ehe das Training richtig begann.
»Sie schmecken gut«, sagte Archie, öffnete die Schachtel, nahm ein Stück heraus, schnupperte daran und steckte es in den Mund. Er kaute langsam und bedächtig und schmatzte übertrieben mit den Lippen. Ein zweites Stück folgte dem ersten, und noch ein drittes. Archie hatte den Mund voll Schokolade und sein Adamsapfel rutschte beim Schlucken auf und ab.
»Erstklassig«, sagte er. »Und bloß zwei Dollar die Schachtel...geschenkt.«
Jemand lachte. Ein kurzes Bellen, das sofort wieder abbrach, als ob man die Nadel von einer Schallplatte genommen habe.
»Aber du weißt natürlich nichts von dem Preis, Renault?«
Jerry zuckte die Achseln. Sein Herz begann heftig zu schlagen. Er wußte, daß der Zusammenstoß nicht zu vermeiden war.
Archie steckte sich noch ein Stück Schokolade in den Mund.
»Wie viele Schachteln hast du bis jetzt verkauft, Renault?«

»Keine.«
»Keine?« Archies sanfte Stimme war voll Überraschung und Staunen. Er schluckte und schüttelte mit gespielter Verwunderung den Kopf. Ohne den Blick von Jerry zu wenden, rief er: »He, Porter, wie viele Schachteln Schokolade hast du bis jetzt verkauft?«
»Einundzwanzig.«
»Einundzwanzig?« Jetzt Klang Archies Stimme beeindruckt. »Also Porter, du gehörst wohl zu den fleißigen, eifrigen Neulingen in der ersten Klasse, was?«
»Ich bin in der Abschlußklasse.«
»In der Abschlußklasse?« Noch mehr Staunen. »Du bist schon in der Abschlußklasse, und du hast noch immer so viel Schulgeist, daß du losziehst und so viel Schokolade verkaufst? Großartig, Porter.« War das Spott in der Stimme, oder was? »Hat sonst noch jemand hier Schokolade verkauft?«
Ein Chor aus Zahlen ertönte, als ob die Scharfrichter eingeladen seien, bei einer seltsamen Auktion mitzubieten.
»Zweiundvierzig.«
»Dreiundreißig.«
»Zwanzig.«
»Neunzehn.«
»Fünfundvierzig.«
Archie hob die Hand, und alle verstummten. In der Turnhalle nebenan flog jemand gegen die Wand und fluchte laut. Obie bewunderte, wie Archie die Versammlung leitete und wie schnell die Scharfrichter seine Stichworte aufnahmen. Porter hatte nicht einmal zehn Schachteln verkauft, vielleicht sogar überhaupt keine. Obie selbst hatte nur sechzehn verkauft und doch »fünfundvierzig« gerufen.
»Und du, Renault, ein Neuling, der sich von dem Gemeinschaftsgeist unserer Schule begeistern lassen sollte, du hast überhaupt keine einzige verkauft?« Archie nahm sich noch ein Stück. Es schmeckte ihm wirklich. Nicht so gut wie Hershey mit Mandeln, aber besser als gar nichts.

»Nein«, sagte Jerry mit dünner Stimme; so dünn wie ein Bild, das man durch das verkehrte Ende des Fernrohrs sieht.
»Hast du was dagegen, wenn ich dich frage, warum?«
Jerry dachte über die Frage nach. Was sollte er machen? Versuchen, Zeit zu gewinnen? Einfach die Wahrheit sagen? Aber er fürchtete, daß seine Wahrheit auf wenig Verständnis stoßen werde.
»Ich habe persönliche Gründe«, sagte Jerry endlich und fühlte sich schon als Verlierer, war schon sicher, daß er hier nicht gewinnen konnte. Dabei hatte alles so gut angefangen an der Schule; er war in der Football-Mannschaft und das Mädchen an der Autobus-Haltestelle hatte ihn angelächelt. Er hatte dicht neben ihr gestanden. Sie hatte ihn zwei Tage hintereinander angelächelt. Jerry war zu schüchtern, um sie anzusprechen, aber er hatte alle Barretts im Telefonbuch nachgeschaut. Es gab fünf, und er hatte vor, sie heute abend alle anzurufen und Ellen aufzustöbern. Er dachte sich, daß es ihm nichts ausmachte, am Telefon mit ihr zu sprechen. Aber jetzt hatte er aus irgendeinem Grund plötzlich das Gefühl, daß er nie mit ihr sprechen würde, und auch nie wieder Football spielen würde... ein verrücktes Gefühl, und er konnte es nicht abschütteln.
Archie leckte sich die Finger ab, einen nach dem anderen, und ließ den Nachhall von Jerrys Antwort in der Luft hängen. Es war so still, daß man hören konnte, wie irgend jemand der Magen knurrte.
»Renault, ich will dir mal was sagen.« Archies Stimme klang freundlich, gesellig. »Hier bei den Scharfrichtern gibt es keine persönlichen Gründe. Wir haben keine Geheimnisse voreinander.« Er leckte über seinen Daumen. »He, Johnson.«
»Hier«, rief eine Stimme hinter Jerry.
»Wie oft onanierst du jeden Tag?«
»Zweimal«, antwortete Johnson sofort.
»Siehst du?« sagte Archie. »Hier gibt's keine Geheimnisse, Renault. Nichts, was man für sich behält. Nicht bei den Scharfrichtern.«

Jerry hatte heute Morgen geduscht, ehe er zur Schule ging, aber jetzt roch er seinen eigenen Körperschweiß.

»Also komm schon, uns kannst du es ruhig erzählen«, sagte Archie drängend und aufmunternd, als ob er ein guter Freund sei.

Carter schnaufte verärgert. Er verlor die Geduld mit Archies Katz-und-Maus-Spiel. Seit zwei Jahren saß er hier und schaute zu, wie Archie seine dummen Scherze mit den jüngeren Schülern trieb, sich dabei aufblies und wichtig machte, als ob er der Boß sei. Dabei war es Carter, der letztendlich die Aufträge zu verantworten hatte. Als Präsident der Scharfrichter mußte er dafür sorgen, daß die anderen Burschen bei der Stange blieben. Er war dafür verantwortlich, daß die Mitglieder nicht sauer wurden und einsprangen, wenn etwas bei Archies Aufträgen nicht klappte. Und Carter hielt nichts von diesem Schokoladenverkauf. Das war ein Unternehmen, das die Scharfrichter nichts anging. Bruder Leon hatte damit zu tun, und Carter traute Bruder Leon nicht über den Weg. Nun beobachtete er den kleinen Renault mit seinem blassen Gesicht und den großen, furchtsamen Augen, der aussah, als ob er vor Angst gleich ohnmächtig würde. Archie schien sich darüber zu amüsieren. Herr im Himmel, Carter hatte keine Geduld für diesen psychologischen Mist. Er war für's Boxen, wo alles sichtbar und eindeutig war: die Hiebe, die Haken, die Schwünge, die Treffer in die Magengrube.

»Okay, Renault, Schluß mit der Spielerei«, sagte Archie. Die Freundlichkeit aus seiner Stimme war fort. Er kaute auch keine Schokolade mehr. »Also... warum verkaufst du keine Schokolade?«

»Weil ich nicht will«, sagte Jerry, und versuchte noch immer, Zeit zu gewinnen. Weil... was hätte er sonst tun sollen?

»Weil du nicht willst?« fragte Archie ungläubig.

Jerry nickte. Er hatte etwas Zeit gewonnen.

»He, Obie.«

»Ja«, antwortete Obie wie von der Tarantel gestochen. Warum, zum Teufel, mußte Archie immer auf ihm herumhacken? Worauf wollte er hinaus?

»Hast du Lust, jeden Tag in die Schule zu gehen, Obie?«

»Zum Teufel, nein«, sagte Obie, weil ihm nun klar war, was Archie von ihm erwartete, aber er schickte sich nur widerwillig in die Rolle, die ihm zugedacht war.

»Aber du *gehst* trotzdem jeden Tag, nicht?«

»Zum Teufel, ja.«

Gelächter folgte auf diese Antwort, und Obie erlaubte sich ein Lächeln, das ein schneller Blick von Archie jedoch sofort wegwischte. Archie war todernst. Das merkte Obie an seinen zusammengepreßten, dünnen Lippen und an seinen Augen, die wie Neonlichter aufblitzten.

»Siehst du?« Archie wandte sich wieder zu Renault um. »In dieser Welt muß jeder Sachen machen, zu denen er keine Lust hat.«

Eine schreckliche Traurigkeit überkam Jerry. Als ob jemand gestorben sei. So, wie an dem Tag, an dem seine Mutter begraben wurde. Und man konnte gar nichts dagegen machen.

»Okay, Renault«, sagte Archie energisch.

Man spürte, wie die Spannung stieg. Obie hielt den Atem an. Jetzt kommt's, Archies neuer Trick.

»Hier ist dein neuer Auftrag, Renault. Morgen früh beim Appell übernimmst du Schokolade zum Verkauf. Du sagst: Bruder Leon, ich verkaufe auch Schokolade.«

Verblüfft stotterte Jerry: »Was?«

»Hast du schlechte Ohren, Renault?« Archie wandte den Kopf und rief: »He, McGrath, hast du mich verstanden?«

»Ja.«

»Was hab' ich gesagt?«

»Du hast gesagt, er soll Schokolade verkaufen.«

Archie wandte seine Aufmerksamkeit wieder Jerry zu. »Du kommst gut davon, Renault. Du hast den Scharfrichtern nicht gehorcht. Das fordert eine Strafe heraus. Die Scharfrichter halten nichts von Gewaltanwendung, aber es hat sich doch als

notwendig erwiesen, Strafregeln aufzustellen. Normalerweise ist die Strafe schlimmer als der Auftrag. Aber wir lassen dich ungeschoren, Renault. Wir bitten dich nur, dir morgen Schokolade geben zu lassen und sie zu verkaufen.«
Herr im Himmel, dachte Obie ungläubig. Archie Costello der Große hat Angst. Das Wort »bitten« war das Signal. Vielleicht hatte er es bloß aus Versehen gesagt. Jedenfalls klang es so, als ob Archie mit dem Kleinen verhandeln wollte, anstatt ihm zu befehlen. *Bitten*, das war einfach nicht zu fassen. Jetzt hab' ich dich, Archie, du Bastard. Obie hatte noch nie solch ein Siegesgefühl erlebt. Der verdammte Neuling da legte Archie endlich aufs Kreuz. Nicht der schwarze Kasten. Nicht Bruder Leon. Nicht seine eigene Geschicklichkeit. Sondern dieser magere Junge da. Denn von etwas war Obie so überzeugt, als ob es ein Naturgesetz sei, dem Gesetz der Schwerkraft vergleichbar: dieser Renault würde nie Schokolade verkaufen. Obie brauchte ihn bloß anzuschauen, um das zu wissen; der Junge hatte Angst, er stand da, als ob er gleich in die Hosen machen würde, aber er würde bestimmt nicht nachgeben. Und Archie *bat* ihn, Schokolade zu verkaufen. Bat ihn.
»Die Versammlung ist zu Ende«, rief Archie.
Das überrumpelte Carter, und er schlug so heftig mit seinem kleinen Hammer auf die Kiste, die ihm als Pult diente, daß das Holz beinahe splitterte. Carter hatte das unbestimmte Gefühl, daß er irgendwas nicht ganz mitgekriegt, daß er irgendeinen wichtigen Moment verpaßt hatte. Archie und sein psychologischer Mist. Was dieser Renault brauchte, das war ein Haken unters Kinn und noch einen in den Magen. Dann würde er die verdammte Schokolade schon verkaufen. Archie und seine *bloß-keine-Gewalttätigkeiten-Masche*. Nun, die Versammlung war jedenfalls überstanden und Carter sehnte sich nach Bewegung, nach seinen Boxhandschuhen und dem Sandsack. Er schlug noch einmal mit dem Hammer auf den Tisch.

26

»Hallo.«
Sein Kopf leerte sich.
»Hallo?«
War sie das? Sie mußte es sein; dies waren die letzten Barrets im Telefonbuch, und die Stimme klang frisch und freundlich und paßte genau zu dem hübschen Mädchen, das er an der Autobushaltestelle gesehen hatte.
»Hallo«, brachte er heraus, und seine Stimme kam ihm wie ein häßliches Krächzen vor.
»Bist du das, Danny?« fragte sie.
Er war sofort wild eifersüchtig auf Danny, wer immer Danny sein mochte.
»Nein«, krächzte er unglücklich.
»Wer ist da?«
Jetzt klang ihre Stimme ungeduldig.
»Ist dort Ellen? Ellen Barrett?« Der Name klang ungewohnt, er hatte ihn noch nie zuvor laut ausgesprochen, nur immer in Gedanken geflüstert.
Stille.
»Hör mal«, begann er, und sein Herz schlug verzweifelt. »Hör mal, du kennst mich noch nicht, aber ich sehe dich jeden Tag und...
»Bist du irgendwie pervers?« fragte sie, kein bißchen entsetzt, sondern mit gutmütigem Spott und Neugier, als ob sie gleich hinzufügen wollte: »Du, Mama, da ruft mich ein Voyeur an.«
»Nein, ich bin der Junge von der Bushaltestelle.«
»Welcher Junge? Welche Bushaltestelle?« Ihre Stimme hatte jede Zurückhaltung verloren; sie klang jetzt herausfordernd. Wie: na los, beweis das mal.
Er wollte sagen, du hast mich gestern angelächelt, und vorgestern und letzte Woche auch. Und ich liebe dich. Aber er

brachte es nicht heraus. Er begriff plötzlich, wie lächerlich die Situation war. Man konnte ein Mädchen nicht einfach anrufen, bloß weil sie einem zugelächelt hatte, und sich so mit ihr bekanntmachen. Wahrscheinlich lächelte sie jeden Tag hundert Jungen an.
»Entschuldige bitte, daß ich dich belästigt habe«, sagte er.
»Bist du sicher, daß du nicht Danny bist? Versuchst du mal wieder, mich irgendwie reinzulegen, Danny? Hör mal, Danny, ich hab' dich und deinen Blödsinn allmählich über und...«
Jerry hing auf. Er wollte nichts mehr hören. Das Wort »Blödsinn« dröhnte in seinen Ohren und nahm ihm alle Illusionen, die er sich gemacht hatte. Gerade so wie ein hübsches Mädchen, das beim Lächeln lauter verfaulte schwarze Zähne zeigt. Aber sein Herz klopfte noch immer heftig. *Bist du irgendwie pervers?* Vielleicht bin ich das wirklich. Nicht sexuell anormal, aber vielleicht in anderen Dingen. War es nicht irgendwie anormal, sich zu weigern, Schokolade für die Schule zu verkaufen? War es nicht verrückt, sich auch nach dieser Warnung gestern von Archie Costello und den Scharfrichtern noch immer weiter zu weigern? Er hatte auch heute morgen nicht nachgegeben und wieder *nein* geantwortet, als Bruder Leon ihn aufgerufen hatte. Zum ersten Mal hatte ihn dieses Nein begeistert und ihm Mut gemacht.
Jerry erwartete, daß die Schule einstürzen oder sonst irgend etwas Dramatisches passieren werde, als das letzte *Nein* in seinen Ohren widerhallte. Nichts dergleichen. Er sah, wie Die Nuß bekümmert den Kopf schüttelte. Aber Die Nuß wußte noch nichts von diesem neuen Gefühl, das alle Brücken hinter ihm abbrach und ihm zum ersten Mal im Leben alles gleichgültig erscheinen ließ. Jerry war noch immer voll von diesem neuen Gefühl der Leichtigkeit, als er heimkam, sonst hätte er nicht den Mut aufgebracht, der Reihe nach alle Barretts anzurufen und tatsächlich mit dem Mädchen zu sprechen. Es war natürlich eine elende Enttäuschung, aber immerhin hatte er angerufen und damit einen Schritt gewagt, mit dem er aus all

den gleichartig verlaufenden Tagen und Nächten ausgebrochen war.

Er hatte plötzlich Heißhunger und ging in die Küche und holte sich Eiskreme aus dem Tiefkühlfach und kippte sie in eine Schüssel.

»Ich heiße Jerry Renault und ich verkaufe keine Schokolade«, rief er laut in das leere Zimmer.

Die Worte und seine Stimme klangen stark und eindrucksvoll.

27

Natürlich hätten sie von vornherein niemals Frankie Rollo für einen Auftrag auswählen sollen. Rollo war in der Unterstufe, aufsässig, anmaßend, eine Ohne-mich-Typ, der weder beim Sport noch bei den anderen außerschulischen Aktivitäten mitmachte, auf die in der Trinity High-School so viel Wert gelegt wurde. Er schlug nur selten ein Buch auf und machte nie Hausaufgaben, aber er überlebte, weil er natürliche Intelligenz und eine gewisse Gerissenheit besaß. Im Schummeln hatte er außergewöhnliches Talent. Außerdem hatte er Glück. Unter normalen Umständen gab Archie einem Burschen wie Rollo gern einen Auftrag und schaute dann zu, wie er sich damit abstrampelte. Alle diese Typen, die so gern den starken Mann spielten, wurden elend und klein, sobald sie vor Archie und den Scharfrichtern standen. Aller Hochmut und alle Überlegenheit löste sich in Luft auf, wenn sie in der Lagerkammer hinter der Turnhalle standen und sich wanden. Aber Frankie Rollo wand sich nicht. Er stand ganz entspannt und locker da und war kein bißchen eingeschüchtert.

»Wie heißt du?« fragte Archie.
»Aber Archie, du kennst mich doch«, antwortete Rollo und lächelte über all diesen Blödsinn.
Die Stille war beeindruckend. Aber ehe es so still wurde, hielt irgend jemand hörbar den Atem an. Archie machte ein Pokergesicht, verzog keine Miene, um keine Reaktion zu verraten. Aber innerlich war er doch getroffen. So hatte noch niemals irgend jemand geantwortet. Noch niemals hatte sich irgend jemand geweigert, bei dem Ritual mitzuspielen.
»Keine Frechheiten, Rollo«, knurrte Carter. »Sag' deinen Namen.«
Eine Pause. Archie fluchte im Stillen. Warum mischte Carter sich ein, als ob er Archie zur Hilfe kommen müßte? Normalerweise leitete Archie die Versammlungen so, wie er es für richtig hielt, und es gab keine Anweisungen von Carter.
Rollo zuckte die Achseln und verkündete in leierndem Tonfall »Mein Name ist Frankie Rollo.«
»Du meinst, du bist eine große Nummer, was?« fragte Archie.
Rollo antwortete nicht, aber sein Grinsen genügte auch.
»Eine große Nummer«, wiederholte Archie, als ob er die Worte genießen würde, aber er versuchte nur, Zeit zu gewinnen, um seine Gedanken zu ordnen, denn jetzt mußte er improvisieren, und diesen unverschämten Bastard in ein Opfer verwandeln.
»Das hast du gesagt, nicht ich«, bemerkte Rollo selbstzufrieden.
»Wir mögen Jungen, die sich als große Nummern fühlen«, sagte Archie. »Das ist nämlich unsere Spezialität... aus großen Nummern kleine Nullen machen.«
»Ach, hör auf mit dem Scheiß, Archie. Damit kannst du niemand beeindrucken«, sagte Rollo.
Wieder diese schreckliche Stille, eine Schockwelle, die die Versammlung betäubte wie ein unsichtbarer Schlag. Sogar Obie, der darauf gehofft hatte, daß eines Tages ein Opfer dem großen Archie Costello Widerstand leisten würde, riß ungläubig die Augen auf.

»Was hast du gesagt?« fragte Archie und spuckte jedes Wort einzeln aus.

»Hört mal, alle miteinander«, sagte Rollo, drehte sich um und wandte Archie halb den Rücken zu und sprach zu der ganzen Versammlung. »Ich bin kein ängstlicher kleiner Junge, der in die Hosen macht, weil die großen, bösen Scharfrichter ihn zu einer Versammlung rufen. Zum Teufel, ihr könnt' ja nicht mal einen grünen Neuling aus der ersten Klasse dazu bringen, die verdammte Schokolade zu verkaufen...«

»Hör mal, Rollo«, begann Archie.

Aber er kam nicht dazu, weiter zu sprechen, denn Carter sprang auf. Carter wartete schon seit Monaten auf solch eine Gelegenheit. Es juckte ihn in den Fäusten, zuzuschlagen, und er hatte es satt, Woche um Woche hier zu sitzen und bei Archies Katz-und-Maus-Spiel zuzuschauen.

»Das reicht, Rollo«, sagte Carter und gleichzeitig flog schon sein Arm hoch, und er schlug Rollo ins Gesicht. Rollos Kopf schnellte zurück...er knackte wie ein Knöchel...und Rollo schrie vor Schmerz auf. Er nahm zu spät schützend die Hände vor sein Gesicht. Carters Faust rammte sich in seinen Magen. Rollo stöhnte und würgte, klappte vornüber, nahm ungläubig die Arme vor die Brust, und rang nach Luft. Er bekam von hinten einen Stoß und landete hustend und spuckend auf allen Vieren auf dem Boden.

Die Scharfrichter ließen einen gedämpften Ausruf von Zustimmung hören. Endlich tat sich mal etwas.

»Schafft ihn raus«, befahl Carter.

Zwei Scharfrichter packten Rollo. Halb tragend, halb schleifend zerrten sie ihn zur Tür. Archie hatte erschreckt beobachtet, wie rasch man mit Rollo fertiggeworden war. Es ärgerte ihn, daß Carter sich so ins Rampenlicht spielte und die Scharfrichter ihm Beifall zollten. Das verwies Archie zum ersten Mal auf den zweiten Platz, denn Rollo war bloß die Einleitung gewesen, eine kleine Abwechslung, die Obie arrangiert hatte, damit die Versammlung etwas unterhaltsamer wurde. Eigentlich war die Versammlung einberufen worden, um zu besprechen, was man mit Renault anfangen sollte.

Carter schlug mit seinem Auktionshammer auf den Tisch und befahl Ruhe. In der Stille konnten sie hören, wie sie Rollo draußen in der Turnhalle auf den Boden fallen ließen. Dann folgte ein Geräusch, als ob jemand die Wasserspülung einer Toilette gezogen habe. Rollo übergab sich.

»Okay, Ruhe!« brüllte Carter, als ob er Rollo befehlen könne, er solle aufhören zu spucken. Dann wandte er sich an Archie und sagte: »Setz dich!« Auch das war ein Befehl, und eine Sekunde lang war Archie versucht, zu widersprechen, aber er begriff, daß die Scharfrichter mit Carters Vorgehen gegenüber Rollo einverstanden waren. Dies war nicht der richtige Moment für eine Kraftprobe mit Carter. Er mußte jetzt kühl taktieren. Archie setzte sich.

»Es wird Zeit, daß wir den Tatsachen in die Augen sehen, Archie«, sagte Carter. »Wenn ich mich nicht irre, sieht es doch so aus: Wenn schon ein Hampelmann wie Rollo es sich herausnimmt, sich hierherzustellen und sich über die Scharfrichter lustig zu machen, dann stimmt irgendwas nicht. Dann stimmt der ganze Laden nicht mehr. Wir können es uns nicht leisten, daß Typen wie Rollo meinen, sie könnten uns dumm kommen. Das wird sich in der Schule rumsprechen, und dann fallen die Scharfrichter auseinander.« Carter machte eine Pause, damit sie sich alle den Untergang der Scharfrichter ausmalen konnten. »Ich habe eben gesagt, daß hier was nicht stimmt. Und ich werd' euch auch sagen, was. Bei uns stimmt was nicht. Wir haben uns geirrt.«

Seine Ansprache wurde mit Überraschung aufgenommen.

»Wieso haben *wir* uns geirrt?« fragte Obie, der immer nur geradeaus dachte, nie auf Umwegen.

»Erstens, weil wir zugelassen haben, daß unser Name mit dem gottverdammten Schokoladenverkauf in Zusammenhang gebracht wird. Als ob das unser Kind wäre, oder irgend so was. Zweitens, weil wir uns... wie Rollo ganz richtig sagte... von

einem grünen Neuling auf der Nase rumtanzen lassen.« Er wandte sich zu Archie um. »Stimmt's Archie?« Die Frage war mit Boshaftigkeit nur so getränkt.
Archie antwortete nicht. Für ihn waren plötzlich alle im Raum Fremde, und er beschloß, einstweilen gar nichts zu tun. Im Zweifelsfall: abwarten. Aufpassen, bis sich eine günstige Gelegenheit bietet. Es schien ihm einfach lächerlich, Carter jetzt zu widersprechen. Natürlich hatte es sich schon in der ganzen Schule herumgesprochen, daß Renault sich einem Befehl der Scharfrichter widersetzte, indem er sich beharrlich weigerte, Schokolade zu verkaufen. Genau deshalb fand ja jetzt diese Versammlung statt.
»Obie, zeig' uns mal, was du heute morgen am Schwarzen Brett gefunden hast«, sagte Carter.
Obie gehorchte voller Eifer. Er griff unter seinen Stuhl und zog ein zusammengefaltetes Plakat hervor. Auseinandergeklappt war es fast so groß wie ein Küchenfenster. Obie hielt es hoch, damit alle lesen konnten, was da in krakeligen roten Buchstaben stand:

ZUM TEUFEL MIT DER SCHOKOLADE
UND
ZUM TEUFEL MIT DEN SCHARFRICHTERN

»Ich hab' das Plakat nur gesehen, weil ich beinahe zu spät zur Mathe kam«, erklärte Obie.
»Meinst du, viele haben's gesehen?« fragte Carter.
»Nein, denn ich bin einen Augenblick vorher schon mal an dem Schwarzen Brett vorbeigekommen, weil ich noch mein Mathe-Buch aus meinem Spind holen mußte, und da hing das Plakat noch nicht da. Wahrscheinlich haben's bloß ein paar gesehen.«
»Meinst du, Renault hat es aufgehängt?« fragte jemand.
»Nein«, schnaubte Carter. »Renault hat es nicht nötig, Plakate aufzuhängen. Renault sagt schon seit Wochen zum Teufel mit

den Scharfrichtern und zum Teufel mit der Schokolade. Jedenfalls beweist das Plakat, was los ist. Die Sache spricht sich rum. Wenn Renault es sich ungestraft herausnehmen kann, sich uns zu widersetzen, dann probieren andere Burschen das auch bald.« Er wandte sich wieder an Archie. »Okay, Archie, du bist doch hier der Chefdenker. Und du hast uns auch in diesen Mist hineingeritten. Was machen wir jetzt?«

»Du regst dich völlig unnötig auf«, sagte Archie ruhig und gelassen. Er wußte, was er tun mußte... seine alte Position wieder erobern, die Erinnerung an Rollos Ungehorsam auswischen und beweisen, daß er, Archie Costello, noch immer das Kommando führte. Er mußte ihnen zeigen, daß er mit Renault und dem Schokoladenverkauf fertig wurde. Und er war bereit. Während Carter Reden gehalten hatte und Obie mit diesem Plakat herumgewedelt hatte, war Archies Verstand auf Hochtouren gelaufen. Er hatte ohnehin immer die besten Einfälle, wenn er unter Druck stand. »Erstens kannst du nicht hingehen und die halbe Schule verprügeln. Das ist der Grund, warum ich nichts davon halte, den starken Max herauszukehren, wenn ich einen Auftrag gebe. Die Brüder würden uns den Laden zumachen. Die Schüler würden uns boykottieren und sabotieren, wenn wir anfingen, sie zu verprügeln.« Archie sah, daß Carter die Brauen runzelte und beschloß, ihm einen Knochen hinzuwerfen: als Präsident der Scharfrichter konnte Carter ein gefährlicher Gegner sein, und schließlich leitete er noch immer die Versammlung. »Klar, Carter, bei Rollo war das genau richtig. Sein Verhalten hat dazu herausgefordert. Aber wer ist schon Rollo. Der kann da draußen bis zum Jüngsten Tag in seinem eigenen Dreck liegen, das kratzt doch keinen. Aber Rollo ist eine Ausnahme; bei jemand anderem...«

»Rollo ist ein abschreckendes Beispiel«, widersprach Carter. »Wenn sich herumspricht, daß er eins auf den Deckel gekriegt hat, brauchen wir uns keine Sorgen mehr zu machen, daß andere Burschen auch frech werden oder Plakate aufhängen.« Archie merkte, daß er in diesem Punkt nicht gegen Carter an-

kam und wechselte das Thema. »Aber davon wird die Schokolade auch nicht verkauft, Carter. Und du hast eben gesagt, die Scharfrichter seien nun einmal in den Verkauf verwickelt. Wenn man es so sieht, ist die Lösung einfach. Dann brauchen wir bloß dafür sorgen, daß wir den verdammten Verkauf so schnell wie möglich hinter uns bringen. Dann brauchen wir bloß die Schokolade zu verkaufen. Wenn Renault jetzt wie ein Held dasteht, weil er keine Schokolade verkauft, wie steht er dann da, wenn alle Schüler außer ihm sich geradezu darum reißen, Schokolade zu verkaufen?«
Zustimmendes Gemurmel kam aus der Versammlung. Nur Carter war skeptisch. »Und wie willst du die ganze Schule dazu bringen, wie verrückt Schokolade zu verkaufen, Archie?«
Archie gestattete sich ein leises, selbstsicheres Lachen, aber er ballte die Fäuste, um seine feuchten Handflächen zu verbergen. »Ganz einfach, Carter. Herrlich einfach, wie alle großen Ideen und Pläne.« Die Burschen hörten so gespannt zu wie immer, wenn Archie anfing, seine Pläne und Aufträge zu erklären. »Wir sorgen dafür, daß es schick wird, Schokolade zu verkaufen. Wir machen Reklame. Wir organisieren die Sache. Wir spannen die Klassensprecher ein, den Schülerbeirat, die Burschen, die Einfluß haben. Alle Mann an die Arbeit für die gute, alte Trintity High! Jeder verkauft!«
»Ja, aber nicht jeder wird fünfzig Schachteln verkaufen wollen, Archie«, warf Obie ein, den es beunruhigte, daß Archie wieder das Kommando an sich gerissen hatte... die Burschen fraßen ihm aus der Hand.
»Jeder wird verkaufen, Obie, jeder«, sagte Archie voraus. »Wir werden dafür sorgen, daß es zum guten Ton gehört, Schokolade zu verkaufen. Und die Scharfrichter werden wie üblich mit gutem Beispiel vorangehen. Hinterher wird man uns an der Schule lieben und ehren... weil wir ihr die Schokolade vom Hals geschafft haben. Hinterher können wir Bruder Leon und den anderen Brüdern unsere Bedingungen diktieren. Was meint ihr denn, warum ich Leon überhaupt unsere Hilfe zuge-

sagt habe?« Archies Stimme war sanft und selbstsicher, es war die alte Sanftmut, ein Anzeichen dafür, daß er nun wieder ganz und gar Herr der Lage war. Die Jungen bewunderten die Schnelligkeit, mit der Carters Fäuste Rollo erledigt hatten, aber sie fühlten sich sicherer, wenn Archie das Kommando hatte. Archie, der in der Lage war, sie wieder und wieder in Erstaunen zu versetzen.
»Und was ist mit Renault?« fragte Carter.
»Mach' dir keine Sorgen wegen Renault.«
»Ich mach' mir aber Sorgen wegen Renault«, antwortete Carter sarkastisch. »Er macht uns lächerlich.«
»Die Sache mit Renault wird sich von allein erledigen«, sagte Archie. Begriffen Carter und die anderen das denn nicht? Kannten sie die menschliche Natur so wenig? »Noch ehe der Verkauf vorbei ist, wird Renault wünschen, er hätte doch mitgemacht, und die Schule wird froh sein, weil er's nicht getan hat.«
»Okay«, sagte Carter und schlug mit seinem Hammer auf den Tisch. Das tat er immer, wenn er sich nicht sicher fühlte. Der Hammer war die Verlängerung seiner Faust. Carter hatte das Gefühl, daß Archie ihm entwischt war, daß er in gewisser Weise doch einen Sieg davongetragen hatte, und deshalb fügte er hinzu: »Hör mal, Archie, wenn das aber nicht so läuft, wenn der Verkauf nicht klappt, dann sitzt du schwer in der Tinte, ist dir das klar? Dann bist du erledigt, dann kannst du in Zukunft sogar den schwarzen Kasten vergessen...«
Das Blut stieg Archie in die Wangen. Er spürte den Puls an seiner Schläfe. Noch nie zuvor hatte es irgend jemand gewagt, so mit ihm zu reden, schon gar nicht vor all den anderen. Mit Mühe zwang er sich, gelassen zu bleiben, das Lächeln auf seinen Lippen zu halten. Er war eben wie ein Etikett auf einer Flasche. Es sollte die Demütigung, die in ihm fraß, verdecken.
»Sieh zu, daß du recht behältst, Archie«, fuhr Carter fort. »Für mich hast du Bewährungsfrist, bis die letzte Schachtel Schokolade verkauft ist.«

Die endgültige Demütigung. Bewährungsfrist.
Archie hielt das Lächeln durch, bis er dachte, die Haut seiner Wangen würde davon einen Riß bekommen.

28

Er gab den Ball an Guilmet weiter, knallte ihn Guilmet gegen den Bauch, duckte sich dann und wartete darauf, daß Carter durch die Reihe der Spieler brach. Die Taktik des Spieles verlangte, daß Jerry Carter tief rammte und ihn umwarf, ein Unternehmen, von dem Jerry nicht begeistert war. Carter war bestimmt einen halben Zentner schwerer als er, und der Trainer setzte ihn ein, um die Unterstufen-Mannschaft in Atem zu halten. Der Trainer sagte immer: »Es ist egal, wie groß und schwer jemand ist. Es kommt bloß auf den Punkt an, an dem du ihn angreifst.« Und nun wartete Jerry darauf, daß Carter aus dem Gewühl der rangehenden Leiber auftauchen werde. Und da kam er schon, wie eine wildgewordene Lokomotive, um Guilmet abzufangen, aber es war schon zu spät, zu spät. Jerry sprang auf ihn los, zielte auf den empfindlichen Punkt, auf seine Knie, ein Zielpunkt, zu dem der Trainer ihm geraten hatte. Carter und Jerry stießen zusammen wie bei einem Verkehrsunfall. Bunte Sterne wirbelten... ein Feuerwerk zum Vierten Juli* an einem Oktobernachmittag. Jerry ging zu Boden, Arme und Beine ragten in die Luft, verhakten sich mit Carters Gliedmaßen. Es lag Begeisterung in diesem Zusammenstoß, es war eine ehrliche Football-Rauferei, vielleicht nicht so schön

---

* Vierter Juli: Nationalfeiertag der USA

anzuschauen wie ein gelungener Sprint zum Tor, aber trotzdem schön und männlich.
Der gute, feuchte Geruch von Gras und Erde stieg Jerry in die Nase, und er ließ sich einen Augenblick von einer Welle tiefer Zufriedenheit tragen: er hatte seinen Auftrag ausgeführt und Carter gestoppt. Er schaute auf und sah, wie Carter vor Verwunderung den Kopf schüttelte, während er sich aufrappelte. Jerry grinste und wollte auch aufstehen. Plötzlich wurde er von hinten geschlagen, ein gemeiner Hieb auf die Nieren, von dem ihm übel wurde. Seine Knie klappten zusammen und er sackte wieder zu Boden. Als er sich aufrappelte und sich nach dem Angreifer umschauen wollte, traf in irgendwo noch ein Schlag, und Jerry verlor das Gleichgewicht und fiel wieder der Länge nach vornüber. Die Tränen schossen ihm aus den Augen. Er schaute sich um und sah, daß alle Burschen sich für das nächste Spiel aufstellten.
»Los, mach schon, Renault«, rief der Trainer.
Jerry richtete sich auf einem Knie auf und dann gelang es ihm, auf beiden Füßen zu stehen. Der stechende Schmerz ließ nach, verwandelte sich in ein dumpfes Unbehagen, das sich überall ausbreitete.
»Los, los, Renault«, drängte der Trainer ungeduldig wie immer.
Jerry stakte vorsichtig zur Mannschaft, die sich für das nächste Spiel aufstellte. Er schob seine Schultern in das Gewühl und überlegte sich, welche Spielkombination er als nächstes ausrufen sollte, aber er war mit seinen Gedanken nicht restlos bei der Sache. Er hob den Kopf und warf einen Blick über das Spielfeld und fragte sich, was er machen sollte. Wer hatte ihn angegriffen? Wer haßte ihn so, daß er ihn so heimtückisch zusammenschlug?
Nicht Carter... Carter war deutlich sichtbar vor ihm gewesen. Wer also? Irgend jemand. Jeder konnte es gewesen sein. Jemand aus seiner eigenen Mannschaft vielleicht.
»Alles okay mit dir?« fragte jemand.

Jerry drängte sich wieder in das Gewühl. Er rief seine eigene Nummer: wenn er mit dem Ball über das Spielfeld rannte, konnten alle ihn sehen. Niemand könnte dann so leicht von hinten auf ihn einschlagen.
»Los!« sagte er mit kräftiger Stimme, damit sie alle wußten, daß ihm nichts fehlte, daß er bereit war für den nächsten Angriff. Er merkte, daß sein Brustkasten beim Gehen schmerzte. Jerry nahm seinen Platz hinter dem Quarterback ein, sah noch einmal auf und ließ den Blick auf die Spieler gleiten. Irgend jemand wollte ihn fertigmachen.
Gib mir Augen am Hinterkopf, betete er und rief die Befehle.

Das Telefon läutete, als er den Schlüssel ins Schloß schob. Er schloß schnell auf, stieß die Wohnungstür auf und warf seine Bücher auf einen Stuhl im Flur. Das Telefon schrillte immer weiter; ein einsamer Laut in der leeren Wohnung. Jerry riß den Höhrer herunter.
»Hallo?«
Stille. Nicht einmal ein Tonzeichen. Dann ein schwaches Geräusch aus der Ferne, das allmählich näher kam. Es klang, als ob jemand über irgendeinen geheimen, ganz persönlichen Witz vor sich hin kichern würde.
»Hallo«, wiederholte Jerry.
Das Kichern war jetzt lauter. Ein anonymer Anrufer, der gleich Obszönitäten von sich geben würde? Aber so was machten sie doch bloß bei Mädchen, oder? Wieder das Kichern, deutlicher und lauter und doch noch immer irgendwie vertraulich und voll Andeutungen. Ein Kichern, das sagte: ich weiß was, was du nicht weißt.
»Wer ist da?« fragte Jerry.
Das Tonzeichen, wie ein Rülpser in sein Ohr.
Am gleichen Abend um elf Uhr läutete das Telefon wieder. Jerry dachte, es sei sein Vater, der Spätdienst im Drugstore hatte. Er hob den Hörer ab und meldete sich.
Keine Antwort.

Kein Ton.
Er wollte aufhängen, aber dann wartete er doch, den Hörer am Ohr.
Das gleiche Kichern.
Es klang gespenstischer als heute nachmittag um drei. Die Nacht, die Dunkelheit draußen, die Schatten, die das Lampenlicht in der Wohnung warf, ließen des drohender wirken. Mach' dir nichts draus, sagte Jerry sich; nachts sieht immer alles schlimmer aus als es ist.
»He, wer ist da?« fragte er, und der Klang seiner eigenen Stimme ließ seine Umgebung wieder normal erscheinen.
Wieder das Kichern, beinahe bösartig in seinem leisen Spott.
»He, wer bist du, du armer Irrer? Wo haben sie dich laufenlassen, du Idiot?« fragte Jerry. Er wollten den Anrufer wütend machen.
Das Kichern verwandelte sich Hohngeheul.
Dann das Tonzeichen.

Jerry bewahrte so gut wie nie irgend etwas von Wert in seinem Spind auf. Die Schule war berüchtigt für »Ausleiher«... Burschen, die nicht gerade Diebe waren, die aber alles mitgehen ließen, was nicht festgenagelt oder eingeschlossen war. Es war sinnlos, ein Vorhängeschloß für's Spind zu kaufen, sie würden es gleich am ersten Tag aufbrechen. Privateigentum gab es hier praktisch nicht. Die meisten Burschen hatten nicht den geringsten Respekt vor den Rechten anderer. Sie durchschnüffelten Pulte, sprengten Schlösser auf, durchblätterten Bücher und waren ständig auf der Suche nach Beute: Geld, Zigaretten, Bücher, Armbanduhren, Kleidungsstücke... alles was sie finden konnten.
Als Jerry am Morgen nach dem ersten nächtlichen Anruf sein Spind öffnete, schüttelte er ungläubig den Kopf. Sein Poster war mit Tinte oder blauer Farbe verschmiert. Die Aufschrift war unleserlich, nur noch eine groteske Reihe von einzelnen Buchstaben. Es war solch ein sinnloser, kindischer Akt von

Vandalismus, daß Jerry mehr verwundert als verärgert war.
Wer machte so etwas Verrücktes? Dann sah er, daß seine neuen
Turnschuhe nur noch Fetzen waren, zerschnipselt. Es war ein
Fehler gewesen, sie über Nacht im Spind zu lassen.
Das Poster verschmieren war eine dumme Frechheit, die Tat
eines Primitivlings... und an jeder Schule gab es solche Typen,
auch an der Trinity High-School. Aber neue Turnschuhe zerschneiden, das war kein dummer Streich mehr. Das war
schlimmer; das war eine Warnung.
Die Telefonanrufe.
Der Angriff auf dem Football-Platz.
Und jetzt das hier.
Jerry schloß das Spind schnell wieder, damit niemand den
Schaden sah. Aus irgendeinem Grund schämte er sich.

Er träumte von einem Brand, Flammen fraßen irgendwelche
Wände auf, und die Sirene gellte, und dann war es keine Sirene
sondern das Telefon. Jerry fuhr aus dem Bett hoch. Im Flur
knallte sein Vater gerade den Hörer auf. »Hier stimmt was
nicht.« Die Standuhr schlug zweimal.
Jerry brauchte sich nicht erst den Schlaf aus den Augen zu wischen. Er war hellwach, spürte den kalten Boden unter den Füßen und fror.
»Wer war das?« fragte er, obwohl er es natürlich schon ahnte.
»Niemand«, antwortete sein Vater verärgert. »Gestern nacht
ungefähr um diese Zeit hat es auch geläutet, aber da bist du
nicht wach geworden. Irgendein Idiot, der gelacht hat, als ob so
was der beste Witz auf Erden sei.« Er fuhr Jerry mit der Hand
durchs Haar. »Geh' wieder schlafen, Jerry. Es laufen alle möglichen Verrückten frei herum.«
Es dauerte Stunden, bis Jerry in schweren, traumlosen Schlaf
fiel.

»Renault«, rief Bruder Andrew.
Jerry schaute auf. Er war in seine neue Zeichenaufgabe vertieft

gewesen... ein zweistöckiges Haus abzeichnen, um Perspektive zeichnen zu lernen. Eine einfache Übung, aber Jerry gefielen die ordentlichen Linien, die einfache Schönheit der Winkel und Geraden.
»Ja, Bruder Andrew?«
»Deine Wasserfarben-Landschaft.«
»Ja?« Jerry war verwundert. Die Landschaft in Wasserfarben hatte ihn eine Woche mühsame Arbeit daheim gekostet, denn Jerry konnte nicht gut frei malen oder zeichnen. Beim Modellzeichnen oder mit geometrischen Mustern kam er besser zurecht, weil da die Komposition schon festlag. Aber seine Note in diesem Trimester hing zur Hälfte von dieser Landschaft in Wasserfarben ab.
»Heute ist der letzte Tag, um die Zeichnung abzuliefern«, sagte Bruder Andrew. »Dein Blatt ist nicht dabei.«
»Ich habe sie schon gestern auf ihr Pult gelegt«, sagte Jerry.
»Gestern?« fragte Bruder Andrew, als ob er noch nie von gestern gehört habe. Er war ein kleinlicher, ordentlicher Mensch, der normalerweise Mathematik gab und den Zeichenlehrer nur vertrat.
»Ja, Sir«, sagte Jerry fest.
Mit gehobenen Augenbrauen durchblätterte Bruder Andrew den Stapel Bilder auf seinem Pult.
Jerry seufzte leise und voll Resignation. Er wußte schon, daß Bruder Andrew sein Aquarell nicht finden würde. Er hätte sich gerne umgedreht, die Gesichter in der Klasse gemustert, und den Burschen herausgepickt, der jetzt voll Schadenfreude feixte. He, hör mal, du kriegst allmählich Verfolgungswahn, sagte Jerry sich. Wer läßt sich denn sowas einfallen, hier herein zu schleichen und dein Aquarell zu klauen? Wer käme auf die Idee, dich so genau zu beobachten, daß er überhaupt wüßte, daß du das Bild schon gestern da vorn auf das Pult gelegt hast? Bruder Andrew schaute auf. »Um ein Klische zu benutzen: wir befinden uns in einem Dilemma, Renault. Dein Aquarell ist nicht da. Also, entweder habe ich es verloren, und eigentlich

habe ich nicht die Gewohnheit, Landschaften zu verlieren...«
Der Lehrer machte eine Pause, als ob er hier unglaublicherweise Gelächter erwarte, und unglaublicherweise lachten sie wirklich, »...oder dein Gedächtnis funktioniert fehlerhaft.«
»Ich habe es gestern abgeliefert, Bruder Andrew.« Er sagte es fest und ohne Erregung.
Der Lehrer wich Jerrys Blick nicht aus, und Jerry sah den aufrichtigen Zweifel in seinen Augen. »Nun, Renault, vielleicht verlier ich doch hin und wieder mal eine Landschaft. Vielleicht habe ich sie im Lehrerzimmer liegen gelassen. Ich werde nachschauen«, sagte Bruder Andrew, und in Jerry kam ein kameradschaftliches Gefühl für ihn auf.
Aus irgendeinem Grund löste diese Antwort auch Gelächter aus, und sogar Bruder Andrew lachte mit. Es war schon gegen Ende der Stunde, gegen Ende des Schultages, und jeder hatte das Bedürfnis, sich zu entspannen, zu verschnaufen. Jerry wünschte, er könnte sich umdrehen und sehen, wessen Augen nun triumphierend glänzten, weil das Aquarell verschwunden war.
»Aber bei allem Mitgefühl, Renault: wenn ich das Aquarell nicht finde, muß ich dich für dieses Trimester durchfallen lassen.«

Jerry öffnete sein Spind.
Das Chaos war noch immer da. Er hatte das Poster nicht abgenommen und auch die Turnschuhe nicht fortgeräumt, er ließ sie als Symbole da. Symbole wofür? Jerry wußte es nicht genau. Er betrachtete betrübt das verschmierte Plakat und dachte über die frühere Inschrift nach: *Darf ich es wagen, das Universum zu stören?*
Das übliche Getöse umgab ihn, das immer nach dem Unterricht in den Fluren herrschte: Spindtüren wurden zugeknallt, Pfiffe und Rufe gellten, Laufschritte stampften, und die Burschen rannten zum Football- und Boxtraining, zum Debattierklub.
Wage ich es, das Universum zu stören?

Ja, ich wage es. Das glaub' ich jedenfalls.
Plötzlich verstand Jerry das Bild... der einsame Mann am Strand, der aufrecht und allein und furchtlos dastand, in einem Augenblick seines Lebens eingefangen, in dem er der Welt, dem Universum, kundtat, daß es ihn gab.

29

Großartig.
Brian Cochran zählte alles zusammen und überprüfte dann noch einmal die Addition. Er spielte mit den Zahlen, als sei er ein Zauberer und sie Teil seines Tricks. Er konnte es kaum erwarten, Bruder Leon die Ergebnisse mitzuteilen.
In den letzten paar Tagen waren die Verkaufszahlen geradezu fantastisch in die Höhe geschnellt. Fantastisch war das richtige Wort. Brian wurde zumute, als ob er von den Statistiken betrunken werde, als ob die Zahlen ihm wie Alkohol zu Kopfe stiegen und ihn leicht benebelt und schwindelig machten.
Was war passiert? Brian wußte es nicht genau. Es gab nicht nur einen Grund für diese plötzliche Kehrtwendung, für diesen überraschenden Aufschwung, den unerwarteten Erfolg. Aber der Beweis für die Veränderung lag nicht nur hier in diesen Zahlen, er war auch überall in der Schule zu spüren. Brian beobachtete die fieberhafte Aktivität. Der Schokoladenverkauf wurde plötzlich eine Masche, eine Manie, so wie die Hula-Reifen damals, als Brian in die Schule kam; so wie vor ein paar Jahren Demonstrationen die große Sache gewesen waren. Gerüchte besagten, die Scharfrichter hätten den Schokoladenver-

kauf zu ihrer Sache gemacht. Das war durchaus möglich, aber Brian prüfte das nicht nach. Er ging den Scharfrichtern nach Möglichkeit aus dem Weg. Aber er sah doch, wie prominente Geheimbundmitglieder jüngere Schüler in den Fluren anhielten, Rechenschaft über ihre Verkäufe verlangten, und ihnen dann drohend etwas zuflüsterten. Jeden Nachmittag verließen mit Schokolade beladene Jungen in Gruppen die Schule, packten Schokolade in ihre Autos und fuhren davon. Brian hörte, daß diese Trupps in verschiedenen Stadtteilen systematisch alle Straßen abklapperten, an allen Türen klingelten, als ob sie alle miteinander Lexikon-Verkäufer oder Buchklub-Vertreter seien, die auf Kommission arbeiten, verdammt noch mal. Brian hörte, daß sich irgend jemand sogar die Erlaubnis verschafft hatte, in einer Fabrik zu verkaufen. Vier Schüler gingen in der Mittagszeit durch die Kantine und verkauften dreihundert Schachteln Schokolade auf einen Schlag. All diese fieberhafte Geschäftigkeit hielt auch Brian in Trab, weil er ja die Buchhaltung und die Statistiken nachtragen und die Resultate auf den großen Plakaten in der Aula bekanntgeben mußte. Die Aula war zum Mittelpunkt der Schule geworden. »He, schaut mal, Jimmy Demers ist seine fünfzig Schachteln los!« schrie irgend jemand, als Brian das letzte Mal die Ergebnisse notierte.
Das war das Seltsame bei dem Schokoladenverkauf in diesem Jahr... wie sich der Erfolg gleichmäßig auf alle Schüler verteilte. Brian war sich nicht klar, ob das mit rechten Dingen zuging oder nicht, aber er beschloß, sich nicht auch noch darüber den Kopf zu zerbrechen. Bruder Leon interessierte sich nur für den Erfolg, und Brian hielt es nicht anders. Trotzdem empfand Brian bei all dem ein gewisses Unbehagen. Vorhin war Carter mit einer Handvoll Geld ins Büro gekommen. Brian behandelte Carter mit äußerster Vorsicht... Carter war Präsident der Scharfrichter.
»Hier«, sagte Carter und warf die Münzen und Scheine auf den Schreibtisch. »Fünfundsiebzig Schachteln verkauft... einhundertfünfzig Dollar. Zähl's nach.«

»Sofort«, antwortete Brian und machte sich unter Carters wachsamem Blick an die Arbeit. Seine Hände zitterten, und er ermahnte sich selbst, keinen Fehler zu machen. Es mußten genau einhundertfünfzig sein.
»Stimmt genau«, sagte Brian.
Und dann kam das Seltsame.
»Zeig' mir doch mal die Namensliste«, sagte Carter.
Brian gab sie ihm; neben jedem Namen wurde jeden Tag die Anzahl der verkauften Schachteln notiert. Das Gesamtergebnis wurde dann auf den großen Listen in der Aula bekanntgegeben. Carter studierte die Liste einen Moment und sagte Brian dann, welchen Schülern er die von ihm abgerechneten Verkäufe gutschreiben sollte. Brian schrieb, und Carter diktierte: »Huart, dreizehn... DeLillo, neun... Lemoine, sechzehn...« und so weiter, bis alle fünfundsiebzig Schachteln sieben oder acht Schülern gutgeschrieben waren.
»Die Burschen haben schwer gearbeitet, um die Schachteln loszuwerden, und ich möcht' sicher sein, daß das auch anerkannt wird«, sagte Carter mit einem dummen Grinsen.
»Natürlich«, antwortete Brian gelassen. Natürlich wußte er, daß die Burschen, die Carter da ausgesucht hatte, die Schokolade nicht allein verkauft hatten. Aber schließlich ging ihn das ja nichts an.
»Wie viele Jungen haben heute die Fünfzig-Stück-Grenze erreicht?« fragte Carter.
Brian schaute auf der Liste nach »Sechs, mit Huart und Le Blanc. Die Verkäufe von heute haben ihnen gerade noch dazu gefehlt.«
»Weißt du was, Cochran? Du bis ein kluges Kind. Du begreifst schnell.«
Schnell? Zum Teufel, Carter und Co. verteilten die Verkaufszahlen schon seit einer Woche nach Lust und Laune, und bei Brian war der Groschen erst nach zwei Tagen gefallen. Jetzt war er versucht, Carter rundheraus zu fragen, ob die Verkaufserfolge durch das Eingreifen der Scharfrichter zustandege-

kommen seien, als einer der Aufträge von Archie Costello, aber dann beschloß er, seine Neugier doch lieber zu zügeln.
Noch ehe der Nachmittag zu Ende war, wurde der Erlös von vierhundertfünfundsiebzig Schachteln Schokolade abgeliefert, hartes Bargeld. Die Verkaufstrupps ließen die Autohupen heulen, wenn sie voll Ausgelassenheit über ihren Erfolg zur Schule zurückkamen.
Bruder Leon erschien, und Brian und er rechneten gemeinsam sämtliche Tagesergebnisse bis heute zusammen und stellten fest, daß schon fünfzehntausend und zehn Schachteln Schokolade verkauft waren. Blieben noch fünftausend Stück übrig... oder vielmehr viertausendneunhundertundneunzig Stück, um genau zu sein, wie Bruder Leon in seiner übertrieben gewissenhaften Art feststellte. Aber heute ließ es sich mit Bruder Leon gut auskommen. Auch Bruder Leon war wie benebelt und berauscht vom Erfolg der Verkaufsaktion.
Er redete Brian sogar mit seinem Vornamen an.
Als Brian in die Aula ging, um die neuesten Ergebnisse auf den Plakaten zu notieren, klatschte eine jubelnde Gruppe Jungen bei jeder Zahl Beifall. Brian Cochran hatte noch nie zuvor erlebt, daß ihm jemand Beifall klatschte, und er kam sich beinahe vor wie ein Football-Star.

30

Der Appell jeden Morgen war inzwischen völlig überflüssig, denn alle Schüler lieferten das Geld für die verkaufte Schokolade jetzt direkt bei Brian Cochran im Büro ab. Aber Bruder Leon bestand trotzdem auf dem Morgenappell. Er genoß jetzt das Ritual und machte daraus eine große Schau. Er las der Klasse die neuesten Verkaufsstatistiken vor, die er von Brian Cochran bekam, erwähnte alle Einzelheiten, gab zu jedem Namen und zu jeder Zahl seinen Kommentar, und holte so viel Dramatik und Genugtuung aus der Situation wie nur möglich. Und er hatte seine Stichwortgeber oder ängstliche Jungen wie David Caroni, die noch immer jeden Morgen in der Klasse ihre Verkäufe vom Tag zuvor meldeten, während Bruder Leon sich an den Gesamtzahlen berauschte.

»Also, Hartnett, fünfzehn Schachteln gestern!« sagte Leon und schüttelte erfreut und überrascht den Kopf. »Und alles zusammen schon dreiundvierzig. Großartig!« Und er warf einen verstohlenen Blick auf Jerry.

Es war eine lächerliche Komödie, denn alle wußten, daß Hartnett gestern keine einzige Schachtel verkauft hatte, weil er gerade gestern nicht zu den Verkaufstrupps gehörte, die jeden Nachmittag loszogen, um mit Schokolade zu hausieren. Die ganze Schule war Schokoladen-verrückt geworden. Nur Die Nuß nicht. Aus Sympathie für Jerry verkaufte er auch keine Schokolade mehr, und seine Verkaufszahl stand seit einer Woche unveränderlich bei siebenundzwanzig. Es war wenig genug, was er da für Jerry tat.

»Mallan«, rief Leon.

»Sieben.«

»Damit hast du ja schon siebenundvierzig weg, Mallan. Ich gratuliere, und ich bin sicher, die letzten drei Schachteln verkaufst du heute auch noch.«

Die Nuß machte sich auf ihrem Platz klein. Der Nächste war Parmentier, und dann kam Jerry. Sie warf einen Blick zu Jerry hinüber, er saß so aufrecht auf seinem Stuhl als ob er schon darauf warte, daß er an die Reihe kam.
»Parmentier.«
»Sieben.«
»Parmentier, Parmentier, du hast es geschafft!« staunte Bruder Leon.
»Fünfzig Stück! Du bist ein tüchtiger Junge, Parmentier, ein tüchtiger Junge! Beifall, meine Herren!«
Die Nuß tat nur so, als ob sie klatschen würde; das war wenig genug.
Eine Pause. Dann sang Bruder Leons Stimme: »Renault!« Das war das zutreffende Wort... er sang den Namen. Seine Stimme klang jubilierend, lyrisch. Der Nuß wurde klar, daß es Bruder Leon jetzt völlig egal war, ob Jerry Schokolade verkaufte oder nicht.
»Nein«, antwortete Jerry, und auch seine Stimme war klar und kräftig und voll Triumph.
Vielleicht konnten sie diesmal doch beide gewinnen. Vielleicht konnte ein Zusammenstoß doch noch vermieden werden. Die Verkaufsaktion war so gut wie zu Ende. Die Kraftprobe konnte mit einem Patt enden, und mit der Zeit würde man nicht mehr daran denken, weil es wichtigere Ereignisse an der Schule gab.
»Bruder Leon.«
Alle Augen richteten sich auf Harold Darcy.
»Ja, Harold?«
»Darf ich mal was fragen?«
Bruder Leon runzelte irritiert die Brauen. Er ging ganz auf in der Freude über die Verkaufszahlen und ärgerte sich über die Unterbrechung.
»Ja, ja, Darcy.«
»Würden Sie Renault fragen, warum er keine Schokolade verkauft, so wie alle anderen?«
Eine Autohupe war zwei oder drei Straßen weiter zu hören.

Bruder Leons Gesicht war ausdruckslos. »Warum möchtest du das wissen?« fragte er.

»Ich glaube, ich habe ein Recht, das zu wissen. Jeder hier hat das Recht, das zu wissen.« Er schaute sich Unterstützung heischend um. Irgend jemand sagte: »Jawohl!« und Darcy fuhr fort: »Alle anderen tragen ihren Teil bei, warum nicht auch Renault?«

»Möchtest du vielleicht diese Frage selbst beantworten, Renault?« sagte Bruder Leon und in seinen wäßrigen Augen blitzte unverkennbar Bosheit auf.

Jerry wurde rot. »Wir leben in einem freien Land«, sagte er, und seine Worte lösten leises Gelächter aus. Jemand kicherte höhnisch. Bruder Leon schaute höchst erfreut drein, und Der Nuß wurde es schlecht.

»Ich fürchte, du mußt dir eine etwas originellere Erklärung einfallen lassen, Renault«, sagte Bruder Leon und er war sich wie immer bewußt, daß er wie ein Schauspieler zu seinen Zuschauern sprach.

Die Nuß sah, wie Jerry wieder die Röte in die Wangen stieg. Sie spürte auch eine Veränderung in der Klasse, ein Umschwung in Stimmung und Atmosphäre. Bis heute hatte die Klasse sich neutral verhalten, war nach dem Motto leben-und-lebenlassen Jerry gegenüber gleichgültig geblieben. Aber heute lag Groll in der Luft. Schlimmeres als Groll... Feindseligkeit. Nimm diesen Harold Darcy zum Beispiel. Normalerweise war er ein ordentlicher Bursche, der sich nur um seine eigenen Angelegenheiten kümmerte und nichts von einem Fanatiker an sich hatte. Und jetzt fiel er plötzlich über Jerry her.

»Haben Sie am Anfang gesagt, daß der Verkauf freiwillig ist, Bruder Leon?« fragte Jerry.

»Ja«, antwortete Bruder Leon und lehnte sich zurück, als ob er sich im Hintergrund verdrücken wollte, damit Jerry sich mit seinen eigenen Worten schlage.

»Dann fühle ich mich auch nicht verpflichtet, dabei mitzumachen«, sagte Jerry.

Eine Welle von Abneigung lief durch die Klasse.
»Meinst du, du bist was besseres als wir?« schrie Barcy.
»Nein.«
»Für wen hältst du dich dann?« fragte Phil Beauvais.
»Ich bin bloß Jerry Renault, und ich verkaufe keine Schokolade.«
Verdammt, dachte Die Nuß. Warum gibt er nicht wenigstens ein kleines bißchen nach? Bloß ein bißchen.
Es läutete. Die Burschen blieben noch einen Augenblick abwartend sitzen, denn die Streitfrage war nicht geklärt worden, etwas Unheilverkündendes lag noch in der Luft. Dann zerriß die Spannung, die Burschen stießen ihre Stühle zurück, standen auf und drängten sich wie üblich hinaus. Niemand schaute Jerry Renault an. Bis Die Nuß an der Tür angelangt war, lief Jerry rasch davon, in den Klassenraum, in dem die nächste Unterrichtsstunde stattfand. Ein paar Jungen standen mit Harold Darcy mißmutig im Korridor und schauten ihm nach.

Später am Nachmittag schlenderte Die Nuß in die Aula, vom Lärm und zustimmenden Rufen angelockt. Brian Cochran war dabei, die neuesten Verkaufsergebnisse auf den drei großen Wandtafeln zu notieren. Ungefähr fünfzig bis sechzig Burschen lungerten in der Aula herum, und das war ungewöhnlich für diese Tageszeit. Jedesmal, wenn Cochran eine Zahl aufschrieb, brachen die Burschen in Beifall aus, angeführt ausgerechnet von Carter, der höchstwahrscheinlich selbst keine einzige Schachtel verkauft und irgendwelchen jüngeren Schülern die Dreckarbeit aufgehalst hatte.
Brian Cochran schaute immer wieder auf dem Notizzettel nach, den er in der Hand hielt. Und dann trat er an die eine Wandtafel und schrieb die Zahl fünfzig hinter den Namen Robert Goubert.
Eine Sekunde lang begriff Die Nuß gar nicht, wer dieser Robert Goubert war. Sie schaute nur fasziniert und ungläubig zu. Dann machte es Klick: he, das bin doch ich!

Beifallklatschen, Jubelrufe, ohrenzerreißendes Pfeifen. Die Nuß wollte nach vorne gehen und protestieren. Sie hatte bloß siebenundzwanzig Schachteln verkauft, verdammt noch mal. Und dann hatte sie aufgehört, um zu zeigen, daß sie auf Jerrys Seite war, auch wenn niemand das wußte, nicht einmal Jerry selbst. Und jetzt löste sich sogar dieser schwache Protest in Nichts auf, und Die Nuß merkte, daß sie in den Schatten zurückwich, als ob sie sich dort bis zur Unsichtbarkeit zusammenschrumpfen lassen könnte. Sie wollte keine Scherereien. Sie hatte schon genug Scherereien gehabt, und sie hatte durchgehalten. Sie wußte, daß ihre Tage an der Trinity High-School gezählt sein würden, wenn sie vor diesen Haufen jubelnder Burschen trat und Brian Cochran sagte, er solle die fünfzig neben ihrem Namen wieder wegwischen.

Gouberts Atem ging schnell, als er wieder draußen im Flur war. Aber sonst fühlte er gar nichts. Er zwang sich dazu, nichts zu fühlen. Er fühlte sich nicht elend. Er fühlte sich nicht wie ein Verräter. Er kam sich auch nicht klein und feige vor. Aber wenn er das alles wirklich gar nicht fühlte, warum weinte er dann den ganzen Weg bis zu seinem Spind?

31

»Warum hast du's so eilig?«
Es war eine vertraute Stimme... die Stimme aller Raufbolde auf Erden. Harvey Cranch aus der dritten Grundschulklasse, der Jerry immer nach der Schule aufgelauert hatte, und Eddi Hermann in der Ferienkolonie, der sich ein Vergnügen daraus machte, kleinere Jungen zu quälen, und der wildfremde Bur-

sche, der ihn einmal vor dem Zirkus überfallen und zu Boden geworfen und ihm seine Eintrittskarte gestohlen hatte. Genau die gleiche Stimme hörte Jerry jetzt auch; die Stimme der Schläger, der Streithähne und Größenwahnsinnigen, höhnisch, aufreizend, anmaßend und streitsüchtig. *Warum hast du's so eilig?* Die Stimme des Feindes.
Jerry schaute ihn an. Der Bursche stand in herausfordernder Haltung vor ihm, die Füße fest auf den Boden gerammt, die Beine leicht gespreizt, die Hände flach auf den Schenkelseiten, als ob er einen doppelten Pistolengürtel tragen und gleich die Waffen ziehen werde, oder als ob er Karate könne und gleich zuschlagen wolle. Jerry verstand nicht das Geringste von Karate; nur in seinen wildesten Träumen konnte er Karate und es gelang ihm, durch diese Fähigkeit seine Gegner gnadenlos fertigzumachen.
»Ich hab' dich was gefragt«, sagte der Bursche.
Jetzt erkannte Jerry ihn: ein Angeber namens Janza, einer, der sich die Neuen vornahm, einer, dem man besser aus dem Weg ging.
»Ich weiß, du hast mich was gefragt«, sagte Jerry und seufzte im Stillen. Er wußte schon, wie es weiter ging.
»Welche Frage?«
Da ging es schon los, das Gezerre, der Anfang des alten Katz-und-Maus-Spieles.
»Die Frage, die du mir gestellt hast«, gab Jerry zurück, obwohl er wußte, daß es sinnlos war. Es war völlig gleichgültig, was er sagte und wie er es sagte; Janza suchte einen Vorwand, und er würde ihn auch finden.
»Und wie lautete die Frage?«
»Du wolltest wissen, warum ich es so eilig habe.«
Janza grinste, weil er einen Punkt gewonnen, einen kleinen Sieg errungen hatte. Ein selbstzufriedenes, überlegenes Grinsen breitete sich auf seinem Gesicht aus, ein vielsagendes Grinsen, als würde er Jerrys sämtliche Geheimnisse kennen und eine Menge schmutziger Dinge von ihm wissen.

»Weißt du was?« fragte Janza.
Jerry wartete.
»Du siehst aus wie ein Angeber«, sagte Janza.
Warum sagen eigentlich die richtigen Angeber den anderen Menschen, sie seien richtige Angeber?
»Wie kommst du darauf?« fragte Jerry, um Zeit zu gewinnen. Er hoffte, irgend jemand würde vorbeikommen. Er erinnerte sich daran, wie Mr. Phaneuf ihn einmal gerettet hatte, als Harvey Cranch versucht hatte, ihn bei einer Scheune in die Enge zu treiben. Aber jetzt tauchte niemand auf. Beim Football-Training war es schlecht gelaufen. Er hatte keinen einzigen Paß zustandegebracht und der Trainer hatte ihn früher fortgeschickt als die anderen. Er hatte gesagt: »Du hast heute keinen guten Tag, Renault. Geh' dich duschen.« Als Jerry sich von dem Trainer abwandte, sah er die anderen Spieler verstohlen und hämisch grinsen, und da begriff er, was los war. Sie hatten sein Spiel mit Absicht sabotiert, seine Bälle nicht angenommen. Seit Die Nuß die Mannschaft verlassen hatte, gab es niemanden mehr, dem Jerry vertrauen konnte. Wieder dieser Verfolgungswahn, schalt sich Jerry selbst, als er über den Pfad trottete, der vom Spielfeld zur Turnhalle führte. Und dort begegnete er Janza. Janza hätte beim Training sein sollen, stattdessen hatte er ihm hier aufgelauert.
»Wie ich darauf komme?« fragte Janza zurück. »Weil du eine Schau abziehst, Kleiner. Du versuchst, dich mit einer Aufrichtigkeits-Schau durchzuschummeln. Aber mich kannst du nicht reinlegen. Du lebst in einem Schrank.« Janza lächelte; ein vielsagendes, zudringliches und schleimiges das-bleibt-natürlich-ganz-unter-uns-Lächeln.
»Wovon redest du überhaupt...Schrank?«
Janza lachte erfreut und berührte Jerrys Wange mit der Hand, schnell und leicht, als ob sie alte Freunde seien, die an diesem Oktobernachmittag eine freundschaftliche Unterhaltung führten, während der Wind die dürren Blätter wie Riesenkonfetti um ihre Füße wirbeln ließ. Für Jerry bedeutete Janzas leichte

Berührung, daß Janza nach Gewalttätigkeit lechzte. Daß er ungeduldig wurde. Er wollte nicht selbst den ersten Hieb tun; er wollte Jerry dazu reizen, anzufangen... das war ein alter Schlägertrick, damit sie nach der Prügelei einfach behaupten können, *er hat angefangen.* Seltsamerweise hatte Jerry jetzt das Gefühl, daß er bei einer Prügelei mit Janza Sieger bleiben würde. Er spürte eine Entrüstung in sich wachsen, die Kraft und Ausdauer verlieh. Aber er wollte sich nicht prügeln. Er wollte nicht zu der Art von Gewalttätigkeit zurückkehren, die in der Grundschule selbstverständlich gewesen war, zu diesem Schulhof-Ehrenkodex, in dem genaugenommen gar keine Ehre steckte, weil man sich nur durchsetzt, wenn man nicht vor blutigen Nasen, blauen Flecken und eingeschlagenen Zähnen zurückschreckt. Vor allem wollte er sich aus genau dem gleichen Grund nicht prügeln, aus dem er auch keine Schokolade verkaufen wollte: er wollte sich nicht zu etwas zwingen lassen, er wollte seine Entscheidungen allein fällen und frei handeln.

»Das meine ich mit *Schrank*«, sagte Janza, und seine Hand berührte Jerrys Wange noch einmal und verweilte diesmal für den Bruchteil einer Sekunde in einer angedeuteten Liebkosung. »Daß du dich darin versteckst.«

»Verstecken? Wieso? Und vor wem?«

»Vor allen. Sogar vor dir selbst. Das große, gräßliche Geheimnis.«

»Ein Geheimnis?« Jerry war jetzt verwirrt.

»Daß du einen Webfehler hast. Daß du ein Schwuler bist. Deshalb versteckst du dich in deinem Schrank.«

Übelkeit überfiel Jerry, ein widerliches Aufbäumen war in ihm, das er kaum zurückhalten konnte.

»Und jetzt wirst du rot«, sagte Janza. »Der Schwule wird rot.«

»Hör mal...« fing Jerry an und wußte nicht, was er sagen sollte. Das war die schlimmste Beschuldigung auf Erden... ein Schwuler genannt zu werden.

»Hör *du* mal zu«, sagte Janza kühl, denn er wußte, daß er eine empfindliche Stelle getroffen hatte. »Du verschmutzt die Schu-

le. Du verkaufst keine Schokolade wie alle anderen, und jetzt stellt sich auch noch heraus, daß du schwul bist.« Janza schüttelte in gespielter Bewunderung den Kopf. »Du bist wirklich gut, was? Die Schule hat alle möglichen Tests und Methoden, um Homosexuelle rauszupicken und auszujäten, und du warst gerissen genug, um dich immer da durchzuschummeln. Dir geht's ja wohl glänzend, was... Mann, vierhundert reife junge Körper, zwischen denen du dich herumdrücken kannst...«
»Ich bin kein Schwuler«, rief Jerry.
»Küß' mich«, sagte Janza und spitzte grotesk die Lippen.
»Du Hundesohn«, sagte Jerry.
Die Worte hingen in der Luft, Worte, die wie Kriegsflaggen wirkten. Und Janza grinste, ein strahlendes Triumphlächeln. Genau darauf hatte er von Anfang an gewartet. Genau das war der Grund, weshalb er ihm aufgelauert, ihn beleidigt hatte.
»Wie hast du mich genannt?« fragte Janza.
»Einen Hundesohn«, antwortete Jerry, sprach jede Silbe deutlich aus und wollte jetzt auch kämpfen.
Janza warf den Kopf zurück und lachte. Das Gelächter überraschte Jerry. Er erwartete einen Angriff. Stattdessen stand Janza völlig entspannt da, die Hände auf den Hüften, und wirkte belustigt.
Und dann sah Jerry die anderen. Vier Burschen tauchten zwischen den Büschen und Sträuchern auf. Sie liefen tief geduckt, blieben in Deckung. Sie waren klein, wie Pygmäen, und sie kamen so schnell auf ihn zu, daß er sie gar nicht richtig ins Auge fassen konnte; er sah nur ein Gewirr von bösartig grinsenden Gesichtern. Hinter einer Gruppe Fichten kamen noch einmal ein halbes Dutzend Jungen hervor, und ehe Jerry sich auf einen Kampf einstellen oder auch nur die Arme zur Verteidigung heben konnte, hatten sie ihn gepackt, schlugen von überall her auf ihn ein und warfen ihn zu Boden. Er kam sich vor wie ein hilfloser Gulliver. Ein Dutzend Fäuste trommelten auf ihn ein, Fingernägel rissen an seinen Wangen, Finger bohrten sich in seine Augen. Sie wollten ihn blind machen, ihn töten. Einer trat

ihn in den Unterleib, und der Schmerz bohrte sich wie Pfeile in ihn. Die Faustschläge prasselten pausenlos auf ihn herunter, und er versuchte, sich kleiner zu machen, sein Gesicht zu schützen, aber irgend jemand schlug weiter wütend auf seinen Kopf ein, *aufhören, aufhören*, noch ein Tritt in den Unterleib, und jetzt mußte Jerry sich übergeben. Erst da ließen sie ihn endlich los, wichen zurück, einige schrien »Jeeeesus« und Jerry hörte sie keuchen und davonlaufen. Der Letzte gab ihm vorher noch einmal einen Tritt in den Rücken, und der Schmerz ließ einen schwarzen Vorhang vor seinen Augen niederfallen.

32

Die Dunkelheit war eine Wohltat; schwarz, sicher und still. Jerry wagte nicht, sich zu bewegen. Er fürchtete, sein Körper würde auseinanderbrechen und alle seine Knochen würden herausfallen wie Steine aus einem einstürzenden Gebäude. Ein leiser Laut drang in sein Ohr, und er merkte, daß er das selbst war, daß er leise vor sich hinjammerte. Plötzlich vermißte er seine Mutter und Tränen liefen ihm über die Wangen. Er hatte überhaupt nicht geweint, als sie ihn zusammenschlugen, er war nach der kurzen Ohnmacht nur einen Augenblick auf dem Boden liegen geblieben. Dann hatte er sich mühsam aufgerafft und sich bis in den Umkleideraum in der Turnhalle geschleppt. Es war ihm vorgekommen, als balanciere er auf einem Drahtseil, ein einziger falscher Schritt, und er würde in den Abgrund stürzen. Er wusch sich, und bei der Berührung mit dem kalten Wasser brannten die Kratzer in seinem Gesicht. Ich verkaufe keine Schokolade, ganz egal ob sie mich verprügeln oder nicht, dachte Jerry. Und ich bin auch kein Schwuler. Er stahl sich aus der Schule; er wollte keinen Zeugen für seinen schmerzvollen Weg bis zur Bushaltestelle. Er schlug den Kragen hoch wie ein Verbrecher, wie die Männer, die in Filmen vor Gericht geführt werden. Seltsam, die anderen tun einem Gewalt an, aber nicht die Verbrecher müssen sich verstecken, sondern das Opfer. Im Bus ging Jerry ganz nach hinten; er war froh, weil es kein überfüllter Schulbus war, sondern ein Pendelbus, der nur bei Bedarf fuhr. Der Autobus war voll alter Leute, alte Frauen mit blau getöntem Haar und großen Handtaschen, die so taten, als ob sie ihn nicht sehen würden, den Blick abwandten, als Jerry durch den Gang in der Mitte taumelte, aber die Nase rümpften, als sie dann den Geruch von Erbrochenem wahrnahmen. Irgendwie überstand Jerry die Fahrt in dem schaukelnden Bus, schleppte sich nach Hause und hinauf in sein stilles Zimmer, wo er jetzt saß, während draußen die Sonne tief am Himmel stand und ihre letzten Strahlen auf die Fensterscheiben fielen. Die Dämmerung senkte sich herab. Nach einer Weile nahm Jerry ein warmes Bad und blieb lange im Wasser. Dann saß er still im Dunkeln, rührte sich nicht, wartete darauf, daß er wieder zu Besinnung kam. Er spürte, wie Zerschlagenheit in seine Knochen kroch, nachdem die ersten Wellen von Schmerz verebbt waren. Die Uhr schlug sechs. Jerry war froh, weil sein Vater Abenddienst hatte und bis elf Uhr arbeiten mußte. Sein Vater sollte die blutigen Kratzer in seinem Gesicht und die blauen Flecken nicht sehen. Geh' ins Bett, roll' dich zwischen den kühlen Laken zusammen. Jerry redete mit sich selbst. Erklär einfach, du seist krank nach Hause gekommen, wohl ein Virus, eine vierundzwanzig-Stunden-Grippe, verbirg dein Gesicht, so gut es geht.

Das Telefon schrillte.
Ach, laßt mich in Ruh, dachte Jerry.
Es läutete immer weiter, und das Läuten verhöhnte Jerry so wie Janza ihn verhöhnt hatte.

Let it be, let it be, wie die Beatles sangen.
Es läutete immer weiter.
Plötzlich begriff Jerry, daß er antworten mußte. Sie wollten, daß er diesmal nicht antwortete. Sie hofften, daß sie ihn so zusammengeschlagen und verletzt hatten, daß er nicht einmal mehr das Telefon abnehmen konnte. Jerry stand aus dem Bett auf und war überrascht über seine Beweglichkeit, und ging durch das Wohnzimmer zum Telefon im Flur. Hör jetzt nicht auf zu klingeln, hör nicht auf, ich werd's ihnen zeigen, dachte er.
»Hallo«, er zwang sich, kraftvoll zu sprechen.
Stille.
»Hallo, wer ist da?« schrie Jerry.
Stille. Dann das heimtückische Kichern und das Tonzeichen.

»Jerry...he, Jerry!«
»Huuhuuuuuu...Jeeerryyyyy...«
Die Wohnung lag im dritten Stock und die Stimmen, die Jerrys Namen riefen, drangen kaum durch die geschlossenen Fenster. Die Entfernung verlieh den Stimmen einen gespenstischen Widerhall, als ob jemand aus einem Grab rufen würde. Zuerst war Jerry auch gar nicht sicher gewesen, ob da wirklich sein Name gerufen wurde. Er hockte krumm am Küchentisch und zwang sich, einen Teller Hühnersuppe zu schlürfen. Er hörte die Stimmen und dachte, es seien irgendwelche Jungen, die auf der Straße spielten. Dann hörte er es deutlich...
»He, Jerry...«
»Was machst du, Jerry?«
»Komm runter und spiel mit uns, Jerry!«
Geisterhafte Stimmen aus der Vergangenheit, die Jerry daran erinnerten, wie früher, als er noch ein kleiner Junge gewesen war, die Kinder aus der Nachbarschaft nach dem Abendbrot an die Küchentür kamen und ihn nochmal zum Spielen rauslocken wollten. Früher, in der guten alten Zeit, als seine Mutter noch lebte und sie in einem Haus wohnten, das hinten einen

großen Hof und vorne einen Rasen hatten, den sein Vater unermüdlich mähte und besprengte.
»He, Jerry...«
Aber die Stimmen, die jetzt riefen, gehörten nicht freundlichen Kameraden, die zum Mitspielen lockten, es waren höhnische, bösartige und drohende Nachtstimmen.
Jerry ging ins Wohnzimmer und trat vorsichtig ans Fenster, so, daß man ihn von unten nicht sehen konnte und schaute hinunter. Die Straße war leer bis auf ein paar geparkte Autos. Und trotzdem riefen die Stimmen noch immer.
»Jerriiiiiii...«
»Komm runter spielen, Jerry...«
Eine Parodie der Rufe aus lange vergangener Kindheit.
Jerry sah noch einmal hinab, sah etwas Schwarzes durch die Dunkelheit fliegen und hörte einen dumpfen Knall, als es ziemlich dicht neben dem Fenster gegen die Hauswand schlug. Ein Stein.
»Huuuhuuuuuu, Jerriiiiiii...«
Jerry kniff die Augen zusammen und schaute hinunter, aber die Burschen hielten sich gut versteckt. Dann glitt ein Lichtstrahl über die Bäume und Büsche auf der anderen Seite der Straße. Das Licht einer Taschenlampe fiel auf ein Gesicht, das einen Augenblick als blasser Fleck zu sehen war und sofort wieder in der Nacht verschwand. Jerry erkannte den schweren Schritt des Hausmeisters, den die Stimmen offensichtlich aus seiner Wohnung im Souterrain gelockt hatten. Seine Taschenlampe leuchtete die Straße ab.
»Wer ist da?« schrie er. »Ich ruf' die Polizei.«
»Wiedersehen, Jerry«, rief eine Stimme.
»Bis später, Jerry.« Die Stimmen verhallten im Dunkel.

Das Klingeln des Telefons zerriß die Nachtstille. Jerry fuhr aus dem Schlaf hoch, war sofort hellwach und schaute auf das Leuchtzifferblatt des Weckers. Halb drei.
Seine Muskeln und Knochen protestierten, als er sich mühsam

von der Matratze aufrichtete, sich auf einen Ellbogen stützte, um sich dann aus dem Bett zu rollen. Das Telofon schrillte weiter, gellte lächerlich laut durch die stille Nacht. Jerry stellte die Füße auf den Boden und tapste in den Flur. Aber sein Vater war schon am Telefon. Er warf einen Blick auf Jerry und Jerry wich zurück in den Schatten, um sein Gesicht zu verbergen.
»Es laufen doch viel zu viel Verrückte frei herum«, murmelte sein Vater, die Hand schon auf dem Hörer. »Wenn du's einfach klingeln läßt, freuen sie sich, und wenn du abhebst, freuen sie sich auch. Und fangen wieder von vorne an.«
Das Gesicht seines Vaters spiegelte die plötzliche Störung der Nachtruhe wider, das Haar war in Unordnung, unter den Augen hatte er rötliche Flecken.
»Nimm ab und leg' gleich wieder auf und leg' den Hörer dann daneben, Papa.«
Sein Vater seufzte und nickte zustimmend. »Damit geb' ich ihnen nach, Jerry. Aber zum Teufel. Wer ist das überhaupt?« Er hob den Hörer ab, hielt ihn einen Moment ans Ohr, und wandte sich dann an Jerry. »Immer das gleiche verrückte Lachen und dann sofort das Tonzeichen.« Er legte den Hörer auf den Tisch. »Ich werd's gleich morgen früh bei der Telefongesellschaft melden.« Er schaute Jerry an und fragte: »Fehlt dir was, Jerry?«
»Nein, Papa.«
Sein Vater rieb sich müde die Augen.
»Geh' schlafen, Jerry. Ein Football-Spieler braucht seinen Schlaf.« Er bemühte sich, das wie beiläufig klingen zu lassen.
»Ja, Papa.«
Mitgefühl für seinen Vater überkam Jerry. Sollte er ihm erklären, was los war? Aber er wollte ihn nicht mit in diese Sache hineinziehen. Sein Vater hatte nachgegeben und den Hörer abgenommen, das war Niederlage genug. Jerry wünschte ihm nicht noch mehr.
Als er wieder im Bett lag, fühlte Jerry sich klein in der Dunkelheit, und er zwang seinen Körper, sich zu entspannen. Nach ei-

ner Weile fuhr der Schlaf mit sanften Fingern über ihn hin und vertrieb die Schmerzen. Aber das Telefon schrillte die ganze Nacht durch seine Träume.

33

»Kannst du denn gar nichts ordentlich machen, Janza?«
»Wovon redest du, zum Teufel? Als wir mit ihm fertig waren, da war er so weit, daß er auch eine Million Schachteln Schokolade verkauft hätte.«
»Ich meine, die Sache mit den Jungen. Ich hab' dir nichts davon gesagt, daß du mit einer ganzen Bande anrücken sollst.«
»Das war aber doch gerade der geniale Einfall, Archie. Find' ich jedenfalls. Ihn von einer Bande kleiner Jungen zusammenschlagen zu lassen. Das war psychologisch... Du redest doch dauernd von Psychologie.«
»Wo hast du dir die überhaupt hergeholt? Ich will niemand dabei haben, der nicht zur Schule gehört.«
»Aus meiner Nachbarschaft. Die würden für fünfundzwanzig Cents auch ihre eigene Großmutter verprügeln.«
»Hast du's mit der Schwulen-Masche versucht?«
»Ja, und das hat großartig gezogen, Archie. Das hat ihn vielleicht auf die Palme gebracht! He, Archie, hör mal, er ist doch nicht wirklich schwul, oder?«
»Natürlich nicht. Deshalb ist er ja wütend geworden. Wenn du jemand wirklich wütend machen willst, dann brauchst du ihm bloß etwas vorwerfen, was nicht stimmt. Sonst erzählst du ihm schließlich bloß etwas, das er längst schon weiß.«

Das Schweigen in der Leitung deutete an, daß Emil von Archies Intelligenz beeindruckt war.
»Was jetzt, Archie?«
»Laß die Sache sich erstmal abkühlen, Emil. Du bleibst für mich als Reserve. Im Moment haben wir noch was anderes laufen.«
»Fing gerade an, mir Spaß zu machen.«
»Du kriegst schon noch Gelegenheit geboten, Emil.«
»Archie, hör mal.«
»Ja, Emil?«
»Was ist mit dem Foto?«
»Mal angenommen, ich würde dir sagen, daß es gar kein Foto gibt, Emil? Daß gar kein Film im Apparat war...«
Mann, dieser Archie. Immer gut für Überraschungen. War das sein Ernst oder machte er sich bloß über ihn lustig?
»Ich weiß nicht, Archie.«
»Emil, man muß immer wissen, zu wem man hält. Halt zu mir, dann kann dir nicht viel passieren. Wir brauchen Burschen wie dich.«
Emil war ganz aufgeregt vor Stolz. Meinte Archie die Scharfrichter? Vielleicht gab es wirklich gar kein Foto? Dann könnte er aufatmen.
»Du kannst dich auf mich verlassen, Archie.«
»Das weiß ich, Emil.«
Aber als Archie aufgehängt hatte, dachte Emil: Archie, dieser Bastard.

34

Plötzlich war er wie unsichtbar, körperlos, gestaltlos, wie ein Geist, der durchsichtig durch die Zeit schwebte. Jerry machte diese Feststellung im Autobus auf dem Weg zur Schule. Blicke wichen ihm aus. Mitschüler gingen ihm aus dem Weg. Taten so, als ob er nicht vorhanden sei. Und er merkte, daß er für sie wirklich nicht existierte. Es war, als ob er eine schreckliche Krankheit habe, und niemand wollte sich anstecken. Deshalb erklärten sie ihn für unsichtbar, schlossen ihn aus ihrem Kreis aus. Er saß während der ganzen Fahrt zur Schule allein, die verwundete Wange an die kühle Fensterscheibe gepreßt.

Da es kühl war am Morgen, beeilte er sich auf dem Weg zum Eingang der Schule. Tony Santucci stand da, und Jerry nickte ihm automatisch zur Begrüßung zu. Normalerweise war Tonys Gesicht ein Spiegel, der genau das zurückwarf, was er sah... ein Lächeln bei einem Lächeln, ein Stirnrunzeln bei einem Stirnrunzeln. Aber diesmal starrte er Jerry an. Das heißt, als ob Jerry ein offenes Fenster oder eine Tür sei. Und dann drehte Tony Santucci sich um und rannte in die Schule.

Jerry ging durch die Flure, und es war, als ob sich das Rote Meer vor ihm teile. Niemand streifte ihn im Vorbeigehen. Die Burschen traten beiseite, machten ihm den Weg frei, als ob sie auf ein geheimes Signal handeln würden. Jerry war zumute, als ob er auch durch eine Wand gehen könne und auf der anderen Seite unversehrt herauskäme.

Er öffnete sein Spind; das Chaos war verschwunden. Das verschmierte Plakat war entfernt und die Schrankwand saubergeschrubbt worden. Die zerschnittenen Turnschuhe waren fortgeräumt. Das Spind wirkte unbenutzt, als ob er keinen Besitzer habe. Jerry dachte: vielleicht sollte ich mal in einen Spiegel schauen, ob ich überhaupt noch vorhanden bin. Doch, er war noch da. Seine Wange brannte noch immer schmerzhaft. Er

starrte in das Spind wie in einen hochkant stehenden leeren Sarg und ihm war zumute, als ob jemand versuche, ihn zu vernichten, alle Spuren seiner Existenz, seiner Anwesenheit in der Schule auszulöschen. Vielleicht litt er allmählich wirklich an Verfolgungswahn?
Die Lehrer schienen sich an der Verschwörung zu beteiligen. Sie ließen den Blick über ihn hinweggleiten, schauten woanders hin, wenn Jerry sich meldete. Einmal fuchtelte er wie wild mit dem Arm, weil er eine Frage unbedingt beantworten wollte, aber der Lehrer rief ihn nicht auf. Bei Lehrern wußte man nie genau, woran man mit ihnen war...sie verstellten sich; sie spürten, wenn irgend etwas Ungewöhnliches in der Klasse vor sich ging. So wie heute. Die Schüler zeigen Renault die kalte Schulter, also machen wir auch mit.
Jerry fand sich damit ab, unbeachtet zu bleiben, und ließ sich durch den Tag treiben. Nach einer Weile genoß er seine Unsichtbarkeit. Er konnte sich wieder entspannen; er brauchte nicht mehr ununterbrochen wachsam zu sein und Angst zu haben, daß er angegriffen wurde. Er war es überdrüssig, Angst zu haben und eingeschüchtert zu sein.
In der Pause suchte Jerry Die Nuß, aber er fand sie nicht. Goubert hätte die Wirklichkeit wieder hergestellt, hätte Jerry wieder auf festen Füßen in die Welt gepflanzt. Aber Die Nuß fehlte, und Jerry sagte sich, daß das ganz gut war. Er wollte niemand in seine Schwierigkeiten hineinziehen. Es war schon schlimm genug, daß sein Vater mit davon betroffen worden war durch die nächtlichen Anrufe. Jerry dachte daran, wie sein Vater in der vergangenen Nacht am Telefon gestanden hatte, verstört von der beharrlichen Klingelei, und Jerry hatte sich gesagt: Ich hätte doch auch Schokolade verkaufen sollen. Er wollte nicht, daß das Universum, in dem sein Vater lebte, gestört wurde, und er wollte, daß seine eigene Welt wieder in Ordnung kam.
Nach der letzten Stunde am Vormittag schlenderte Jerry sorglos durch den Flur, um zur Kantine zu gehen. Er ließ sich von der Menge mittragen und genoß seine Anonymität. Doch als er

an der Treppe stand, bekam er plötzlich von hinten einen heftigen Stoß, flog vornüber und wäre beinahe die lange Treppe hinuntergestürzt. Irgendwie gelang es ihm, schon im Sturz das Treppengeländer zu packen und sich aufzufangen und festzuhalten. Er preßte sich an die Wand, und als sich der Strom der Schüler an ihm vorbeiwälzte, hörte er jemanden höhnisch lachen und einen anderen zischen.
Da wußte Jerry endgültig, daß er doch nicht unsichtbar war.

Bruder Leon betrat das Büro gerade in dem Moment, als Brian Cochran seine letzte Abrechnung fertig hatte. Die allerletzte. Brian schaute zu dem Lehrer auf und war entzückt über diesen Auftritt, der genau im richtigen Augenblick erfolgte.
»Bruder Leon, es ist alles vorbei«, verkündete Brian mit triumphierender Stimme.
Bruder Leon blinzelte heftig. Sein Gesicht erinnerte an eine Registrierkasse, die nicht funktionierte. »Vorbei?«
»Der Verkauf.« Brian schlug den letzten Rechnungsbogen auf den Tisch. »Fertig. Vorbei. Alles ausverkauft.«
Brian beobachtete, wie die Neuigkeit in Bruder Leons Bewußtsein eindrang. Leon holte tief Atem und ließ sich in seinen Sessel sinken. Eine Sekunde lang verriet sein Gesicht Erleichterung, als ob ihm eine große Last von den Schultern genommen sei. Aber das dauerte nur diesen Moment. Dann schaute er Brian scharf an und fragte: »Bist du sicher?«
»Natürlich, Bruder Leon. Und außerdem... also, es ist einfach fantastisch, auch das Geld ist schon fast restlos abgeliefert worden. Zu achtundneunzig Prozent.«
Leon stand auf. »Ich will die Abrechnung nachprüfen.«
Ärger überkam Brian. Konnte Leon denn nicht mal eine Minute verschnaufen? Konnte er nicht mal »gute Arbeit, Brian« oder »Gott sei Dank« oder irgend so etwas sagen?
Er roch Leons ranzigen Atem, als er neben ihm stand und sich über die Abrechnung beugte. Herr im Himmel, aß er denn nie mal was anderes als immer bloß gebratenen Speck?

»Nur eins ist seltsam«, begann Brian. Er zögerte, diesen Punkt zu erwähnen.
Leon erkannte seinen Zweifel. »Was ist los?« fragte er, eher ärgerlich als neugierig, als ob er damit rechne, daß Brian einen Fehler gemacht habe.
»Dieser Renault... Bruder Leon.«
»Ja, und?«
»Er hat seine Schokolade noch immer nicht verkauft. Ist das nicht wirklich seltsam?«
»Warum soll das seltsam sein, Cochran? Der Junge muß asozial sein. Er hat vergeblich versucht, den Schokoladenverkauf zu sabotieren. Nun hat er genau das Gegenteil erreicht. Die ganze Schule hat sich gegen ihn verbündet.«
»Aber es ist trotzdem seltsam. Denn nach meiner Abrechnung sind ganz genau neunzehntausend-neunhundert-undfünfzig Schachteln verkauft worden. Ganz genau. Und das ist doch praktisch unmöglich. Ich meine, mit ein bißchen Verlust muß man immer rechnen, ein paar Schachteln werden immer geklaut oder es gehen welche verloren. Es ist praktisch unmöglich, alles bis auf die letzte Schachtel abzurechnen. Aber diesmal stimmt's bis auf die allerletzte Schachtel. Genau fünfzig Stück fehlen... Renaults Schachteln.«
»Nachdem Renault sie nicht verkauft hat, können sie logischerweise auch nicht mit in der Verkaufszahl enthalten sein. Und deshalb fehlen eben fünfzig Schachteln«, erklärte Bruder Leon langsam und nachsichtig, als ob Brian fünf Jahre alt wäre. Brian begriff, daß Bruder Leon gar nichts von diesen fünfzig Schachteln und Renault hören wollte. Bruder Leon interessierte nur, daß die übrigen neunzehntausendneunhundertundfünfzig Schachteln verkauft waren und ihm nichts mehr passieren konnte. Im Gegenteil, vielleicht wurde er nun sogar befördert, vielleicht wurde er Direktor. Brian war heilfroh, daß er nächstes Jahr nicht mehr hier war, vor allem, wenn er sich vorstellte, daß Leon dann wirklich Direktor war.
»Der springende Punkt ist, daß wir ein Naturgesetz widerlegt

haben, Cochran«, fuhr Bruder Leon fort und sprach wieder mit seiner Unterrichtsstimme. »Ein verfaulter Apfel steckt eben doch nicht den ganzen Korb voll an. Nicht, wenn es um eine gute Sache geht, wenn wir Entschlossenheit und Brüderlichkeit zeigen. Der Geist, der an unserer Schule herrscht...«
Brian seufzte, schaute vor sich hin auf seine Finger, überhörte Bruder Leons Stimme und ließ die Worte an seinen Ohren vorbeirauschen. Er dachte an Renault, diesen seltsamen, dickköpfigen Jungen. Hatte Leon recht? War die Schule wichtiger als irgend ein einzelner Schüler? Aber jeder einzelne Mensch war doch auch wichtig. Brian dachte an Renault, der es ganz allein mit der ganzen Schule aufgenommen hatte. Mit den Scharfrichtern. Mit allen.
Ach, zum Teufel mit allem, dachte Brian, während Bruder Leons Stimme scheinheilig weiter predigte. Der Schokoladenverkauf war vorbei, und sein Job als Schatzmeister war zu Ende. Von jetzt an hatte er nichts mehr mit Bruder Leon und Archie zu tun, nicht einmal mehr mit Renault. Man muß im Leben auch für die kleinen Annehmlichkeiten dankbar sein.

»Hast du die fünfzig Schachteln beiseite gelegt, Obie?«
»Ja, Archie.«
»Gut.«
»Was hast du damit vor, Archie?«
»Wir veranstalten eine Versammlung, Obie. Morgen abend. Eine besondere Versammlung. Um unseren Bericht über den Schokoladenverkauf vorzulegen. Auf dem Sportplatz.«
»Auf dem Sportplatz? Warum nicht in der Schule, Archie?«
»Weil nur die Schüler an der Versammlung teilnehmen, Obie. Die Lehrer haben gar nichts damit zu tun. Aber sonst kommen alle.«
»Alle?«
»Alle.«
»Renault?«
»Natürlich.«

»Weißt du, Archie, du bist wirklich eine Nummer.«
»Ich weiß, Obie.«
»Also, hör mal... entschuldige, wenn ich Fragen stelle...«
»Frag' ruhig.«
»Warum willst du Renault mit dabei haben?«
»Um ihm eine Chance zu geben. Eine Chance, seine Schokolade loszuwerden, alter Kumpel.«
»Ich bin nicht dein alter Kumpel, Archie.«
»Das weiß ich, Obie.«
»Und wie soll Renault seine Schokolade loswerden, Archie?«
»Er wird sie verlosen.«
»Eine Verlosung?«
»Eine Verlosung, Obie.«

35

Eine Verlosung, verdammt noch mal.
Aber was für eine Verlosung!
Eine Verlosung, wie es sie weder in der Geschichte der Trinity High-School noch sonst irgendeiner Schule jemals gegeben hatte.
Archie, der Organisator dieser Veranstaltung, beobachtete den Verlauf: das Stadion füllte sich, die Schüler strömten herein, die Lose verkauften sich wie frische Semmeln, wurden vom einem zum anderen weitergereicht, und die Scheinwerfer milderten die Kühle des Herbstabends ein wenig. Archie stand neben der improvisierten Bühne, die Carter und die Scharfrichter

heute nachmittag unter Archies Anleitung aufgebaut hatten. Es war ein alter Boxring, den sie in den Räumen unter der Zuschauertribüne ausgegraben und wieder seiner ursprünglichen Benutzung zugeführt hatten. Nur Seile gab es keine. Die Bühne stand genau auf der fünfzig-Yards-Linie dicht vor der Zuschauertribüne, damit jeder Schüler genau sehen konnte, was da vor sich ging und nichts verpaßte. Das war echt Archie. Für sein Eintrittsgeld sollte jeder auf seine Kosten kommen.
Der Sportplatz lag etwa eine Viertelmeile von der Schule und dem Wohnhaus der Lehrer entfernt. Trotzdem war Archie kein Risiko eingegangen und hatte die Veranstaltung als eine Zusammenkunft der Football-Spieler ausgegeben, die ohne den Zwang, den die bloße Anwesenheit von Lehrern nun einmal ausübt, stattfinden sollte. Er hatte Caroni zu Bruder Leon geschickt, damit er dessen Erlaubnis einholte. Caroni, der wie ein Chorknabe aussah. Welcher Lehrer konnte Caroni widerstehen? Und jetzt war der Augenblick gekommen, die Schüler strömten herbei. Aufregung hatte die Menge erfaßt. Renault und Janza standen im Ring und beobachteten einander voll Unbehagen.
Archie staunte immer selbst, wie es ihm gelungen war, so etwas zu organisieren. Heute abend zum Beispiel, hätte jeder dieser Jungen hier sich etwas ganz anderes vorgenommen, wenn Archie sie nicht hierhergelockt haben würde. All das hatte er fertiggebracht mit ein bißchen Fantasie und zwei Telefonanrufen. Zuerst hatte er Renault angerufen, dann Janza. Janza war eine simple Routineangelegenheit für Archie; er konnte Janzas Verhalten so bestimmen und formen wie er einen Klumpen Ton formte. Bei Renault war mehr Geschicklichkeit nötig, mehr Erfindungsgabe, ein Haus von Archie-in-der-Nacht. Wie bei Shakespeare, dachte Archie belustigt.
Das Telefon mußte endlos geläutet haben. Archie machte Renault keinen Vorwurf daraus, daß er nicht sofort abhob. Seine Beharrlichkeit lohnte sich, denn zum Schluß antwortete Renault doch, und Archie entdeckte etwas Neues in Renaults ru-

higer Stimme: tödliche Entschlossenheit. Großartig. Endlich hatte er ihn soweit, er wollte sich wehren und kämpfen. Archie triumphierte im stillen.
»Willst du's ihnen zeigen, Renault?« stachelte Archie ihn auf. »Zurückschlagen? Deine Rache nehmen? Zeigen, was du von dem gottverdammten Schokoladenverkauf hältst?«
»Wie?« Die Stimme klang zurückhaltend, aber interessiert. Entschieden interessiert.
»Ganz einfach, ganz einfach«, antwortete Archie. »Das heißt, wenn du dich was traust.« Nadelstiche, immer ein paar Nadelstiche zwischendurch.
Renault schwieg.
»Da ist dieser Janza. Er ist wirklich ein Mistkerl, hat was Tierisches an sich. Ein richtig primitiver Typ. Und es hat sich herumgesprochen, daß er sich bloß mit einer ganzen Bande an dich herangetraut hat. Deshalb hab' ich mir gedacht, wir sollten die Sache mal sportlich regeln. Bei einer Zusammenkunft auf dem Sportplatz. Mit Boxhandschuhen. Alles genau nach den Regeln. Das wäre eine Gelegenheit für dich, mit allen abzurechnen, Renault.«
»Mit dir auch, Archie?«
»Mit mir?« Die Stimme klang unschuldig und freundlich. »Zum Teufel, warum mit mir? Ich hab' bloß meinen Job gemacht. Ich hab' dir einen Auftrag erteilt...verkauf' keine Schokolade...und dann noch einen: verkauf' sie. Den Rest hast du dir ganz alleine eingebrockt, Junge. Ich hab' dich nicht zusammengeschlagen. Ich halte nichts von Gewalttätigkeit. Aber du hast das Feuerwerk losgelassen...«
Wieder Schweigen in der Leitung. Archie drängte weiter, dirigierte ihn mit sanfter, schmeichlerischer Stimme. »Hör mal, ich biete dir das an, weil ich für fair play bin. Das ist eine Gelegenheit, nun endlich einen Schlußstrich zu ziehen, und dann sollte mal wieder von was anderem die Rede sein. Herr im Himmel, das Leben besteht doch nicht bloß aus diesem elenden Schokoladenverkauf. Du und Janza allein im Ring, allein gegeneinan-

der. Und dann ist Schluß, ein für allemal. Das garantiere ich. Archie garantiert das.«
Und der Junge war darauf hereingefallen, hatte den Köder mitsamt dem Haken geschluckt, obwohl die Unterhaltung noch eine Weile hin und herging. Aber Archie war geduldig. Geduld zahlte sich immer aus. Und natürlich gewann er.
Jetzt betrachtete Archie sein Werk... die überfüllte Zuschauertribüne, das eifrige Hin und Her, den Losverkauf... er triumphierte im stillen. Er hatte Renault, Bruder Leon und die Scharfrichter und die ganze verdammte Schule erfolgreich aufs Kreuz gelegt. Ich kann jeden aufs Kreuz legen, dachte er. Ich bin Archie.

Stell dir mal vor, du wärst ein Scheinwerfer, sagte Obie sich, ein Scheinwerferstrahl, der über das Stadion gleitet, der hier und dort innehält, der die Höhepunkte dieser monumentalen Ereignisse beleuchtet. Denn das mußt du zugeben, das hier ist ein Ereignis, und Archie, dieser Bastard, dieser gerissene Bastard, hat es wieder mal geschafft. Schau dir bloß an, wie er da neben dem Ring steht, als ob ihm der ganze Laden hier gehören würde, und er allein zu befehlen hätte. Und in gewissem Sinn trifft das sogar zu. Er hat es fertiggebracht, Renault in den Ring zu locken, und der steht jetzt da, bleich und angespannt, als ob er vor einem Erschießungskommando stehen würde. Und Janza, dieser Höhlenmensch, er wirkt wie ein Raubtier an der Kette, das darauf wartet, daß es endlich was zu fressen kriegt.
Obie, der Scheinwerfer, konzentrierte sich auf Renault. Der arme angeschmierte dumme Kerl. Er kann niemals gewinnen, der weiß das bloß noch nicht. Niemand kann gegen Archie gewinnen. Archie, dem die sichere Niederlage bevorstand... das war ein Genuß gewesen, diese letzte Scharfrichter-Versammlung, bei der Carter ihn so gedemütigt hatte... Archie, der jetzt wieder obenauf war, der das Kommando führte, der dafür gesorgt hatte, daß die ganze verdammte Schokolade verkauft worden war, und dem die ganze verdammte Schule aus der

Hand fraß. Was alles miteinander bloß wieder einmal beweist, daß den Schwachen und Demütigen eben doch nicht die Erde untertan ist. Nicht sehr originell. Das mußte Archie mal gesagt haben.

Rühr dich nicht. Beweg' keinen Muskel. Warte ab, warte ab.
Jerrys linkes Bein war eingeschlafen.
Wie kann dein Bein einschlafen, wenn du stehst?
Ich weiß nicht. Aber es ist eingeschlafen.
Die Nerven, vielleicht. Die Anspannung.
Jedenfalls stachen kleine Pfeile in seinen Beinen und er hatte Mühe, sich nicht zu bewegen. Er wagte es nicht, sich zu bewegen. Er fürchtete, er würde dann auseinanderbrechen. Jerry wußte jetzt, daß es ein Fehler gewesen war, hierher zu kommen, daß Archie ihn betrogen und hereingelegt hatte. Als Archie am Telefon verführerisch von süßer Rache redete und behauptete, ein Boxkampf sei gerade das rechte, um einen Schlußstrich zu ziehen, da hatte Jerry tatsächlich gemeint, es werde möglich sein, Janza und die Schule und sogar Archie zu schlagen. Er hatte an seinen Vater gedacht und an dessen Gesicht voller Verzweiflung, als er neulich nachts den Telefonhörer abgenommen und dann neben dem Apparat auf den Tisch gelegt hatte. Sein Vater hatte aufgegeben. Ich gebe nicht auf, hatte Jerry sich vorgenommen, als er Archies drängender Stimme zuhörte. Außerdem sehnte er sich nach einer Gelegenheit, es Janza heimzuzahlen. Janza, der ihn einen Schwulen genannt hatte. Deswegen war er bereit gewesen, gegen Janza zu boxen, und schon da hatte Archie ihn betrogen. Er hatte auch Janza hereingelegt.
Archie wartete, bis sie beide im Ring standen. In ihren Turnhosen froren sie beide ein wenig in der Abendluft. Ihre Boxhandschuhe hatten sie schon angezogen. Dann gab Archie die Kampfregeln bekannt, und seine Augen funkelten dabei vor Triumph und Bosheit. Ganz neue Boxkampfregeln!
Zuerst wollte Jerry protestieren, aber da machte Janza schon

den Mund auf: »Okay, von mir aus. Ich schlag' den Burschen sowieso, ganz egal, welche Regeln du aufstellst.«
Und Jerry begriff voll Schreck, daß Archie sich von vornherein darauf verlassen hatte, daß Janza genauso reagieren würde, daß er davon ausgegangen war, daß alle Schüler im Stadion seien. Archie hatte von vornherein gewußt, daß Jerry jetzt nicht mehr zurückkonnte... er war schon zu weit gekommen. Archie blickte mit einem scheinheiligen Lächeln auf Jerry und fragte: »Und du, Renault? Bist du auch mit den Kampfregeln einverstanden?«
Was konnte Jerry jetzt noch antworten? Nach den anonymen Anrufen und dem Überfall, nach der Verwüstung in seinem Spind, nach dem Boykott und nach dem Versuch, ihn die Treppe hinunterzustürzen. Nach dem, was sie Der Nuß und Bruder Eugen angetan hatten. Nach dem, was Burschen wie Archie und Janza aus dieser Schule machten. Und was sie später als Erwachsene aus dieser Welt machen würden.
Jerrys Gestalt spannte sich voll Entschlossenheit. Immerhin hatte er hier Gelegenheit, wenigstens einmal zurückzuschlagen, trotz der Hindernisse, die Archie ihm mit seinen besonderen Kampfregeln in den Weg gelegt hatte.
»Okay«, sagte Jerry.
Nun stand er da und wartete, sein linkes Bein war halb eingeschlafen, Ekel saß in seinem Magen, er fror, und er fragte sich, ob er nicht schon in dem Augenblick verloren hatte, als er *okay* sagte.

Die Lose gingen weg wie pornographische Fotos.
Brian Cochran staunte, obwohl er sich das Staunen eigentlich hatte abgewöhnen wollen, wenn es um etwas ging, das mit Archie Costello zu tun hatte. Zuerst der Schokoladenverkauf. Und jetzt das... diese irre Lotterie. So etwas hatte es an der Trinity High-School noch nie zuvor gegeben. Und auch an keiner anderen Schule. Und Brian mußte zugeben, daß ihm die Sache jetzt irgendwie Spaß machte, obwohl er zuerst nicht hatte mit-

machen wollen, als Archie ihn heute nachmittag dazu aufforderte, den Losverkauf zu leiten. »Du hast bei dem Schokoladenverkauf großartige Arbeit geleistet«, sagte Archie. Das Lob ließ Brians Widerstand schmelzen. Außerdem hatte er eine Heidenangst vor Archie und den Scharfrichtern. Brian wollte selbst möglichst ungeschoren überleben.
Neue Zweifel überfielen ihn, als Archie ihm erklärte, wie die Lotterie funktionierte. Wie willst du Renault und Janza dazu kriegen, daß sie mitmachen, wollte Brian wissen. Ganz einfach, antwortete Archie: Renault will seine Rache und Janza ist ein Rohling. Und beide können sich nicht weigern, wenn die ganze Schule zuschaut. Dann wurde Archies Stimme eisig und Brian schrumpfte innerlich zusammen. »Mach' du deine Arbeit, Cochran, verkauf' die Lose, und überlaß' die Einzelheiten mir.« Also trommelte Brian eine Menge Jungen zusammen, die die Lose verhökern mußten. Und natürlich behielt Archie recht: jetzt standen Renault und Janza da oben im Ring und die Lose verkauften sich, als ob es kein Morgen mehr geben würde.

Emil Janza hatte es satt, wie ein Bösewicht behandelt zu werden. Das nämlich ließ Archie ihn immer spüren. »He, Höhlenmensch«, rief Archie ihn. Emil war kein Höhlenmensch. Er hatte Gefühle, genau wie andere Leute auch. Genau wie der Typ in diesem Shakespeare-Dings, das sie für den Englischkurs lesen mußten: »Blut' ich nicht auch, wenn ihr mich schneidet?« Zugegeben, er heckte gern mal alle möglichen Teufeleien aus, um es den anderen zu zeigen, das war schließlich nur menschlich, oder? Außerdem mußte man sich immer schützen. Besser, den anderen eins auf den Deckel geben, ehe man selbst eines drauf bekam. Man mußte die Leute in Atem halten...dafür sorgen, daß sie Angst vor einem hatten. Genau wie Archie mit seinem verdammten Foto, das nicht mal existierte. Archie hatte Emil inzwischen überzeugt, daß es gar kein Foto gab. Überleg' doch mal, Emil, hatte Archie gesagt. Erstens war's an dem Tag ziemlich finster im Klo, und ich hatte kein Blitzlicht. Und zwei-

tens war überhaupt kein Film im Apparat. Und wenn einer drin gewesen wäre, so hab ich überhaupt keine Zeit gehabt, die Belichtung und alles richtig einzustellen. Diese Erklärung hatte Emil zunächst erleichtert und gleich darauf in Wut gebracht. Aber Archie wies ihn darauf hin, daß er nicht auf ihn wütend sein solle, sondern lieber auf Burschen wie Renault. Das sind deine richtigen Feinde, Emil; das sind die Idioten, die uns bloß Stöcke zwischen die Beine schmeißen, die die Trillerpfeife haben und die kommandieren. Und dann rückte Archie mit seinem überzeugendsten Argument heraus: außerdem reden die Burschen in der Schule schon darüber, daß du dir eine ganze Bande kleiner Jungen zur Unterstützung holen mußtest, um mit Renault fertig zu werden, daß du dich nicht allein an ihn herangetraut hast...
Emil schaute zu Renault hinüber. Er war versessen auf den Kampf. Er wollte vor der ganzen Schule zeigen, wie er mit Renault fertig wurde. Zum Teufel mit diesem psychologischen Mist, zu dem Archie ihm geraten hatte... Renault damit wütend zu machen, daß er ein Schwuler sei. Er hätte sofort seine Fäuste benutzen sollen und nicht sein Mundwerk.
Emil wurde ungeduldig. Er wollte anfangen, er wollte Renault hier vor allen zusammenschlagen, ganz egal, was auf den Losen stand.
Und in einem Winkel seines Kopfes lauerte noch immer ein Zweifel: vielleicht hatte Archie doch dieses Foto von ihm auf dem Klo?

36

Diese Lotterie... eine irre Sache!
Archie hatte noch kein Los gesehen, das schon ausgefüllt war, und hielt einen der Jungen an, die Brian Cochran als Verkäufer angestellt hatte.
»Zeig' mal«, sagte Archie und streckte die Hand aus.
Der Junge gehorchte sofort und seine Unterwürfigkeit schmeichelte Archie. Ich bin Archie. Mein Wunsch ist ein Befehl. Der Lärm der unruhigen Zuschauer hing über den Tribünen. Archie betrachtete die gekritzelten Worte auf dem Los:

Janza
Eine Rechte auf die Backe
Jimmy Demmers

Das war der einfache, aber geniale Trick bei dieser Lotterie, die Überraschung, die Archie Costello immer lieferte und für die er berühmt war, und die auch jeder von ihm erwartete: Archie übertraf von Mal zu Mal sich selbst. Mit einem einzigen Schachzug hatte Archie Renault gezwungen, herzukommen und doch noch bei dem Schokoladenverkauf mitzumachen. Gleichzeitig hatte er ihn der ganzen Schule ans Messer geliefert: Die Boxer im Ring durften nicht nach ihrem eigenen Willen handeln. Sie mußten so kämpfen, wie die Zuschauer auf der Tribüne es befahlen. Jeder, der ein Los kaufte... und wer würde sich da schon ausschließen, konnte bei dem Boxkampf mitbestimmen und zuschauen, wie zwei Burschen sich verprügelten, während er selbst in sicherer Entfernung saß. Das einzig Schwierige an dem ganzen Unternehmen hatte darin bestanden, Renault in den Ring zu kriegen, aber sobald er einmal da oben stand, konnte er keinen Rückzieher mehr machen, auch

nicht, wenn er von den Losen und den Kampfregeln erfuhr. Davon war Archie schon vorher überzeugt gewesen, und genauso kam es dann auch. Großartig.
Carter trat zu ihm. »Die Lose gehen weg wie warme Semmeln, Archie,« sagte er. Carter gefiel der Einfall mit dem Boxkampf. Er selbst boxte leidenschaftlich gern. Und er kaufte auch zwei Lose. Es machte ihm Spaß, sich zu überlegen, welche Boxschläge er verlangen sollte. Zum Schluß entschied er sich für eine Rechte auf den Kiefer und einen Uppercut. Im letzten Moment schrieb er die Hiebe beinahe Renault gut... man sollte dem Kerl auch eine Chance geben. Aber Obie stand in der Nähe, Obie, der seine Nase immer in anderer Leute Angelegenheiten steckte. Deshalb schrieb Carter dann doch Janza auf seine Lose. Janza, der Primitivling, der immer tanzte, sobald Archie nur pfiff.
»Verspricht ein schöner Abend zu werden«, bemerkte Archie nun selbstzufrieden und mit der Überlegenheit, die Carter verabscheute. »Siehst du, ich hab' dir ja gleich gesagt, daß ihr euch alle ganz umsonst aufregt.«
»Ich weiß nicht, wie du das bloß immer machst«, mußte Carter zugeben.
»Ganz einfach, Carter, ganz einfach.« Archie genoß den Augenblick, sonnte sich in Carters Bewunderung. Ausgerechnet Carter, der ihn auf der letzten Scharfrichter-Versammlung gedemütigt hatte. Eines Tages würde er Carter das heimzahlen, aber im Moment langte es ihm schon, daß Carter ihn voll Neid und Bewunderung ansah. »Weißt du, die meisten Menschen haben zwei Haupteigenschaften: Habgier und Grausamkeit. Und die können sie hier bequem befriedigen. Was die Habgier betrifft... die Jugen zahlen einen Dollar und haben die Chance, hundert zu gewinnen. Plus fünfzig Schachteln Schokolade. Die Grausamkeit... sie sitzen gemütlich auf der Tribüne und schauen zu, wie zwei Burschen sich massakrieren. Deshalb läuft die ganze Schau hier, Carter, weil in jedem von uns etwas von einem Bastard steckt.«

Carter verbarg seinen Ärger. Er mochte Archie aus verschiedenen Gründen nicht, vor allem aber, weil er jedem das Gefühl gab, schmutzig, infiziert, verseucht zu sein. Als ob es überhaupt nichts Gutes und keine Anständigkeit auf der Welt gäbe. Gleichzeitig mußte sich Carter eingestehen, daß er sich auf den Kampf freute, und daß er obendrein nicht nur eines, sondern gleich zwei Lose gekauft und auf beiden sich gewünscht hatte, daß Janza zuschlug. Bedeutete das wirklich, daß er genau so grausam und habgierig war wie alle anderen, so wie es Archie behauptet? Die Frage überraschte Carter irgendwie. Verdammt, er hatte sich eigentlich immer für einen anständigen Burschen gehalten. Er hatte seine Stellung als Präsident der Scharfrichter oft dazu benutzt, um Archie zu bremsen, um ihn daran zu hindern, bei Aufträgen zu weit zu gehen. Aber genügte das schon, um ein anständiger Mensch zu sein? Die Frage beunruhigte Carter. Das war es, was ihn an Archie so ärgerte: er brachte es immer dahin, daß man Schuldgefühle hatte. Verdammt, die Welt konnte einfach nicht so schlecht sein wie Archie immer behauptete. Carter hörte, wie die Jungen auf den Tribünen ungeduldig brüllten, damit der Boxkampf endlich anfing, und fragte sich, ob Archie vielleicht doch recht habe. Archie schaute Carter nach, der mit besorgtem, verwirrtem Gesicht davongeschlendert war. Großartig. Der Neid fraß in ihm. Und wer war nicht neidisch auf jemand wie Archie, auf einen, der sich immer oben an der Spitze hielt?
Cochran kam und meldete: »Alles verkauft, Archie.«
Archie spielte die Rolle des stummen Helden und nickte nur. Es war soweit.
Archie hob den Kopf und schaute zur Tribüne hinauf. Das wirkte wie ein Signal. Eine Bewegung lief durch die Menge, ein Raunen, das anschwoll und dann verebbte. Die Spannung stieg. Alle Blicke waren auf den Boxring gerichtet, wo Renault und Janza, jeder in seiner Ecke, sich gegenüberstanden.
Vor dem Boxring stand eine Pyramide aus Schokoladeschachteln: die letzten fünfzig Stück. Die Stadionlichter brannten hell.

Carter, seinen Auktionshammer in der Hand, trat in die Mitte des Boxringes. Es gab keinen Tisch, auf den er hätte schlagen können, deshalb reckte er den Hammer einfach in die Luft. Die Zuschauer antworteten mit Beifall, ungeduldigen Rufen und Pfiffen. »Los, anfangen!« brüllte jemand.
Carter befahl mit einer Geste Ruhe.
Stille breitete sich aus.
Archie trat näher an den Boxring heran, um alles ganz aus der Nähe zu verfolgen, und sog den Atem ein, als ob er diesen Augenblick genußvoll aufschlürfen wolle. Doch plötzlich blieb er wie angewurzelt stehen: Obie stieg mit dem Schwarzen Kasten in den Ring.

Obie grinste schadenfroh, als er Archie überrascht stehenbleiben sah, den Mund vor Staunen offen. Noch nie hatte irgend jemand den großen Archie Costello so überrumpelt, und Obie genoß den Augenblick des Triumphes. Er nickte Carter zu, der Archie entgegenging, um ihn auf die Bühne zu holen.
Carter war zuerst nicht begeistert von Obies Vorschlag, Archie den Schwarzen Kasten zu präsentieren. Er erinnerte Obie daran, daß dies keine Scharfrichter-Versammlung sei. Wie können wir Archie dazu bringen, eine Kugel zu ziehen?
Obie wußte die Antwort darauf. Es war das gleiche Argument, das Archie selbst benutzt hatte: »Weil vierhundert Burschen auf den Tribünen sitzen und nach Blut brüllen. Und inzwischen ist es ihnen völlig egal, wessen Blut da fließt. Die ganze Schule kennt den Schwarzen Kasten vom Hörensagen... wie könnte Archie sich da weigern?«
Carter wies darauf hin, daß es schließlich ganz und gar nicht sicher war, daß Archie diesmal die schwarze Kugel erwischen würde. Wenn er die schwarze Kugel herauszog, mußte er für einen der beiden Boxer in den Ring. In dem Kasten lagen fünf weiße und nur eine schwarze Kugel. Archie hatte schon jahrelang Glück: er hatte die schwarze Kugel noch nie erwischt.
»Nach dem Gesetz der Wahrscheinlichkeit...«, sagte Obie,

»Diesmal muß er zwei Kugeln herausholen, eine für Renault, die andere für Janza.«
Carter starrte Obie nachdenklich an. »Vielleicht könnten wir...?« Seine Stimme schien ein Fragezeichen in die Luft zu machen.
»Nein, wir können's nicht arrangieren. Wo soll ich denn so schnell sechs schwarze Kugeln herkriegen, verdammt? Außerdem ist Archie zu gescheit. Archie würden wir nie aufs Kreuz legen. Aber wir können ihm eine Heidenangst einjagen. Und wer weiß? Vielleicht ist seine Glückssträhne doch zu Ende?«
So vereinbarten Carter und Obie, daß Obie gerade dann mit dem Schwarzen Kasten im Ring erscheinen solle, wenn Carter anfangen würde, die Regeln zu erklären und das erste Los zog. Und jetzt war es soweit.
»Ihr seid wirklich das Letzte«, sagte Archie und stieß Carters Hand beiseite. »Ich kann allein in den Ring steigen, und ich steig' auch allein wieder herunter, Carter.«
Archie spürte seine Wut wie einen kalten Knäuel im Hals, aber er gab sich gelassen. Wie üblich. Er hatte das Gefühl, daß nichts schiefgehen konnte. Ich bin Archie.
Der Anblick des Schwarzen Kastens verblüffte die Zuschauer so, daß es ihnen ganz und gar die Sprache verschlug. Bis jetzt hatten nur die Scharfrichter ihn jemals gesehen. In dem grellen Stadionlicht war der Schwarze Kasten deutlich zu erkennen: ein abgegriffener kleiner Behälter aus Holz, der früher vielleicht einmal als Schmuckschatulle gedient hatte. Und doch hing an dem Ding eine Legende. Für jeden, der einen Auftrag erhielt, bedeutete er Hoffnung auf Rettung im letzten Moment, Schutz und Waffe gegen die Allmacht der Scharfrichter. Manche Schüler hatten bezweifelt, daß er überhaupt existierte: Archie Costello würde doch so etwas niemals zulassen. Aber da war der Schwarze Kasten. Er wurde ganz offen vorgezeigt, vor den versammelten Schülern. Und Archie schaute ihn an und streckte schon die Hand aus, um eine Kugel herauszuholen. Es gab keine Zeremonie. Archie wollte es so schnell wie nur

möglich hinter sich haben, ehe die Zuschauer richtig begriffen, was los war. Bloß kein Drama. Bloß Obie und Carter keine Zeit lassen, die Sache groß in Szene zu setzen. Ehe die beiden auch nur den Mund aufmachen konnten, griff Archie in die Dose und zog eine Kugel heraus. Weiß. Obie klappte der Unterkiefer herunter. Die Sache ging ihm viel zu schnell vonstatten. Obie hatte gehofft, Archie würde sich winden und sträuben, und die Zuschauer würden das merken. Obie hatte das Ritual möglichst in die Länge ziehen, es möglichst aufregend und spannend machen wollen.

Ehe Obie es irgendwie verhindern konnte, griff Archie schon zum zweiten Mal in den Kasten. Obie hielt den Atem an. Archie verbarg die Kugel in seiner geballten Faust und reckte den Arm zur Zuschauertribüne hinüber. Er hielt sich sehr gerade. Die Kugel mußte weiß sein. Er war nicht so weit gegangen, um jetzt im letzten Moment zu stolpern. Er ließ ein Lächeln über seine Lippen spielen, während er über die Zuschauermenge blickte und setzte alles auf diese Zurschaustellung von Selbstsicherheit.

Dann öffnete er die Faust und hielt die Kugel hoch, damit alle sie sehen konnten.

Weiß.

37

Die Nuß kam erst im letzten Moment und bahnte sich durch das Gedränge einen Weg nach oben auf die Tribüne. Sie hatte überhaupt nicht kommen wollen. Sie wollte überhaupt nichts mehr mit der Schule und ihren Grausamkeiten zu tun haben, und sie wollte auch nicht mehr Zeuge sein, wie Jerry immer von neuem gedemütigt wurde. Die Schule erinnerte sie an ihre eigene Feigheit und ihren Verrat. Seit drei Tagen hatte sie daheim im Bett gelegen. Krank. Sie wußte nicht, ob sie wirklich richtig krank war oder ob ihr Gewissen sich gemeldet und sich von daher dieser Ekel und die Schwäche auf ihren Körper übertragen hatte. Jedenfalls war ihr Bett ihr Zufluchtsort geworden, ein kleiner, sicherer Hafen, in dem es keine Menschen gab, keine Scharfrichter, keinen Bruder Leon, keinen Schokoladenverkauf, eine sichere Welt, in der weder Menschen noch Klassenzimmer zerstört wurden. Aber dann rief ein Junge aus seiner Klasse an und berichtete ihr, daß Jerry und Janza miteinander boxen sollten, aber nicht frei, sondern so wie die Lose es bestimmten. Die Nuß ächzte erschrocken. Es wurde unerträglich, weiter im Bett zu bleiben. Sie wälzte und warf sich herum, suchte vergeblich Schlaf und Vergessen. Jerry würde gegen Janza keine Chance haben. Die Nuß wollte den Boxkampf nicht sehen. Aber sie hielt es auch nicht länger im Bett aus. Zum Schluß stand sie auf, zog sich in aller Eile an, hörte nicht auf den Protest ihrer Eltern, fuhr mit einem Autobus bis zur Schule und lief die halbe Meile hinüber zum Stadion. Und jetzt saß sie zusammengekauert auf der Tribüne, schaute zum Boxring hinunter und hörte zu, wie Carter die Regeln für diesen wahnsinnigen Kampf erklärte. Entsetzlich.

»...und der erste Preis geht an den Burschen, auf dessen Los der Schlag steht, der den Kampf beendet, entweder durch K.o. oder durch Aufgabe...«

Die Menge wurde schon ungeduldig. Der Kampf sollte endlich anfangen. Die Nuß schaute sich um. Sie kannte diese Jungen. Es waren ihre Klassenkameraden, aber plötzlich waren es Fremde. Sie starrten fieberhaft auf den Boxring hinunter und ein paar fingen an, im Sprechchor zu brüllen: »Totschlagen, totschlagen...« Der Nuß schauderte es in der Kühle der Nacht.
Carter griff in den Pappkarton, den Obie ihm hinhielt und holte das erste Los heraus. »John Tussier«, rief er. »Er hat Renaults Namen aufgeschrieben.« Enttäuschtes Murmeln und ein paar vereinzelte Buhrufe. »Er will, daß Renault Janza eine Rechte auf den Kiefer knallt.«
Stille breitete sich aus. Nun war es soweit. Renault und Janza standen sich gegenüber, nur eine Armlänge voneinander entfernt. Sie standen in der typischen Haltung der Berufsboxer da, die Fäuste hochgenommen, bereit zum Kampf, aber sie waren doch nur mitleiderregende Karikaturen. Nun befolgte Janza die Kampfregeln und ließ die Arme sinken, um Jerrys ersten Hieb einzustecken, ohne selbst sofort anzugreifen.
Jerry zog die Schultern und ballte die Faust. Er wartete auf diesen Moment, seit Archies Stimme ihn am Telefon aufgestachelt hatte. Aber jetzt zögerte er. Wie konnte er jemand einfach kaltblütig schlagen? Selbst einen solchen Rohling wie Janza? Ich bin kein Schläger, protestierte er in Gedanken. Dann denk' daran, wie Janza dich mit dieser ganzen Bande mißhandelt hat.
Die Menge wurde unruhig. »Anfangen, anfangen«, schrie jemand und andere fielen in den Ruf ein.
»Was ist los, Schwuler?« höhnte Janza. »Hast du Angst, du tust dir an deinen zarten Händchen weh, wenn du den großen, starken Emil schlägst?«
Jerry schlug zu, aber zu schnell, ohne genau zu zielen. Beinahe wäre der Hieb völlig daneben gegangen. Er streifte Janzas Kiefer nur leicht. Janza grinste.
Buhrufe gellten. Jemand rief: »Betrug!«
Carter gab Obie ein Zeichen, ihm schnell den Kasten mit den Losen wieder anzureichen. Er spürte die Ungeduld der Menge.

Die Burschen hatten Eintrittsgeld bezahlt und wollten dafür etwas geboten bekommen. Er hoffte, daß auf dem nächsten Los Janzas Name stand. Natürlich. Marty Heller wünschte sich, Janza sollte Renault einen rechten Kinnhaken geben. Carter rief den Befehl.
Jerry stellte sich fest auf die Bretter hin, wie ein Baum mit Wurzeln.
Janza war wütend über die Betrug-Schreie. Er dachte: Renault hat Schiß vor seinen eigenen Hieben, aber ich nicht, ich werd' denen da oben zeigen, daß hier richtige Boxhiebe verteilt werden.
Er schlug Jerry mit aller Kraft, die er nur aufbrachte, und der Schwung des Schlages stieg aus seinen Füßen auf, durchlief die Beine, die Schenkel, den Rumpf, die Kraft pulsierte wie eine Naturgewalt durch seinen Körper, brach durch seinen Arm heraus, explodierte in seiner Faust.
Jerry war auf den Schlag gefaßt gewesen, aber die Brutalität und Bösartigkeit des Hiebes überrumpelte ihn doch. Die ganze Welt, das Stadion, die Lichter wirbelten um ihn herum. Sein Kopf flog von der Wucht des Aufschlages zurück und ein entsetzlicher Schmerz schien sein Genick zu zerreißen. Er taumelte zurück, aber irgendwie gelang es ihm doch, auf den Beinen zu bleiben, nicht hintenüber zu stürzen. Sein ganzes Gesicht brannte. Er schmeckte etwas Saures im Mund. Blut. Er preßte die Lippen zusammen. Er schüttelte den Kopf; schnelle Bewegungen, die seinen Blick wieder klären und die Dinge um ihn herum wieder an ihren richtigen Platz bringen sollten.
Ehe Jerry wieder zu sich kam, schrie Carter schon das nächste Los aus: «Janza, eine Rechte in Renaults Magen», und Janza schlug schon wieder zu, ohne Warnung; ein kurzer, kräftiger Hieb, der Jerry nicht in den Magen, sondern gegen die Brust traf. Einen Moment blieb ihm der Atem weg, wie manchmal beim Football-Spiel. Aber dieser Schlag war nicht so machtvoll wie der Kinnhaken zuvor. Jerry duckte sich ein wenig und hielt die Fäuste schlagbereit und wartete auf das nächste Los. Wie

von Ferne hörte er die Menge brüllen und buhen, und er konzentrierte sich restlos auf Janza, der mit einem idiotischen Grinsen im Gesicht vor ihm stand.
Das nächste Los war für Jerry. Ein Junge, von dem Jerry noch nie gehörte hatte... er hieß Arthur Robilard... wollte ihn einen rechten Schwinger schlagen sehen. Was immer das sein mochte. Jerry hatte nur eine vage Vorstellung davon, aber diesmal wollte er Janza richtig schlagen, ihm den ersten gemeinen Hieb heimzahlen. Er winkelte den rechten Arm an. Er hatte Galle im Mund. Er schlug zu. Sein Boxhandschuh traf Janza genau mitten ins Gesicht, und Janza torkelte zurück. Der Schlag und sein Erfolg überraschten Jerry selbst. Er hatte noch nie zuvor jemand so geschlagen, mit solcher Überlegung und Wut, und er genoß es sogar, all seine Kraft gegen diesen Feind zu schleudern, ihn endlich auch zu treffen, sich zu rächen, nicht nur an Janza selbst, sondern an allem, was er hier vertrat.
Janza riß vor Verwunderung über die Kraft in Jerrys Hieb die Augen auf. Seine erste Reaktion war, sofort zurückzuschlagen, aber er bekam sich wieder in die Gewalt.
»Janza, linker Kinnhaken!« schrie Carter.
Janza brauchte keine Pause und keine Vorbereitung für den nächsten Schlag. Wieder spürte Jerry einen stechenden Schmerz, als ob ihm der Hals gebrochen würde, und er taumelte schwach zurück. Warum sackten seine Knie ein, wenn der Schlag ihn doch auf das Kinn traf?
Die Burschen auf den Tribünen wollten Aktionen sehen. Bei dem Geschrei lief es Jerry kalt den Rücken herunter. »Immer drauf, immer drauf!« brüllten sie.
In diesem Moment machte Carter einen Fehler. Er nahm das nächste Los und las den Befehl darauf vor, ohne aufzupassen, was er da schrie: »Janza, Schwinger in die Leisten!«
Erst als die Worte heraus waren, begriff Carter, was er damit angerichtet hatte. Archie und er hatten vergessen, den Burschen vorher zu sagen, daß wie bei einem richtigen Boxkampf Schläge unter die Gürtellinie nicht erlaubt waren, und ein paar

Burschen, die ganz schlau sein wollten, nutzten das natürlich sofort aus.

Und Janza schlug schon zu, ehe Carter kaum den Mund wieder zu hatte. Jerry sah den Schlag kommen, schaute zu Carter hinüber, ob der nicht doch noch eingriff, und hob die Fäuste, um sich zu schützen. Janzas Faust bohrte sich in seinen Unterleib, aber Jerry hatte wenigstens etwas von der Gewalt des Hiebes abfangen können.

Die Zuschauer begriffen nicht, was los war. Die meisten hatten weder den unzulässigen Befehl auf dem Los gehört noch Janzas regelwidrigen Schlag in den Unterleib wahrgenommen. Sie sahen nur, daß Jerry versuchte, sich zu verteidigen, und das war hier und diesmal gegen die Spielregeln. »Schlag' ihn tot, Janza«, schrie eine Stimme aus der Menge.

Janza war nur eine Sekunde lang unsicher. Zum Teufel, er befolgte schließlich nur die Spielregeln: so zuschlagen, wie es auf dem Los stand. Es war Renault, der Feigling, der die Regeln nicht einhielt. Also zum Teufel mit den ganzen Regeln. Janza ließ die Fäuste in einem Wirbel von Gewalttätigkeit fliegen, ließ sie Renault auf den Kopf, ins Gesicht, in den Magen prasseln. Carter zog sich in den äußersten Winkel des Ringes zurück. Obie verschwand von der Bildfläche. Er ahnte Unheil. Wo zum Teufel steckte Archie? Carter konnte ihn nirgendwo sehen.

Jerry versuchte vergeblich, sich vor Janzas Fäusten zu schützen. Janza war zu groß, zu schwer, zu schnell für ihn. Jerry zog den Kopf ein und versuchte nur noch, wenigstens seinen Kopf und sein Gesicht hinter den Boxhandschuhen zu schützen. Er ließ die Hiebe auf sich herunterprasseln, aber er hoffte noch. Die Burschen auf den Tribünen waren nun völlig außer Rand und Band und brüllten und schrien und feuerten Janza an.

Nur einen einzigen richten Treffer gegen Janza, darauf hoffte Jerry. Er duckte sich, versuchte, dem Angriff standzuhalten, er wartete. Mit seinem Unterkiefer war irgend etwas nicht in Ordnung, er schmerzte schrecklich, aber Jerry war das jetzt gleichgültig, wenn er nur Janza noch einmal so treffen konnte

wie vorhin. Janzas Hiebe schienen ihn jetzt überall gleichzeitig zu treffen, und das Geheul der Zuschauer schwoll an, als ob jemand eine monströse Stereo-Anlage voll aufgedreht habe.
Emil wurde allmählich müde. Warum ging der Kerl da vor ihm nicht endlich zu Boden? Janza zog den Arm zurück, hielt eine Sekunde inne, um richtig zu zielen, und um dann den endgültigen vernichtenden Schlag zu landen. Und diese Sekunde nutzte Jerry. Trotz aller Schmerzen und Übelkeit sah er, daß Janzas Magen und Brustkorb jetzt ungeschützt waren, und er schlug zu. Seine Entschlossenheit, sich zu wehren und zu rächen, verliehen ihm Kraft, und er traf Janza mit voller Wucht und völlig überraschend. Janza stolperte rückwärts, und sein Gesicht verricht Überraschung und Schmerzen.
Triumphierend beobachtete Jerry, wie Janza auf schwachen, wackeligen Knien hin und her schwankte. Dann wandte er sich zu den Zuschauern um. Was wollte er von ihnen... etwa Beifall? Sie pfiffen ihn aus. Sie buhten. Jerry schüttelte den Kopf, damit er wieder deutlicher sehen konnte. Er blinzelte, und entdeckte Archie in der Menge. Einen feixenden, schadenfrohen Archie. Ekel stieg wieder in Jerry auf, ausgelöst von der plötzlichen Erkenntnis, was aus ihm geworden war: ein Schläger, auch er ein brutaler, gewalttätiger Kerl in einer gewalttätigen Welt, jemand, der das Universum nicht störte, sondern der dazu beitrug, die Welt zu verderben. Er hatte es zugelassen, daß Archie ihn soweit gebracht hatte.
Und diese Zuschauer da, die er beeindrucken, vor denen er bestehen wollte? Verdammt, die wollten, daß er verlor, die wollten, daß Janza ihn totschlug.
Janzas Faust knallte auf Jerrys Schläfe, und Jerry stürzte beinahe zu Boden. Der nächste Schlag traf ihn in den Magen. Jerry schlang schützend die Arme um seinen Leib, und Janza schlug ihn zweimal ins Gesicht. Sein ganzer Körper war ein einziger Schmerz.
Entsetzt zählte Die Nuß die Schläge, die Janza seinem hilflosen Gegner versetzte. Fünfzehn, sechzehn. Die Nuß sprang auf und

schrie »Aufhören, Aufhören!« Niemand hörte ihn. Seine Stimme ging unter in dem kreischenden Sprechchor: »Totschlagen, totschlagen!« Hilflos sah Die Nuß zu, wie Jerry endlich zu Boden sank. Sein Gesicht war verquollen, die Augen wie blind, Blut sickerte aus seinem offenen Mund, und er rang nach Atem. Eine Sekunde schien seine Gestalt noch zu schweben wie ein verwundetes Tier im Sprung, dann sackte er zusammen wie ein Stück Fleisch, das von einem Metzgerhaken herabfällt.
Und dann gingen alle Lichter aus.

Das Gesicht würde Obie niemals vergessen.
Einen Moment ehe die Lichter ausgingen, wandte Obie sich vom Ring ab, weil ihn der Anblick anwiderte, wie der kleine Renault von Janza zusammengeschlagen wurde. Außerdem wurde es Obie immer schlecht, wenn er Blut sah.
Sein Blick glitt von der Tribüne über den kleinen Hügel, von dem aus man den Sportplatz übersehen konnte. Der Hügel war eigentlich ein riesiger Fels, der in der Landschaft eingebettet lag und an manchen Stellen mit Moos, aber auch mit obszönen Kritzeleien bedeckt war, die beinahe jeden Tag abgewaschen werden mußten.
Es fiel Obie auf, daß sich dort etwas bewegte. Und dann erkannte er Bruder Leon. Leon stand oben auf dem Hügel, einen schwarzen Umhang über den Schultern. Im Widerschein der Stadionlichter wirkte sein Gesicht wie eine glänzende Münze. Dieser Bastard, dachte Obie. Ich wette, er steht schon die ganze Zeit da und hat alles von Anfang an mitangesehen.
Dann gingen die Lichter aus und das Gesicht verschwand. Die Dunkelheit war plötzlich und total.
Als ob sich ein gigantischer Tintenfleck über die Tribünen, den Boxring und den ganzen Sportplatz ergossen habe.
Als ob die ganze Welt plötzlich ausgelöscht und zerstört worden sei.
Archie schimpfte vor sich hin, als er von der Tribüne hinüber zu der kleinen Werkstatt stolperte, in der die Lichtanlage für das

Stadion war. Er stolperte, fiel hin und rappelte sich wieder auf. Jemand rannte an ihm vorbei. Von den Tribünen her drang ein fürchterlicher Krach. Die Jungen kreischten und schrien und fielen von den Bänken. Streichhölzer und Zigarettenanzünder flammten auf und stachen als kleine Lichtpunkte in die Dunkelheit.

Idioten, dachte Archie, lauter Idioten. Ich bin der Einzige hier, der genug Geistesgegenwart besitzt, um an der richtigen Stelle nachzuschauen, warum es auf einmal kein Licht mehr gibt: an der Lichtanlage.

Archie stolperte über jemand, der hingefallen war, und hielt die Arme vor sich ausgestreckt, während er sich zur Werkstatt weitertastete. Er war gerade an der Tür, da gingen die Lichter wieder an. Er war geblendet von der plötzlichen Helligkeit. Benommen und blinzelnd riß Archie die Tür auf und stand vor Bruder Jacques, dessen Hand noch auf dem Schalter lag.

»Willkommen, Archie. Ich vermute, du bist in diesem Stück der Bösewicht, nicht wahr?« Seine Stimme klang gelassen, aber die Verachtung, die darin mitschwang, war nicht zu überhören.

38

»Jerry.«
Feuchte Dunkelheit. Komisch, Dunkelheit ist doch nicht feucht. Sie war es aber. Wie Blut.
»Jerry.«
Aber Blut ist nicht schwarz. Es ist rot. Und er war von Schwärze umgeben.
»Nun komm schon, Jerry.«

Kommen? Wohin? Ihm gefiel es, hier in der feuchten, warmen Dunkelheit zu bleiben.
»He, Jerry.«
Stimmen riefen vor dem Fenster. »Mach' das Fenster zu. Mach' zu, damit die Stimmen draußen bleiben.«
»Jerry ....«
Die Stimme klang jetzt traurig. Und ängstlich.
Plötzlich meldeten sich die Schmerzen wieder, erinnerten ihn daran, daß er noch existierte, hier und jetzt. Herr im Himmel, die Schmerzen.
»Es wird schon wieder, Jerry, es wird schon wieder«, sagte Die Nuß und stützte Jerrys Kopf mit ihrer Armbeuge. Der Boxring war wieder hell beleuchtet, wie ein Operationstisch, aber das Stadion war leer, bis auf ein paar Neugierige, die noch herumlungerten. Verbittert hatte Die Nuß beobachtet, wie die Jungen das Stadion verließen. Bruder Jacques und ein paar andere Lehrer hatten sie fortgejagt. Die Schüler waren plötzlich seltsam still, als ob sie den Schauplatz eines Verbrechens verlassen würden. Die Nuß mühte sich im Dunkeln die Tribüne hinunter und erreichte den Boxring, als die Lichter wieder angingen.
»Ruf' einen Arzt!« schrie er Archies Handlanger Obie zu.
Obie nickte. Im Scheinwerferlicht wirkte sein Gesicht bleich und gespenstisch.
»Nur die Ruhe, Jerry«, sagte Die Nuß und zog Jerry etwas näher. Jerry fühlte sich ganz zerbrochen an. »Er wird schon wieder ....«
Jerry versuchte, sich aufzurichten, er wollte dieser Stimme antworten. Er mußte antworten. Aber er hielt die Augen geschlossen, als ob er dadurch auch die Schmerzen unter Verschluß halten könne. Aber da waren nicht nur die Schmerzen. Noch etwas anderes bedrängte ihn, eine schreckliche Last. Was war das noch? Die Entdeckung, die er gemacht hatte. Seltsam, wie sein Verstand plötzlich klar war, wie er von seinem Körper getrennt funktionierte. Er schien über seinem Körper zu schweben, schwebte auch über den Schmerzen.

»Es kommt alles wieder in Ordnung, Jerry.«
Nein, es kommt nie wieder in Ordnung. Er erkannte Gouberts Stimme, und er mußte seine Entdeckung unbedingt Der Nuß mitteilen. Er mußte ihr erklären, daß man Football spielen mußte, und Leichtathletik treiben, in der Mannschaft bleiben, und Schokolade verkaufen, oder sonst irgendwas, was sie eben verkauft haben wollen. Man mußte immer das tun, was sie verlangten. Jerry wollte die Worte laut sagen, aber mit seinem Mund, seinen Zähnen, seinem ganzen Gesicht stimmte irgendwas nicht. Er fuhr trotzdem fort, sagte Der Nuß alles, was sie unbedingt wissen mußte. Sie erzählen dir, daß du frei bist, daß du das tun kannst, was du willst, aber sie lügen. Sie lassen dich nur das tun, was du willst, solange sie zufällig gerade auch das Gleiche wollen. Alles andere ist nur Geschwätz, Nuß, nur Lügen. Wage es nicht, das Universum zu stören, Nuß, ganz egal, was du auf solchen Postern liest.
Er schlug die Augen auf, die Augenlider bewegten sich flatternd und er sah das Gesicht der Nuß ganz schief, wie auf einem zerrissenen Film. Aber er erkannte die Angst und die Sorge darin.
Mach' dir keine Sorgen, Nuß, es tut nicht mal mehr weh. Siehst du? Ich schwebe, ich schwebe über den Schmerzen. Aber denk' daran, was ich dir gesagt habe. Das ist wichtig. Sonst bringen sie dich um.

»Warum hast du ihm das angetan, Archie?«
»Ich weiß nicht, wovon Sie überhaupt reden.«
Archie wandte sich von Bruder Jacques ab und beobachtete den Rettungswagen, der vorsichtig vom Sportplatz abfuhr. Das Blaulicht war eingeschaltet, zuckend fielen die Lichtzeichen hierhin und dorthin. Der Notarzt hatte gesagt, daß Jerry wahrscheinlich einen Kieferbruch und innere Verletzungen erlitten habe. Eine genaue Diagnose würde erst möglich sein, sobald Röntgenaufnahmen vorlagen. Zum Teufel, na und? dachte Archie. Das war eben das Risiko, das man beim Boxen einging.

Jacques faßte Archie an die Schulter und zwang ihn, sich zu ihm zu drehen. »Schau mich an, wenn ich mit dir rede. Wer weiß, was noch passiert wäre, wenn dieser Junge mich nicht geholt hätte? Es ist so schon schlimm genug, was ihr Renault angetan habt. Aber es hätte noch weit schlimmer ausgehen hönnen, so wie diese Stimmung von Gewalttätigkeit hier geschürt worden ist. Bist du dir darüber im klaren, daß daraus auch eine Massenschlägerei hätte entstehen können, aufgeputscht, wie sie alle waren.«

Archie ließ sich nicht dazu herab, zu antworten. Bruder Jacques hielt sich wahrscheinlich für einen Helden, weil er die Scheinwerfer ausgeschaltet und die Boxerei dadurch beendet hatte. Archie fand, daß Bruder Jacques ihm den ganzen Abend verdorben habe. Außerdem hatte er sowieso zu spät eingegriffen. Renault war längst geschlagen. Zu schnell, viel zu schnell. Es war wie immer, nie war auf diesen idiotischen Carter Verlaß. Einen Schwinger in den Unterleib ausrufen, dieser Idiot.

»Was hast du dazu zu sagen, Costello?« beharrte Bruder Jacques.

Archie seufzte. Die Sache langweilte ihn wirklich. »Schauen Sie, Bruder Jacques, die Schule wollte, daß die Schokolade verkauft wird. Und wir haben sie verkauft. Das war bloß die Belohnung, das ist alles. Ein Boxkampf. Nach Regeln. Fair und offen.«

Plötzlich war Bruder Leon da und legte einen Arm um Bruder Jacques Schulter.

»Wie ich sehe, hast du die Lage völlig in der Hand, Bruder Jacques«, sagte er wohlwollend.

Jacques schaute seinen Mitbruder mit verschlossenem Gesicht an. »Ich glaube, wir sind um Haaresbreite einer Katastrophe entgangen«, sagte er. In seiner Stimme lag ein Vorwurf, aber nur ein milder, vorsichtiger Vorwurf, und nicht die Feindseligkeit, die er Archie gegenüber gezeigt hatte. Und Archie begriff, daß Bruder Leon hier noch immer das Kommando führte, immer noch lag die Macht in seinen Händen.

»Renault erhält die beste Pflege, das versichere ich dir«, sagte Leon. »Jungen sind eben Jungen, Jacques. Ihr Temperament geht ab und zu mit ihnen durch. Und hin und wieder lassen sie sich eben einmal hinreißen, gehen ein bißchen zu weit, aber es tut doch gut, wenn man all ihre Energie und ihren Eifer und ihre Begeisterung sieht.« Er wandte sich an Archie und fuhr mit etwas strengerer, aber keineswegs ärgerlicher Stimme fort: »Dein Urteilsvermögen scheint dich heute abend ein wenig im Stich gelassen zu haben, Archie. Aber ich weiß, daß du alles nur für die Schule getan hast. Für Trinity High.«

Bruder Jacques ging davon. Archie und Bruder Leon schauten ihm nach. Archie grinste innerlich. Aber er verbarg seine Gefühle. Leon war auf seiner Seite. Großartig. Leon, die Scharfrichter und Archie. Das ganze Schuljahr mußte großartig werden.

Die Sirene des Rettungswagens heulte durch die Nacht.

39

»Eines Tages, Archie«, begann Obie und in seiner Stimme lag eine Warnung. »Eines Tages ....«

»Halt den Mund, Obie. Bruder Jacques hat mir schon eine Predigt gehalten. Das reicht für heute abend.« Archie kicherte: »Aber Leon hat mich von ihm befreit. Ein kluger Mann, dieser Leon.«

Sie saßen auf der Zuschauertribüne und schauten zu, wie ein paar Burschen die Tribünen säuberten. Hier hatten sie auch an jenem Nachmittag vor ein paar Wochen gesessen, als ihnen der Neuling Renault zum ersten Mal aufgefallen war und Archie

ihn für einen Scharfrichter-Auftrag ausgewählt hatte. Der Abend war kalt geworden und Obie fror etwas. Er betrachtete die Torpfosten. Sie erinnerten ihn an irgend etwas, aber er kam nicht darauf, was es war.
»Leon ist ein Bastard«, sagte Obie. »Er hat drüben auf dem Hügel gestanden und sich die ganze Sache angeschaut.«
»Ich weiß«, sagte Archie. »Ich hab' ihm einen Tip gegeben. Ein anonymer Telefonanruf. Ich hab' mir gedacht, daß ihm so was Spaß macht. Außerdem hab' ich mir überlegt, daß es eine Absicherung für uns ist, wenn er von Anfang an mit dabei ist, falls irgend etwas schiefgeht.«
»Eines Tages kriegst du doch mal einen auf den Deckel«, sagte Obie, aber er sagte es automatisch, ohne Überzeugung. Archie war immer allen anderen einen Schachzug voraus.
»Hör mal, Obie, ich verzeih' dir noch einmal, was du heute abend gemacht hast... du und Carter mit dem Schwarzen Kasten. Verdammt, es war ein dramatischer Augenblick. Und ich weiß ja, wie euch zumute war. Mein Verständnis für Burschen wie dich und Carter reicht ziemlich weit.« Archie sprach mit dem scheinheiligen, sarkastischen Tonfall, in den er immer dann verfiel, wenn er seine Überlegenheit zeigen wollte.
»Vielleicht kommt beim nächsten Mal die schwarze Kugel aus dem Kasten, Archie«, sagte Obie. »Vielleicht kommt noch mal so ein Bursche wie Renault daher.«
Archie machte sich nicht die Mühe, zu antworten. Wunschdenken war es nicht wert, daß man darauf einging. Er schnupperte und gähnte. »He, Obie, wo ist die Schokolade abgeblieben?«
»Die Burschen haben sie geklaut, in dem Durcheinander. Aber Brian Cochran hat das ganze Geld vom Losverkauf. Wir machen nächste Woche bei einer Versammlung eine Art Ziehung.«
Archie hörte kaum zu. Es interessierte ihn nicht. Er hatte Hunger. »Bist du sicher, daß alle Schokolade weg ist?«
»Ja, Archie.«

»Hast du keinen Riegel Schokolade dabei?«
»Nein.«
Die Scheinwerfer wurden wieder ausgeschaltet. Archie und Obie saßen noch eine Weile schweigend da, dann verließen sie das Stadion und verschwanden in der Dunkelheit.

Anmerkung

Da sich das amerikanische Schulsystem wesentlich von dem der Bundesrepublik unterscheidet, und da zum anderen nur wenige Leser mit den Spielregeln und Eigenarten des »American Football« vertraut sein werden, geben wir hier zu den beiden Stichworten einige Hintergrundinformationen:

HIGH-SCHOOL: eine weiterführende Schule (an die Grund- oder Hauptschule anschließend), in der neben Englisch, Fremdsprachen und den naturwissenschaftlichen Fächern manchmal auch technisches und handwerkliches Wissen vermittelt wird. (Dies zumeist in zusätzlichen Kursen.) Sport (Leichtathletik, American Football oder Baseball) spielt an einer High-School in den USA für das Schulleben eine wichtige Rolle.
Eine High-School wird gewöhnlich von Jungen und Mädchen zwischen 14 und 18 Jahren besucht. Doch sind Schulen, an denen nur Jungen oder nur Mädchen unterrichtet werden, keine Seltenheit.
Allgemein gesprochen soll die High-School die formale Bildung des Kindes bzw. Jugendlichen erweitern und abschließen. Sie stellt das Bindeglied zwischen Grundschule (elementary school) und Universität dar.
Der durchschnittliche amerikanische Schüler in der High-School hat an fünf Tagen der Woche 6–7 Stunden Unterricht. Das Schuljahr hat 9–10 Monate. Der Stundenplan wird gewöhnlich zu Beginn des Schuljahres bzw. des Semesters festgelegt. Die meisten Fächer werden in Kursen unterrichtet, die über das gesamte Schuljahr hin laufen.
Während seiner gesamten High-School-Zeit legt der Schüler in den verschiedenen Fächern Prüfungen ab. Die Noten werden

gewöhnlich durch die Buchstaben A (1) bis D (4) bezeichnet, wobei F als »nicht bestanden« gilt.
Nach Abschluß der High-School würde der weitere Bildungsweg für Schüler, die dann noch nicht ins Berufsleben eintreten, wie folgt aussehen:
Vierjähriger Besuch eines College, das entweder selbständig oder im Verbund mit einer Universität besteht. Hier Unterricht in den sogenannten »liberal arts« (wörtlich freie Künste, also Sprachen, Philosophie Sozialwissenschafen) und/oder in naturwissenschaftlichen Fächern (Science). Dabei unterscheidet man zwischen »major« (Hauptfach) und »minor« (Nebenfach). Abschluß des College nach vier Jahren mit dem Grad des Bachelor of Arts (abgekürzt B. A.) oder dem Bachelor of Science (abgekürzt B. S.)
Die Graduierung zum B. A. oder B. S. ist zumeist die Voraussetzung zum Studium an der Universität bzw. zu einer weiteren akademischen Laufbahn.
Studenten, die eine differenziertere Berufsausbildung in einem akademischen Beruf (Jurist, Theologe) anstreben, legen vor ihrer Spezialisierung zumeist das B. A.-Examen an einem College ab.
Die circa 30 000 High-Schools in den USA werden von mehr als 80% aller Jugendlichen zwischen 14 und 18 Jahren besucht. Insgesamt gab es Ende der sechziger Jahre 12 Millionen High-School-Schüler in den USA, davon besuchten circa 10 Millionen Unterrichtsgeld-freie, »öffentliche« High-Schools, 2 Millionen gingen auf private, nicht selten von den Kirchen unterhaltene High-Schools, wie jene, an der die vorliegende Geschichte spielt.
Auf höchster Ebene ist für das High-School-Wesen der einzelne Bundesstaat zuständig, der dieses Recht an eine Aufsichtsbehörde deligiert.
Im Einzelfall wird eine High-School zumeist von einer örtlichen Schulaufsichtsbehörde der Kommune überwacht, die auch den Direktor der entsprechenden Schule ernennt.

AMERICAN FOOTBALL: Das Spiel – neben Baseball der beliebteste Massensport in den USA – stellt eigentlich eine Variante des Rugbyspiels dar. Gespielt wird mit einem eiförmigen Ball, von zwei Doppelmannschaften zu 11 bzw. 22 Mann. Bei einer Mannschaft wird jeweils ein Team zum Angriff, das andere zur Verteidigung eingesetzt.
Ziel der angreifenden Mannschaft ist es jeweils, den Ball entweder über die Torlinie zu bringen oder ihn über die Querstange des in der Mitte der Torlinie aufgestellten Tores bzw. zwischen den frei in die Luft aufragenden Seitenstangen hindurch zu schießen.
Je nachdem mit welchem Spielzug der Ball über die Endlinie gebracht worden ist, erhält die angreifende Mannschaft 3 Punkte (touchdown) oder 2 Punkte (safety). Nach einem touchdown hat die angreifende Mannschaft immer die Möglichkeit, durch einen mit dem Fuß ausgeführten Schuß auf 4 Punkte zu erhöhen, sofern der Ball dabei in der oben erwähnten Weise zwischen den Seitenstangen hindurchfliegt. Man darf mit dem Ball in der Hand rennen oder ihn an einen Mannschaftskameraden abspielen.
Obwohl Football ein »Tore«-Spiel ist, unterscheidet es sich doch von anderen Tore-Spielen ganz wesentlich.
Das Spiel läuft nicht kontinuierlich, es wird durch den »down« nach jedem Angriff oder Abspiel nach vorn unterbrochen. Der Ball bleibt trotzdem im Besitz des angreifenden Teams und zwar für die Dauer von vier »downs«, während der eine Strecke von 10 yards auf das gegnerische Tor zu gelaufen sein muß. Sind vier »downs« gespielt oder ist während vier »downs« das angreifende Team weniger als 10 yards vorangekommen, dann geht das Spiel an den Gegner über. Die bisher verteidigende Mannschaft greift nun an.
Der Träger des Balles kann festgehalten und zu Boden geworfen werden, aber Mannschaftskameraden des Spielers, der im Ballbesitz ist, können den Ballträger abschirmen bzw. Angreifende mit den Händen fortstoßen.

Dies führt dazu, daß Football zu einem der härtesten Spiele überhaupt geworden ist und macht es nötig, daß die Spieler Helme und Panzerungen tragen.

Jedes »Down«-Spiel beginnt mit einem sogenannten »scrimmage«, dem wiederum das »huddle« (Beratung der angreifenden Spieler über die Taktik) vorangegangen ist.

Beim »scrimmage« stellen sich die sieben Spieler der angreifenden Mannschaft in einer Reihe auf, hinter ihnen stehen die vier »Back«-(rückwärtigen) Spieler, deren wichtigster der »Quarterback« ist, weil er zumeist als Dirigent des nun beginnenden Angriffs wirkt. Der Ball liegt auf dem Boden und wird von dem Mann, der in der Mitte der Angriffslinie aus sieben Spielern steht, durch die Beine hindurch, einem der »Back«-Spieler zugeworfen.

Unterdessen sind andere Spieler der Angriffsreihe in günstige Positionen vor dem gegnerischen Tor bzw. der Endlinie gelaufen. Während nun der Back-Spieler mit einem Paß den Ball an einen möglichst frei stehenden oder sich in einer günstigen Position befindlichen Angriffsspieler abgibt, wird die verteidigende Mannschaft diesen Spieler angreifen und versuchen, ihn möglichst rasch zu Fall zu bringen.

Damit wäre dieses »down« zu Ende, und ein neues »down« würde eben an der Stelle beginnen, an der man den Angriffsspieler zu Fall gebracht hat.

Endziel ist immer bei der Angriffsmannschaft, den Ball über die Endlinie zu bringen oder ihn durch die frei aufragenden Torstangen zu schießen.

Ein amerikanischer Präsident hat »American Football« einmal als das komplizierteste Spiel der Welt bezeichnet. Das mag übertrieben sein. Wenn man das Spiel einmal gesehen hat, wird man aber begreifen, daß jede Erklärung der Regeln und des Spielgeschehens provisorisch bleiben muß.

Härte, die nicht selten zu lebensgefährlichen Verletzungen führt, macht den Kitzel des Spiels aus. Über die Härte (oder die Brutalität) dieser Sportart ist auch in den USA viel diskutiert worden. Bezeichnend für die Anhänger des American Footballs ist die Auffassung, das Spiel sei eine getreue Abbildung des Lebenskampfes, wo man auch seine Ellbogen benutzen muß, will man nach oben kommen. Wissen sollte man noch, daß American Football als Profisport betrieben wird und die großen Klubs der »National-Klasse« Geschäftsunternehmen mit Millionenumsätzen sind.

Die Mannschaften der High-Schools und Colleges stellen für diese Profi-Klubs das Reservoir dar, in dem Nachwuchsspieler heranwachsen. Von daher spielt auch die Ausbildung tüchtiger und erfolgreicher Football-Spieler und die Unterhaltung eines erfolgreichen Football-Teams für das Prestige einer High-School und eines College eine wichtige Rolle.

Ravensburger Junge Reihe

Marjorie Darke
Eine Frage des Mutes (ab 14 Jahren)

Die beste aller möglichen Welten
22 Erzählungen zu einer Behauptung (ab 14 Jahren)

Rudolf Herfurtner
Die Umwege des Bertram L. (ab 14 Jahren)

Judith Kerr
Als Hitler das rosa Kaninchen stahl (ab 11 Jahren)
Warten bis der Frieden kommt (ab 13 Jahren)

Wolfgang Körner
Ich gehe nach München (ab 14 Jahren)

Gunter Preuß
Die Grasnelke
Geschichten aus der DDR (ab 14 Jahren)

Halina Snopkiewicz
Einmaleins des Träumens (ab 13 Jahren)

Mine Stalmann
Füße unter deinem Tisch (ab 14 Jahren)

Otto Steiger
Keiner kommt bis Indien (ab 14 Jahren)

Otto Maier Verlag Ravensburg